大地的回报

薛忆沩 著

"文学三十年"作品选(非虚构)

自 序

三十年前,在《作家》杂志的头条位置上看到自己的名字,误以为那就是写作能够带来的最大的喜悦。三十年后,在文学的道路上孤独地面对着卑微的生命,才知道写作还能够带来更深的喜悦:那是与虚荣和功利全然无关的喜悦,那是截获人性密码和撞开语言宝库的喜悦,那是被上帝选中的喜悦。

2015年夏天,在大学毕业三十年的同学聚会上,组织者请每位同学用一分钟的时间概括自己三十年里的作为。我的概括只用了十秒钟。我说我从北京航空学院八一级计算机科学与工程系成绩"最差"的学生之一变成了中国当代文学界成绩"最好"的作家之一。这一晃而过的戏言很容易让人产生人生如梦的幻觉。要知道,这神奇的"化学反应"耗费了三十年的时间,耗费了难以估量的汗水和泪水。毫无疑问,概括中的第一个"之一"应该全部由我自己负责。但是,正如我曾经多次强调过的那样,其中的第二个"之一"要归功于无数人的鼓励、支持和鞭策。

向那无数的前辈、同辈甚至晚辈致意是出版这一套"'文学三十年'作品选"最主要的理由。任何一个文学生命都受制于和受惠于一个特定的时代:被上帝选中也就是被一个特定的时代选中。

　　而这表面上立足于过去的出版实际上也为未来设定了标杆。我肯定自己已经过去的"文学三十年"没有辜负汉语的养育之恩。我也同样相信自己未来的"文学三十年"不会愧对文学对一个卑微生命的殷切期望。

薛忆沩
二〇一九年三月九日

目 录

自 序 ·· I

文学随笔

文学的祖国 ·· 3
写作者的"分身术" ·· 7
语言、蝴蝶和彩色的螺旋 ····································· 11
(以上三篇选自随笔集《文学的祖国》)
献给孤独的挽歌 ·· 29
致命的殊荣 ·· 47
"大地"的回报 ··· 57
(以上三篇选自随笔集《献给孤独的挽歌》)

读书随笔

伟大的抑郁 ·· 69
与"主义"无关的凯恩斯 ····································· 73
最后一篇日记 ··· 79
(以上三篇选自随笔集《伟大的抑郁》)
读《看不见的城市》··· 83
(选自随笔集《与马可·波罗同行》)

现代的"命运"交响曲 ······················· 137

人生随笔
异域的迷宫 ····························· 153
（选自随笔集《一个年代的副本》）

人物随笔
晚安，克娜蒂娅！ ······················· 209
父亲的"遗嘱" ························· 217
最后的午餐 ····························· 223
（以上三篇选自随笔集《异域的迷宫》）
散原老人的"少作" ····················· 237
外婆的《长恨歌》 ······················· 241
（以上两篇选自随笔集《伟大的抑郁》）
生死之间的"桂姐" ····················· 249
浸泡在菌油里的乡愁 ····················· 253

城市随笔
"我"的唐人街 ························· 259
走进上海的早晨 ························· 271

访谈作品
面对卑微的生命 ························· 285
（选自访谈集《薛忆沩对话薛忆沩》）

在"文学的祖国"里执着生根……………………… 317
(选自访谈集《以文学的名义》)
奇特的"文学三十年"……………………………… 357

文学随笔

文学的祖国

如果我能够从一本书里面引出如下的一些句子,我引用的是哪一本书?

我深信,语言是我周围的世界混乱的根源。

口语好像是暴雨,书面语言则似乎是缓慢移动的白云。

人们以死亡来雕琢历史。

时间将我分析成一些基本的元素。我用这些元素组织起一个混乱的世界。这个世界中有一颗骚动不安的心。我假定那是我的心。

在我感到寂寞的时候,我进而感到自己是唯一的实在。

我无时无刻不在犹豫。我就是犹豫。

每个人都是死亡的候选人,而且都是一定能够最终获胜的候选人。

如果我能够从一本书里面引出如下的一些句子,我引用的会不会是同一本书?

去思想就是去毁灭。

我靠近的每一个柔软的事物都用锋利的刀刃刺伤我。

我已经悄悄地见证了我生命的逐渐瓦解，见证了我想成就的一切缓慢的隐没。

我写作就像我记账一样，细心又冷漠。

对我来说，世俗的爱是平淡的，它只能提醒我失去了什么。

我在很大程度上就是我写的作品。我将自己在句子和段落中展开，我给自己加上标点。

我感觉如此无聊，我的泪水几乎都要涌出来了：不是那种会流下来的眼泪，是那种会留在内心深处的泪水。那种泪水起因于灵魂的病症，而不是肉体的疼痛。

这两组引文来自两本不同的书。其中第二本书的主体是一部由481个片段组成的"没有事实的自传"。作者将这部作品的著作权转让给了里斯本的一位助理簿记员。这个虚构的人物用作品的第一句话告诉我们，他"出生在一个大多数年轻人已经不信仰上帝的时代"。而第一本书的作者称他的作品的主体部分是一个自愿失业的"业余哲学家"留下的日记。这位"业余哲学家"的一封短信出现在作品的开始。他在信中这样写道："作为我们这一代人中的一个例外，我只有在消失中才能够感到完美。"这个"虚构地"生活在二十世纪末期的中国人与那个"虚构地"生活在二十世纪初期的葡萄牙人在性格和思想上有许多的相似之处。

翻读佩索阿的《惶然录》(The Book of Disquiet)，我想

起了我的《遗弃》。佩索阿曾经借用他的虚构人物的名字发表自己的一些诗作，而我也将自己在1988年前后写下的那些没有人能够理解的短篇小说慷慨地转让给了虚构的"业余哲学家"。这种转让使我不得不在一篇文章中佩服我的虚构人物比我自己"更高的"文学才能。看到这虚构的人物将我疯狂地写下的那些作品冷漠地安插在自己的日记里，我感到过难忍的嫉妒。我的这种感觉显示出我并没有能够借助写作来完全忘记自己。而《惶然录》的英译者在他漂亮的导言里告诉我们：最早忘记了佩索阿的是佩索阿自己。

但是，我们不能够像佩索阿一样忘记佩索阿。这个孤独的葡萄牙人靠翻译商业文件维持他简单而短暂的生活。他没有复杂的社会关系，对世俗的"爱情"更是或许从来没有过"体"验。像同时代的卡夫卡一样，他生活在灵魂的"城堡"里。这"城堡"的遗迹被语言保存下来。当我们以阅读的名义闯入这神秘的世界，我们会看到无数的镜子，我们会从这无数的镜子里看到无数的自己。

"我的祖国是葡萄牙语！"里斯本的那位助理簿记员这样写道。这显然也是佩索阿自己的声音。

语言是文学的祖国。这祖国蔑视阶级的薄利、集团的短见以及版图的局限。这是最辽阔的祖国。这是最富饶的祖国。

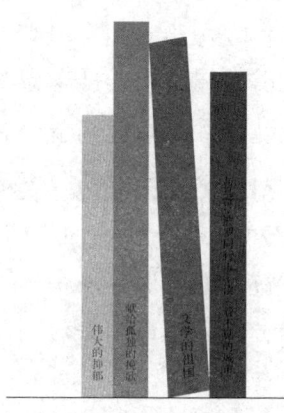

写作者的"分身术"

写作者是魔法师,这近乎常识的隐喻凸显了写作的"非凡"特质。以"变性术"为例:人类历史上第一例成功的变性手术完成于1952年,而对文学史稍有知识的读者都知道,早在1856年,也就是这医学奇迹发生将近一个世纪之前,变性的壮举就已经在写作中实现。"包法利夫人就是我!"福楼拜这样说。这惊世骇俗的爆料扫除了比原罪还要原始的男女界限,确保了文学想象的自由。

与"变性术"相比,"分身术"的难度就更高了。能否成功地将连体的婴儿或者成人分开,医学至今也没有十足的把握。而要将正常的人体一分为二,让它们各行其是,不仅是技术上永远的难题,也应该是道德和法律上永远的禁区,医学专家们不会敢想,更不会敢做。但是,对于喜欢犯忌的文学家,"分身"只不过是"可能世界"中的一种普通的"可能"。他们不仅早已经"心想",而且早已经"事成"。前者的例子在孩提时代第一次听到马雅可夫斯基这个名字的时候我就已经听说:激情的诗人在题为《列宁》的长诗中对伟大导师的工作压力充满了忧虑,想到了要用"分身术"来为他减负。而后者的例子以卡尔维诺的小说《一个分成两半的子爵》最为张扬。在那部建立在"分身"基础上的作品中,生活原本平淡无奇的子爵被炮弹一轰为二。平分的两半分别代表对立的善恶。它们在小说中短兵相接,你死我活。

这些都还只是有形的"分身"。写作者更依赖和更擅长的其实还是无形的"分身"。最伟大的文学家早已经用最伟大的文学作品实践了这一魔法。《哈姆莱特》是以父子关系为基石的悲剧。与它相关的一个经典问题也与父子关系相关:莎士比亚本人到底是哪个角色的原型,是那个一直犹犹豫豫的儿子(复仇者),还是那个始终忽隐忽现的父亲(受害者)?大多数人不假思索地认定是前者,因为他是悲剧中的主角。而在小说《尤利西斯》中,以乔伊斯本人为原型的斯蒂芬却相信是后者。他提出了两点理由:从创作背景上说,这"国殇"似的悲剧来源于作者生活中的"家丑"(莎士比亚的妻子与他兄弟之间的暧昧关系);从文本本身来看,悲剧和悲剧主角的名字(Hamlet)与莎士比亚唯一的儿子的名字(Hamnet)仅一字母之差(对很多人而言,这还是发音很容易混淆的字母)。我的看法是以上两种看法的对立统一。我认为,死于悲剧之前的父亲和死于悲剧最后的儿子都以莎士比亚本人为原型,因为"to be, or not to be"显然是困扰莎士比亚自己的问题,而向兄弟复仇也出自莎士比亚本人的义愤。毫无疑问,支撑了整个西方文学正典的大师在悲剧的写作过程中对自己施行了"分身术"。

父子关系同样也是《尤利西斯》的基石。乔伊斯用这现代派文学的"镇店之宝"继续先师的"分身"魔法。整个小说的时间设定在"六月十六日"。这是乔伊斯与他的妻子第一次约会的日子（现在也成了爱尔兰和全世界"乔"粉们的法定节日）。这一路标说明男主人公（也是小说中的"父亲"）布鲁姆的原型就是乔伊斯本人。但是,《一个青年艺术家的画像》的主人公斯蒂芬也以"儿子"的形象出现在这部小说之中。而斯蒂芬更是以乔伊斯为原型的人物，这几乎是现代派文学的常识。很明显，乔伊斯在写作过程中也同样对自己施行了"分身术"。

"分身术"在我自己的写作过程中也很重要。以两部在台湾发表的长篇小说为例。《白求恩的孩子们》的叙述者是一位居住在蒙特利尔的中年中国学者。他的许多特征让包括我母亲在内的读者都将我"对号入座"。而我曾经在一次访谈中宣称自己是他的朋友扬扬——那个十三岁自杀身亡的孩子的原型。我甚至提醒说，在"扬扬的妹妹"身上也可以看到我个人生活的影子。事实上，小说中这三个"白求恩的孩子们"中的典型人物都是从"我"这个原型中"分身"出来的。

而《一个影子的告别》中那个形联神散的家庭里也有三个性格迥异的孩子：主人公X，他内向的哥哥W以及他外向的妹妹Y。细心的读者会发现，XYW正好是我名字汉语拼音的简写。这好像又是关于"分身术"的提示。

变化莫测的"分身术"就如同魔幻的时空一样，为写作者提供了更多的自由。是这精神的自由让语言能够乘着想象的翅膀在"可能的世界"中自由地翱翔。

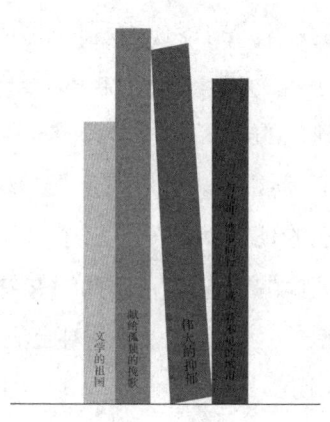

语言、蝴蝶和彩色的螺旋

文学本来是与家园和母语密不可分的事业。但是，以各种冠冕堂皇的名义质疑作家身份的20世纪不仅让历史悠久的"流放"继续成为一些作家别无选择的厄运，同时让名噪一时的"流亡"成为了不少作家义无反顾的归宿。这被迫与自愿的人才流动造就了一个以母语之外的语言写作的作家群体，在20世纪的文学史上留下了特殊而醒目的痕迹。在这个群体中，由波兰语转道法语抵达英语的康拉德，由英语直达法语的贝克特以及由俄语同时向英语和法语挺进最后雄踞英语的纳博科夫表现最为突出，他们通过语言的"变节"而成为了文学史上永垂不朽的大家。

在他著名的随笔《为了取悦一个影子》的最开始，1987年诺贝尔文学奖获得者布罗茨基总结了这三位文学巨匠"求助于母语之外的语言"写作的不同理由。在他看来，康拉德这样做是出于"需要"，贝克特这样做是想寻求与现实之间"更大的疏离"，而纳博科夫的理由则是出于"燃烧的野心"。根据这种总结，纳博科夫的"变节"显然最为奢侈。

（附带说一句，纳博科夫的同胞及同乡布罗茨基本人可以算是这个"变节"者名单上的第四号人物。在32岁刚被驱逐到西方世界来的时候,他的英语水平还只是斑驳的皮毛,而到47岁那年站立在诺贝尔文学奖领奖台上的时候,他那高傲而深邃的随笔已经成为英语文学中深受同行尊敬的品牌。在那篇随笔里,布罗茨基宣称自己的"变节"仅仅是为了取悦一个影子:他心目中20世纪最伟大的哲人和诗人奥登的影子。)

事实上,英语并不能完全说是纳博科夫"母语之外的语言"。在1964年的一次访谈中,纳博科夫将自己定义为是"拥有一个巨大书房的家庭中的讲三种语言的极为正常的孩子"。(这句话像他的许多话一样也自相矛盾,因为能够流利地"讲三种语言"的孩子在任何地方和任何年代都不应该算是"极为正常"。)他的一位传记作者曾经对纳博科夫的语言进行了市场细分,称他"在餐桌上讲法语,在儿童室里讲英语,而在其他的场所讲俄语"。从这个意义上说,像俄语一样,英语和法语都可以视为是纳博科夫的母语。他的父母用这三种语言与他交谈。在他的回忆录《说吧,记忆》的第十章里,纳博科夫用一段特殊的"记忆"来说明自己成长于其中的特殊的语言环境。那发生在他11岁在柏林治病的时候。当时他的父母从圣彼得堡赶来看他。一天晚上,纳博科夫与他的父亲谈起自己对女性的感觉,他问父亲为什么自己一想到女性的形体就会有躁动不安的感觉。他的父亲正在翻读"德语"的报纸,他用"英语"向自己的孩子解释说,这不过是自然界里无数正常的因果关系之中的一种,就像羞耻会导致脸红,悲伤会引起眼泪一样。说到这里,他转而用"法语"对自己的妻子说:"托尔斯泰去世了。"这显然是他刚从"德语"报纸上读到的消息。听到这消息,纳博科夫的母亲好像感觉到世界末日已经迫在眉睫,她用"俄语"惊叫道:"天啊,我们该回家了。"

九十年代初由普林斯顿大学出版社出版的纳博科夫传记分《俄国岁月》和《美国岁月》两大卷。它内容一丝不苟,论断通情达理,文笔沁人心脾,被公认是纳博科夫最权威的传记。传记作者波依德提到了11岁的纳博科夫另外一段与语言和异性有关的经历。纳博科夫当时已经在翻译一部英文小说,那部小说中有不少关于女性身体的详细描写。而纳博科夫不仅不是将小说翻译成他的母语,也不是将小说翻译成小说,而是将这部英文小说翻译成"法文诗歌"。(这种语言的天赋让我想起与纳博科夫同年出生的博尔赫斯,他鲜为人知的处女作是他7岁那年用英文写的一份希腊神话的提要,而他的"作品二号"是他8岁那年翻译的王尔德的《快乐王子》。)集三种语言于一身的纳博科夫经常在中学时代的俄语作文中加入英语和法语的词句,因此得到了"好卖弄"的坏名声。

纳博科夫出生于1899年4月22日。他的家庭是十月革命之前俄国最显赫的家庭之一。他的爷爷是两位沙皇(亚历山大二世和三世)期间的司法部长。他的父亲也是著名的政治家,最后也在被布尔什维克革命推翻的临时政府中担任过司法部长(他特别为托洛茨基所不齿)。作为坚定的自由主义者,纳博科夫的父亲同情贫困、向往正义,并曾因参与"反政府"示威而遭沙皇的监禁。不过，他却终身执迷于贵族的生活习气，据说他连自己的衬衫都要专门送到伦敦去洗熨。纳博科夫的母亲也同样出自名门。他的外祖父通过开矿积累了巨大的财富，而他的外祖母与知识界的权威有血缘上的联系。这样一个显赫的家庭自然会有许多枝节的故事。在六十年代中的一天（也是他名声如日中天的时候），一向对家庭的隐私讳莫如深的纳博科夫突然对他的第一位传记作者费尔德严肃地说道："是的，有时候我觉得自己的身体里流淌着彼得大帝的血。"这著名的"肺腑之言"暗示他的父亲可能有更为高贵的出处，也为纳博科夫的血统布下了不解之谜。

　　充实的精神和奢侈的物质的完美结合是纳博科夫一生中长达20年的"俄国时期"的特色。在父亲巨大的书房里，纳博科夫邂逅过无数名垂青史的先贤；而通过社会通达的网络，纳博科夫又亲历过不少货真价实的圣哲。托尔斯泰抚摸过他的头发。曼德尔施塔姆毕业于他就读的中学，并且为他们朗读过诗歌。传记作家格蕾逊将"语言的丰富"和"视觉的敏感"归结为纳博科夫为自己打开文学圣殿的两把钥匙。这后一把钥匙也与他的"社会存在"难舍难分：纳博科夫的母亲不仅在他的睡床旁用英语为他读故事，还经常让年幼的纳博科夫观赏和摆弄自己琳琅满目的首饰。纳博科夫自信是这后一种别有用心的熏陶成就了他"视觉的敏感"。（事实上，这些首饰不仅有虚幻的美感，还有实际的功用。纳博科夫在1919年7月写给他的一位家庭教师的信中说，是他母亲用首饰支付了他在剑桥读书那三年的昂贵学费。）

"视觉的敏感"与纳博科夫除语言之外的另一种"至爱"也应该有密切的关系。纳博科夫7岁那年在百忙的父亲的引导下迷上了蝴蝶。1908年,他父亲在被监禁的期间曾经收到过一封偷偷带进监狱的家信,里面有9岁的纳博科夫最新采集的蝴蝶标本以及他对父亲最新采集的询问。在偷偷带出监狱的便条中,深受感动的父亲用事实打破了儿子的幻想:"监狱的院子里没有蝴蝶。"追寻蝴蝶不仅成为纳博科夫终生不渝的迷恋,还一度成为他赖以为生的职业。他刚到美国的第二年就被聘为哈佛大学比较动物博物馆的昆虫学研究员。在49岁那年成为康奈尔大学正式的文学教授之前,纳博科夫也兼有科学家、作家及教师三重身份(靠这三份微薄的收入他才足以养家糊口)。而他晚年未酬的壮志是编写一部关于欧洲蝴蝶的大作。在1963年的一次采访中,谈及他与蝴蝶的关系,纳博科夫又一次抛出了耸人听闻的语句:"是它们选择了我,而不是我选择了它们。"这就是说,蝴蝶是他的宿命的一部分。就像琳琅满目的首饰一样,五彩缤纷的蝴蝶也宿命地雕琢和满足了纳博科夫"视觉的敏感"。

在他养尊处优的"俄国时期",除了经常在欧洲度假之外,纳博科夫主要的生存空间是他们家在圣彼得堡市中心的豪宅以及他们家在圣彼得堡郊外的别墅。这豪宅和别墅与当今房地产广告"隆重推出"的品种不可同日而语。纳博科夫5岁那年,沙皇时代著名的首届全国行政代表大会(俄罗斯国家杜马的前身)的闭幕式就在他们家的豪宅里举行。而他们家的别墅在第二次世界大战中曾经被德军用来做东部前线的总指挥部。更重要的是，纳博科夫本人17岁那年从他的舅舅那里继承了包括一座豪宅，一座两千公顷的庄园以及一大笔现金在内的巨额遗产，未到法定的年纪就已经成了法定的巨富。当时，他正在初恋和热恋。他用自己的钱将自己的情诗印制出来（印了500册）在亲友中散发。那当然是纳博科夫最早的出版物。

但是，十月革命的一声炮响结束了纳博科夫不劳而获的"俄国时期"。1919年3月，反布尔什维克的武装在克里米亚被彻底挫败。绝望的纳博科夫一家在著名的塞波斯托港口挤上了一艘名为"希望"号的货轮，在接踵而至的红军的子弹的"护送"下踏上了不归之路。如果不是求助于差不多40年之后纳博科夫用母语之外的语言虚构的那个12岁的美国少女，这显赫的家世大概从此就变成了如烟的往事。是名垂青史的"洛丽塔"在苏联解体之后将纳博科夫一家带回了他们在圣彼得堡的故居。那里的一个很小的角落现在变成了名为"纳博科夫博物馆"的旅游景点。

2001年出版的《怀旧的未来》一书在西方文学批评界中产生过不小的影响。在这本从"怀旧"的角度讨论文学作品的书中有关于纳博科夫的专门一章（题为"纳博科夫的假护照"）。作者是纳博科夫的同胞，哈佛大学斯拉夫语和比较文学的教授。她在这一章中提到了纳博科夫家的门房。在《说吧，记忆》一书中那门房是纳博科夫初恋时的信使。后来，他成了带领红军找到他们家保险柜的向导。门房的后人近年与博物馆联系，想将他们占有的纳博科夫家的物品卖回原处，但是博物馆却没有能力做成这笔怀旧的买卖。这篇文章中还提到了对纳博科夫的创作有深远影响的初恋情人有点反讽的下落：她留在了红色的祖国，并且嫁给了一名"契卡"（克格勃的前身）的干部。

1919年5月，纳博科夫一家逃到了伦敦。他们离父亲从前的洗衣店近了，却离他们习惯的安逸和奢侈远了。纳博科夫长达20年的第一次"欧洲时期"从他的三年剑桥生活开始。据博伊姆的记载，纳博科夫在剑桥的生活仍然比较舒适。他住在剑桥三一学院著名的公寓里。他隔壁的房间里住的是电子的发现者汤姆逊，而斜对面的房间是四百年前牛顿的住处。他在求学的同时也积攒了更多的恋爱经验。可是，这舒适和平静被另一场悲剧打破。在纳博科夫毕业的前夕，他们家已经迁居俄国流亡者云集的柏林。他的父亲仍然积极参与政治活动。在一次由他主持的政治集会上，他用身体挡住了一个无政府主义者射向自己的政敌的子弹，从而结束了他向往自由的一生。

毕业之后，纳博科夫也回到了柏林。他靠教授英语、俄语、网球和拳击为生，开始了自食其力的生活。1925年，这个30年后将用"母语之外的语言"冲击人们的性观念的破落贵族青年走进了他自己的婚姻。经历过少数证据确凿和少数查无实据的绯闻之后，这婚姻并无大恙，它一直陪护着纳博科夫走到了生命的尽头。就是在这个时期，纳博科夫第一次获得了他向往已久的作家身份。他开始用俄语写作，很快以"希睿"（Sirin）的笔名成了俄国流亡文学的名家。

但是，苏维埃的日渐强大极大地限制了俄国难民的文化扩张。而因为他的妻子是犹太人，法西斯的猖獗更是直接威胁到了纳博科夫的生存空间。在两股对立势力的共同挤压之下，纳博科夫终于不得不带着妻儿离开柏林。他们在巴黎暂住了一段，等待他们的"假护照"。最后在纳粹的铁蹄接近凯旋门的时候，纳博科夫又开始了他的第二次逃亡。

与20年前的那一次逃亡不同，这一次，他已经是丈夫和父亲；这一次，他已经在俄罗斯的流亡文学中占有了一席之地；这一次，他几乎是身无分文；这一次，他的行李中装有自己的两部俄文小说以及他的回忆录《这是我》（《说吧，记忆》最初的版本）的英文译稿……更重要的，这一次，他携带着一笔奇特的精神财富：一年前（1939年），纳博科夫的头脑中突然出现了一个古怪的构思。他想用俄语写一部关于道德和欲望相冲突的中篇小说，小说中的男主人公结婚的目的是为了成为他妻子的女儿的继父，因为他对那个少女充满了幻想。

同样长达20年的"美国时期"使纳博科夫成为了我们所熟悉的纳博科夫。但是，要成为我们所熟悉的纳博科夫却并不是一件轻而易举的事情。一方面，为了养家糊口，纳博科夫必须用极度的耐心来压制"燃烧的野心"；而另一方面，刚刚登上"新大陆"的纳博科夫又一次遇到了与"身份"有关的老问题：他的身上背负着俄罗斯文学的伟大成就，但是这昨天的荣耀却很容易变成今天的负担。他自己也已经通过写作在欧洲的俄国流亡者中建立起了响亮的名声，但是这旧世界的资本却无法兑换成新大陆的通货。他到底要用什么以及怎样去征服那些对俄罗斯文学和他自己的光荣一无所知的美国读者呢？

他首先必须果断地完成一次文学的自杀，一次痛苦的"破"，然后他又不得不顺利地完成一次语言的"宫外孕"，一次同样痛苦的"立"。于是，那个名为"希睿"的著名俄语流亡作家从此销声匿迹了，而中年的英语作家"纳博科夫"开始崭露头角。万幸的是，1950年，在他的第二次流亡生活基本上安定下来之后，纳博科夫想到了10年前他已经用俄语写出的那部构思古怪的中篇小说的提纲。"燃烧的野心"让他决定用英语将它写成一部长篇小说。很快完成的第一稿令纳博科夫极度失望，几乎被他付之一炬。而他于1953年完成的定稿，不仅没有能够如他所愿在《纽约客》上连载，直接在美国出版单行本的可能性也微乎其微。

1955年，《洛丽塔》的初版在法国出版。市场最初的反应几乎是悄无声息。但是，小说很快被英国大作家格林发现，他在《星期日泰晤士报》上将它列为1955年最好的三本书之一。这重大的发现将《洛丽塔》推上了登峰造极之路。三年之后，《洛丽塔》终于回到了自己的故乡，在美国正式出版。50年代后期的美国，朝鲜战争已经结束，令知识界诚惶诚恐的麦卡锡主义也已经降温。在艾森豪威尔治下，人民正安居乐业，休养生息。突然，从一位俄裔教授写的小说里走出了一个12岁的小精灵和一个因她犯罪、对她犯罪又为她犯罪的老继父。所有人都有点沉不住气了。《洛丽塔》的出版抢走了已经在《纽约时报》畅销书版上雄踞近30个星期的《日瓦戈医生》的风头。它成为了1958年美国最重要的文化事件。它成为了影响20世纪下半页美国社会的"历史事件"。

这历史事件引起的轩然大波终于又将纳博科夫带回到了富足的生活之中。与40年前不劳而获的优裕相比,这一次当然应该说是劳动致富。"夕拾朝花"的纳博科夫又一次不能安于现状了。尽管他在康奈尔有相对的自由和迷人的作为(他的学生中出了像品钦这样的大家。他给研究生出的论文偏题"分析福楼拜小说中'和'字的用法"让人津津乐道。他的讲稿成为他死后出版的名著),纳博科夫还是决定再一次告别。1959年1月,将近60岁的纳博科夫在康奈尔大学教完了他的最后一课。他将自己的作品掀起的狂澜置于脑后,带着鼎盛的名声和丰厚的版税,到阿尔卑斯山里捉蝴蝶去了。

纳博科夫的第二次"欧洲时期"在中立和低税的瑞士度过。他在这里以大师的身份接受采访,回忆过去的荣辱,评判文学的是非。他为电影大师库布里克准备了《洛丽塔》的电影脚本,他还再一次修订了他的回忆录《说吧,记忆》。他将自己年轻时代写的俄文小说译成了英文,将后来写的英文小说(包括《洛丽塔》)译成了俄文。像语言一样,蝴蝶仍然是他生活的主题(但是,他最终放弃了编写《欧洲的蝴蝶》一书的计划)。1971年,72岁的纳博科夫出版了自他17岁自费出版的情诗之后的第二本诗集,诗集中包括39首俄文诗和14首英文诗。有趣的是,这本诗集中还包括18个国际象棋的棋局。这本诗集原文的题目是 *Poems and Problems*

（不妨译为《诗歌和棋局》）。纳博科夫用这直白的题目又一次"卖弄"了一下自己玩弄英文单词的绝活（我想也许正是为了这"卖弄"他才将棋局纳入这本诗集之中）。一个小小的遗憾是，纳博科夫没有能够将这个时期的长度拖延到20年，让它与前三个时期的长度完全相等。他于1977年7月（距离自己80岁生日22个月的时候）在瑞士洛桑的一家医院里离开了人世。

　　《说吧，记忆》结束于纳博科夫第二次逃亡的终点，也就是"新大陆"刚刚出现在远处的地平线上的时候。它事实上是纳博科夫关于他的"前半生"的回忆。这本书出版于纳博科夫开始写作《洛丽塔》之后不久。在出版之前写给出版商的一封信中，纳博科夫提醒他们应该在这本书的封面上强调他的美国公民的身份。这个小小的细节进一步暴露了纳博科夫要成为一个"英语作家"的"燃烧的野心"。纳博科夫原以为这部苦心孤诣的回忆录能够给他带来广泛的声誉和稳定的收入。但是，结果却又一次与他的愿望相悖。就像纳博科夫本人一样，纳博科夫说出的"记忆"还要等待很长的一段时间才能激动读者的耳鼓。《说吧，记忆》成名于它的修订版，也就是成名于《洛丽塔》出版十二年之后。这似乎印证了纳博科夫本人在这修订本出版前不久的一次采访中说的话。他说："洛丽塔是名人，我不是。我不过是一个名字不好发音的无名的小说家。"

　　幸运的是，这无名的小说家终于因为他的虚构人物而出名。他"并不如烟"的往事也从此引起了广泛的兴趣。传记作家格蕾逊称《说吧，记忆》是一块能够带领作者和读者在时空中自由穿梭的"飞毯"。她看到借助这"飞毯"，一头钻进圣彼得堡郊外沼泽地里的11岁的贵族少年，在35年之后却从科罗拉多州的落基山中走了出来……他的手里仍然攥着35年前的那同一个捕捉蝴蝶的网袋。

事实上，没有无名的纳博科夫也就不会有出名的洛丽塔。纳博科夫用《名利场》杂志所称的20世纪"唯一可信的爱情故事"《洛丽塔》挑起了许多与文学有关和无关的激烈争论。首先，根据小说中零星的性描写是不是可以将《洛丽塔》定性为"色情"小说？生活于同一时代并都因"色情"而遭禁的英语作家劳伦斯（1885—1930）和乔伊斯（1882—1941）曾经就对方作品中的性描写互相指责。乔伊斯反感劳伦斯的直截了当，劳伦斯鄙弃乔伊斯的欲盖弥彰。而比他们小一辈的纳博科夫在两位大师死后多年又翻出陈年老账，升级了这连内行也不容易看出门道来的攻讦。他对劳伦斯毫不留情，利落地给他扣上"色情作家"的帽子；而对乔伊斯，他却心慈手软，只是对他行文的"不雅"加以挖苦和嘲讽。总而言之，他们都是前车之鉴。他自己要怎样才能够与这些"失足"的前辈划清界限呢？

文学难免不写"色"，文学必须要写"情"，但是，文学却不应该沉迷于"色情"。为了解决这个技术上的难题，纳博科夫还是从自己的强项（语言）上下手。《洛丽塔》的叙述者和男主人公本人是一位颇有功底的学者，他精通修辞的特效，尤其擅长于"词不达意"。他的叙述在"事故多发地段"

总是小心翼翼、拐弯抹角、避实就虚。有评论家曾经剔出《查泰莱夫人的情人》《尤利西斯》和《洛丽塔》三部作品中著名的敏感段落来做比较，结果发现借助他叙述者专业的语言才能，纳博科夫的确成功地避开了色情的嫌疑。

男女主人公关系的性质是关于《洛丽塔》的争论的另一个焦点。在小说之外，纳博科夫本人旗帜鲜明。他不仅经常强调自己"偏爱孩子"，而且在一次访谈中，更是明确地将男主人公定义为"一个装出动情的样子的自负又残忍的无赖"。但是在小说之中，纳博科夫却蓄意混淆"是非"。事实上，经过纳博科夫的塑造，洛丽塔几乎从来就不是那么可爱，而深深地爱着她的男主人公（她的继父）却并不总是十分可恨。更值得注意的是，纳博科夫将男女主人公迈进他们关系最深处的"决策权"交给了12岁的女方。在小说之中，是洛丽塔本人在听到母亲死亡的消息之后不久主动向已经为她神魂颠倒的继父建议来尝试她刚从夏令营里学来的"游戏"。大概正是本于这一关键性的细节，加拿大著名作家戴维斯（Robertson Davies）坚称《洛丽塔》的主题"不是一个狡诈的成人怎样败坏一个天真的孩子，而是一个堕落的孩子如何利用一个脆弱的成人"。

纳博科夫的"表里不一"正好与他关于小说的看法相吻合。纳博科夫曾经机智地借用那个向村民们谎报"狼"情的孩子来说明小说的本性。那个著名的孩子为自己喊出的最后一次真话付出了生命的代价。在纳博科夫看来，小说是小说家的谎言，而小说家就是那个善于撒谎的孩子。如果高喊"狼来了",而狼真的来了,这充其量不过是报告文学,而不是小说。正因为这样,听到小说家高喊"狼来了",我们这些善良和道德的读者其实大可不必惊慌,因为,"狼"没有来,也不会来。

但是,尽管"狼"没有来,像《洛丽塔》这种高水准的谎言仍然足以引起我们内心的战栗和恐慌。对《洛丽塔》的解读想绕过"道德"的关口无疑是不大可能的。事实上,小说的第一句话就将小说定位为"忏悔",将读者的注意力直接引进了道德的法庭。而在他的"忏悔"过程中,男主人公明确地将自己等同为"魔鬼",让身心的困境直接与最肤浅的价值判断相联系。"魔鬼"是男主人公对自己真实的评价,还是纳博科夫"媚俗"的谎言?

纳博科夫本人自然不在乎"文如其人"一类的陈词滥调,但是,他对小说可能引起的道德纠纷还是心存顾忌。所以在小说初版后不久写给当时最权威的评论家威尔逊(Edmund Wilson)的一封信中,纳博科夫强调这部小说表现的是一种"贞洁的"关系。这表明纳博科夫与他的男主人公在道德问题上有不同的看法。而另一位权威的批评家与纳博科夫看法类似。他这样评论说:"他(小说的男主人公)总是将自己称为魔鬼,而通过阅读我们发现,自己越来越不能同意他的这种说法了。"读者与人物观点的对峙显示出小说本身的魅力。

简单地说,《洛丽塔》之所以让我们战栗和恐慌是因为它触动了我们每一个人的"隐私":当我们在爱一个人的时候,我们在一定程度上是为了自己的满足。这普遍的"隐私"会让我们每一个人以各种不同的方式在情爱关系中跨越道德的边界。事实上，任何关系都是个体的欲望、神性的美感和集体的道德这"三要素"的自由组合。一种关系是否"贞洁"决定于这三者在总体中所占的比例。不幸的是，这种比例无法用简单的工具测量出来，而且它的指标又总是因人而异。因此，一种关系是否"贞洁"成了一个没有标准答案的难题，它通常不仅会令当局者迷惘而且还会令旁观者困惑。

在我看来，《洛丽塔》最令人心旷神怡和眼花缭乱的特征还是它语言的精细。从这个意义上说，用原文（英语）之外的语言来读它，感觉应该会大打折扣。借用语用学的概念，我们可以说《洛丽塔》的语言是一种行为、一种动作。通过极其细微和精致的语言行为，纳博科夫将读者带到了人物情感鲜为人知的深处。而这种行为通常看似游戏或者杂技，它给阅读带来的是络绎不绝的欣喜和刺激。比如在第18章中男主人公谈到了自己的地位的"升迁"，他说他从"房客"（lodger）变成了"爱人"（lover）。在这里，纳博科夫选用的英文词不仅的确压了尾韵，看上去还好像压了头韵。而在第19章中，男主人公用不以为然的口气谈论起他新婚妻子（洛丽塔的母亲）过于健康的身体，他说对她尸体的解剖（autopsy）将会像读她的自传（autobiography）一样简单乏味。他选用的这两个英文词不仅表现了他对阻碍自己与洛丽塔关系发展的人的蔑视，而且autopsy的突现为洛丽塔的母亲死于车祸的重要细节埋下了伏笔。在《洛丽塔》中，类似的语言游戏俯拾即是。它自然是纳博科夫的"卖弄",但同时,它也暴露了男主人公细腻的感觉和自负的个性。

我们还可以从许多其他有趣的角度去阅读《洛丽塔》。我自己在学生时代的一篇英文论文中讨论过私车在这部小说中的特殊作用。我注意到,私车为男女主人公关系的发展提供了最关键的空间。横穿美国大陆是许多优秀的美国小说的骨架,也是《洛丽塔》的重要结构要素。但是如果不是因为私车的存在,这种穿越不可能加速事态的发展和情绪的跌宕。事实上,私车将男女主人公的关系不仅带到了地理上的极点,也带到了心理上的尽头:他们第一次身体的接触发生在私车里;男主人公最重要的幻想和策划都产生于行车的过程,而特别值得注意的是,他所有的眼泪都流在私车里;还有,洛丽塔的母亲(男女主人公关系的最大障碍)死于车祸,还有男主人公最后陈述的也是一段被警车围追堵截的场面。(顺便说一句,我曾经看到过一张纳博科夫靠在自己车子的前排座位上,用铅笔在卡片上写作的照片。照片说明称他正在写的是《洛丽塔》的初稿。)

当年洛丽塔刚传入中国的时候,绝大多数读者对私车还没有切身的体会。时过境迁,私车现在已经成为大多数中国读者生活中不可缺少的部分。与此相应,中国读者的私生活也肯定发生了微妙的变化。在这种时候,带着理论联系实际的快感去重读《洛丽塔》,中国的读者也许会有许多新奇的体会和发现。

在纳博科夫看来,他戏剧性的一生是"一个小小玻璃球里的彩色螺旋"。"螺旋"表现了纳博科夫对生命的积极和辩证的态度。如果将他20年的"俄国时期"视为"正题",他同样长度的第一个"欧洲时期"就可视为"反题",而他20年的"美国时期"正好就是对立统一的"合题"。不可理喻的幸运和厄运突然都有了存在的理由,它们被心平气和地理解为个人生活不可或缺的组成部分。事实上,"螺旋"也是纳博科夫20世纪最有影响的同胞(他的"俄国时期"的掘墓人)用来普及历史唯物主义的著名意象。不同的是,纳博科夫给自己的螺旋涂上了色彩。"彩色的螺旋"不仅又一次证实了纳博科夫"视觉的敏感",同时展现了纳博科夫对生命的光明和积极的态度。更意味深长的是,这"彩色的螺旋"被局限在一个小小的玻璃球里……生命是有限的,透过这有限的生命陶醉于无限的语言之美,无限的自然之美,转瞬即逝的生命就获得了亘古不变的意义。

在1971年的一次访谈中,采访者请纳博科夫评估一下自己"在文学界处于什么位置"。纳博科夫的回答简洁、机智、豪爽,并且再现了他"视觉的敏感"。"从那上面看去,风景好极了。"他这样回答说。

而我们从我们所处的山脚下远远朝"那上面"望过去,也同样能够看到极好的风景。这是纳博科夫的生活和文学带给我们的感受和享受。这是语言、蝴蝶和彩色的螺旋带给我们的感受和享受。

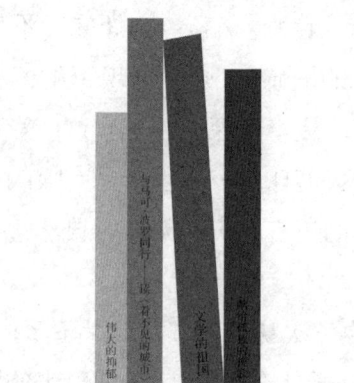

献给孤独的挽歌

——为马尔克斯87岁生日之后的第41天而作

1

"许多年之后,在自己异常平静的弥留之际,我将会回忆起从CBC(加拿大国家广播公司)的新闻节目里听到他名字的那个遥远的黄昏。"——请原谅我用一个模仿的句子开始这庄严的仪式。

我正在厨房里准备非常简单的晚餐。像平常一样,我在下厨之前就已经将收音机打开。切好青菜之后,新闻节目开始了。首先还是关于韩国沉船的消息,恶劣的天气仍然在阻碍搜救的进度……我的听觉已经有点厌倦这一个多月以来络绎不绝的灾难了。我将注意力集中在已经开锅的鸡汤上。我揭开锅盖,准备将切好的青菜扔进去。这时候,收音机里传出了他的国籍、他的职业以及他如雷贯耳的名字。我迅速关掉控制炉火的开关,将身体侧近到收音机的跟前。我的手里还握着冒着热气的锅盖。

事实上,在紧随他名字的动词出现之前,我已经完全清楚了新闻的内容。这个"为叙述活着"的人已经不可能再用任何神奇的叙述惊动世界了。他最后一次进入新闻的理由只有一条：那是所有生命都要重复的陈词滥调。

　　这条新闻播报结束之后，我下意识地看了一眼电炉上的时钟。我的祖国仍然还在沉睡之中。我不打算用"文学的祖国"里庄严肃穆的钟声去惊动那些关心文学的朋友们。之所以"不打算"，是因为这条新闻并没有带给我强烈的震撼。而之所以"并没有"，则是基于两个表面上有点矛盾的理由：首先，我对这条新闻早有准备。像我喜欢的许多作家一样，我喜欢去留意对自己有影响的作家生活中的各种日期和数据，比如生命的长度、婚姻的次数、成名作出版的年份等等。对自己与那些作家之间的年龄间距，我更是非常敏感。我知道自己的年龄与乔伊斯相距八十二年，与卡夫卡相距八十一年，与莎士比亚相距四百年……这种间距是我理解文学作品与社会和历史关系的一种根据。早在八十年代初期，早在第一次为他笔下的那种晶莹剔透的孤独流泪的时候，我就意识到自己与马尔克斯之间有三十七年的年龄间距。这就是说，如果不出特别的意外，我肯定会在有生之年听到关于他的这条没有任何魔幻色彩的新闻。

　　第二个理由是我永远都不可能接受这条新闻。十五年前，当淋巴癌的诊断结果到达他眼前的时候，马尔克斯称那是"好消息"，因为那意味着他必须开始专心写作自己的传记了。《为叙述活着》是他为自传选定的题目。而因为他全部的叙述都以"孤独"为中心，为叙述活着实际上就是为孤独活着。孤独是隐藏在人类全部历史中最深的秘密。它的源头可以追溯到我们的祖先还在寂静的深海里游弋的岁月，它的尽头会触到所有生命都因"热寂"而停止活动的年代。我不可能接受刚才的新闻,因为一个为孤独活着的人从来就活着,永远都活着。

　　本来就非常简单的晚餐变得更加简单了。晚餐之后,我照例去楼下散步,好像世界还是原来的世界,好像生活还是原来的生活。已经四月中旬了,蒙特利尔的空气还充满了寒意。报纸上说这是一百二十年来最冷的冬天。这也是让我这个酷爱寒冷的人第一次有点厌倦了的冬天。我突然又想起了《荒原》开始的句子。我突然又想起了自己刚刚过去的生日。生日的那天清早醒来,我用玩笑的口气对自己说:"已经过去一半了。"好像我生命的银行里还存有另外的一半,好像我的生命真是会要经受整整一百年的孤独……刚才的新闻提醒我,生与死之间的距离有多么近。

　　我突然又想起了马尔克斯关于死亡的说法。他说他最大的遗憾就是没有为爱情而死。我的视线开始变得有点模糊了。我意识到,这个世界已经是没有"伽博"(他的朋友和母语的读者们对他的爱称)的世界。

　　"四月是最残忍的月份。"从今天起,艾略特经典的诗句又有了新的语义。

2

　　大概是六年前,深圳的一家报纸做过一个关于《百年孤独》的专版。版面上有三篇短文,作者分别是苏童、格非和我。我的两位优秀同行在文章中都宏观地谈到了那部不朽之作对中国整整一代作家的影响。而我题为《惊心动魄的入口》的短文是微观之作。它盯住的仍然是那个改变了世界文学史方向的"第一个句子":

如果敢于亵渎神灵,不妨设想一下将我的"圣经"删节到只剩下一个句子。

这个句子将会这样展开:"许多年之后,当他面对着行刑队的时候,奥雷良诺·布恩迪亚上校将会回忆起他的父亲带他去看冰的那个遥远的下午。"

这就是《百年孤独》惊心动魄的入口。

这无疑是一个充满惊险和曲折的入口,本身就像迷宫一样的入口。为了确保阅读的顺利"进入",我们不妨将这入口整理成一条与时间相应的线段。这线段的左端点当然是记忆中的"那个遥远的下午",而它的右端点则处在那"许多年之后"。不难看出,与传统的顺叙和倒叙方式都不相同,小说的叙述是从这时间线段的中间开始的。我称这种叙述方式为"半途而兴"。

小说的叙述首先沿着时间的方向进行。不过它动作极为猛烈,一口气就跳过了"许多年"。这"许多年"的转瞬即逝带来了孤独的第一阵痉挛。但是,这跳跃并不是关键。关键是,它一口气就跳到了"行刑队"的面前。也就是说,在《百年孤独》的入口处,与孤独关系极为密切的"死亡"已经迫在眉睫。这种与死亡的面对带来了孤独的又一阵更痛苦的痉挛。

这个享誉文学史的句子的主体还没有显露，小说的主人公就已经站到了生命的终点。这意味着小说的叙述不可能再盲从时间的流动。它必须从相反的方向去扩展空间。它必须逆时间之流而上。

只有记忆能够帮助叙述完成这艰巨的使命。而记忆正好又是孤独最重要的资源。孤独的上校果然求助于"记忆"：他"回忆"起了"那个遥远的下午"。也就是说，叙述从时间的右端点越过叙述的起点，回到了时间的左端点。这显然是比那"许多年"更大的跳跃。而且，它还是更难的跳跃，因为它需要克服时间的阻力。

"记忆"带来了孤独的第三阵痉挛。它同时将叙述带回到了一个极为敏感的部位。出现在"那个遥远的下午"的不仅有深不可测的"父子关系"（孤独的另一种资源），而且更重要的，还出现了一块神秘莫测的"冰"。

被主人公视为"我们时代的伟大发明"的冰是整部《百年孤独》的灵魂。事实上，它是一切时代最伟大的发明，因为它象征着孤独的起点，象征着神秘莫测的爱情。

就这样，"记忆"将叙述带到了孤独的起点。在这里，"爱情"并没有明确暴露身份，但是它已经拥有了自己的"体温"。这由冰决定的"体温"带来了孤独的又一阵痉挛。《百年孤独》将用它全部的篇幅去显现这种"体温"的创造力和破坏力。

从这惊心动魄的入口，我们可以看到整个《百年孤独》的结构：它的一端是"火"（行刑队即将开火）代表的死亡，另一端是"冰"代表的爱情。时间拉开了这两个端点之间的距离,而记忆则试图将这种距离抹去。孤独在时间与记忆的冲突中肆虐,它用"火"的热与"冰"的冷将人生和历史引向了一个惊心动魄的出口。

3

因为《百年孤独》对中国的巨大影响是从马尔克斯1982年获得诺贝尔奖之后才开始的,我们很容易对这部作品的"年龄"产生错觉。事实上,《百年孤独》的初版在布宜诺斯艾利斯的书店里被抢购一空的年份是1967年。而马尔克斯本人认为"比西班牙原文高级"的英文版出版的年份是1970年。尽管我相信伟大的文学作品本身是超越时代和地域的,这些历史的数据却能够引发我们对历史本身的许多思考。想想看,我们这个有三千多年文学传统的民族,1967年的文学处于什么状况?想想看,1967年,我们这个世界上人口最多的"大家庭"在为什么而疯狂?后一个问题的答案比较明确,也与我们的话题密切相关。我说这与我们的话题密切相关是因为我们很容易在《百年孤独》里遇到这一切"疯狂"的变体。我经常说,我们的"十年浩劫"其实就是《百年孤独》的浓缩版和"行为艺术"版。也许就是因为这种看法,小说最后的那一句话(小说惊心动魄的出口)让我流下了绝望的眼泪,因为它告诉我们,经历过"百年孤独"的民族在地球上不会有"第二次机会"。

"值得你流泪的人不会让你流泪。"马尔克斯曾经这样写道。但是在写完《百年孤独》最后那个句子之后,他走进卧房，抱着他已经熟睡的妻子痛哭了起来。我在读到那个句子之前很多年就从他的访谈里知道了这个文学史可能永远都不屑于关心的生活细节。但是，经过自己这么多年孤独的写作，我越来越清楚了那个细节的分量和意义。创造性劳动极为脆弱又极为神秘。从惊心动魄的入口到惊心动魄的出口，那是怎样的十八个月啊。据说他写得很慢，他为每一个句子都要殚精竭虑；据说他的妻子每天都会在他的跟前摆上一朵黄色的玫瑰：那是祝福，那也是祈祷（他最后一次公开露面的时候，胸前的口袋里也插着一只黄色的玫瑰）；据说他的妻子要到处借钱和不断地典当，才能够维持住"魔幻"所需要的营养。据说他的妻子在他痛哭完之后，才小心翼翼地问道："你真的写完了吗？"接着，她才让他知道在他为孤独活着的那十八个月里他们累计负债的额度。

那高额的负债这时候当然已经没有任何意义了，因为他已经是《百年孤独》的作者，因为经过1965年到1967年之间的这长达十八个月的文学历险，他已经抵达了整整350年没有人抵达过的地方，那是只有"堂吉诃德"才能够抵达的地方。

他的抵达给文学史带来了一个棘手的问题。博尔赫斯曾经确认人的任何作品都是模仿之作，这当然是过激的言论。但是，如果说，七十年代以来的西方文学都受到《百年孤独》的影响，这应该毫不过分。因为《百年孤独》为写作打开了一切可能性，它的影响是全方位的，是一览无余的。这种影响实际上已经永远取消了"原创"的可能。

布克奖评委会曾经在1993年组织过一次评选"布克的布克"的活动。拉什迪的《午夜的孩子》的当选没有太多的悬念。这部伟大的作品就深受《百年孤独》的影响,是英语世界里"魔幻现实主义"的老大。可惜诺贝尔文学奖是颁给作家而不是颁给某一部具体作品的奖项,否则也不妨做类似的游戏。《百年孤独》的作者成为"诺贝尔的诺贝尔"的可能性当然很大。可以毫不过分地说,《百年孤独》影响了二十世纪九十年代以来的所有诺贝尔奖获得者,所有布克奖获得者,所有文学奖的获得者以及所有文学奖的潜在获得者。

他的抵达也给他自己带来了很大的困惑。他从来都声称自己是为小众写作,为少数的几个朋友写作。他说过看到书店里摆放着那么多自己的书感觉很不舒服。他拒绝出卖《百年孤独》的电影改编权大概也有抗拒大众的意思。但是,《百年孤独》在他的国家,甚至在整个南美洲的所有西班牙语国家都无疑是"大众读物"。我自己的亲身经历就能说明一点问题。在蒙特利尔居住的这些年里,我遇见过他的两个同胞:一个是普通的电脑工程师(男),一个是更普通的钟点工(女)。我一提起他们的"伽博",他们就神采飞扬。他们都是《百年孤独》狂热的读者。他们为他而疯狂。

然而,马尔克斯自己对那部在西班牙语国家的销量仅次于《圣经》,在全世界范围内的销售纪录应该永远也不会被打破的作品不以为然。他不厌其烦地表达过他的这一态度。他一直坚称那不是他最好的作品。

4

已经不记得是在1982年的深秋还是在1983年的初夏了,只记得是在一个阳光明媚的下午:我在北京航空学院的报刊阅览室(当时设在教学区一号楼二层东南角的阶梯教室)里翻开了那本杂志。已经不记得那是什么杂志,也不记得是因为看到了那有点奇怪的小说题目才翻开了那本杂志,还是因为翻开了那本杂志才看到了那有点奇怪的小说题目……总之,那是一个决定一生方向的动作:我翻开了那本杂志。出现在我眼前的小说题目是《没有人给他写信的上校》。

我一口气读完了它。我战战兢兢地读完了它。我泪流满面地读完了它。那是通向孤独的作品,那是通向绝望的作品。那是我有生以来第一次因为文学作品而流泪。

许多年之后,我在马尔克斯的一篇访谈中读到他对那篇小说的评价。他认为那是他最好的作品。在很长一段时间里,我一直认同他的这种看法。

直到现在,我还能清楚地看见那个流着眼泪从阅览室走出来的十八岁的年轻人。他的表情显示出他已经看到了生命的意义(或者说"毫无意义");他的表情也显示出他对写作的决心比走进阅览室之前更加坚定。我知道他在暗暗发誓要写出同样能够触及灵魂的作品……尽管三十二年之后,这仍然是没有兑现的誓言,那誓言却一直是对一个脆弱的生命最顽固的激励。

然后是现在就摆放在我电脑旁的这本英文盗版的《百年孤独》。它是1983年在五道口(注意那是与现在天壤之别的五道口）的外文书店购到的。书的背面盖有"内部交流"的图章。书的定价是一元九角。我不久前才知道，这个英文本的译者是科塔萨尔推荐给马尔克斯的。为了等待他腾出时间来翻译《百年孤独》，马尔克斯等了整整三年。这是得到了巨大回报的等待。马尔克斯对他的两位英文译者（另一位是《霍乱时期的爱情》等作品的译者，她也是《堂吉诃德》最好的英译者）都评价极高。他认为他的英译本的文学质量高于他的西班牙语原作。他多次承认他宁愿读自己作品的英译本而不是它们的西班牙语原作。我从他的英文出版商托姆·马施勒（他也是《午夜的孩子》的出版商）的回忆录中了解到，"不知名"的作者马尔克斯在他那里出的前四本书（包括《没有人给他写信的上校》）都很失败。当时马尔克斯唯恐他放弃，要他不要为钱担心。他保证说，他的下一本书一定会"创造历史"，会"卖卖卖卖卖"。他的保证果然很快就变成了魔幻般的现实。

也许就是因为有了这英文的盗版，我一直拒绝用中文读《百年孤独》。而我八十年代的英文水平连第一自然段的神韵都根本招架不住。我的阅读记录中因此就留下了一个后来令我后悔莫及的裂口。接着是生活的颠簸让我无暇顾及内心的孤独，这个裂口越来越大。我必须充满羞愧地承认，一直到1998年，我还是一个几乎没有读过《百年孤独》的人。那时候，我在深圳大学任教。那时候，我很轻松又很孤独。突然有一天，我从书架上取下了十五年前购买的这本书页已经枯黄了的小说。我用三个星期的时间，从入口一直走到了出口。那是惊心动魄的三个星期。那是我与《百年孤独》关系的开始。这本书从此再也没有回到书架上：它永远都在我的背包里。它永远都在我的身边。它陪我跨越了整个的地球。它陪我度过了全部的孤独。现在，它已经破烂不堪了，我经常要对它修修补补，但是我仍然舍不得让它退居孤独的二线。

然后是从我39岁生日那天起就一直摆在我书架上的那本西班牙原文的《为叙述活着》。它不仅是正版而且是刚刚上市的初版，精装的初版（当时世界上其他语种的翻译可能还刚刚开始或者还没有开始）。它来自蒙特利尔唯一的那家西班牙文书店。据书店老板介绍，它是蒙特利尔全城首批进到仅有的两本初版之一。他肯定万万没有想到这仅有的两本之一会被一个中国人取走。那是一个下着小雨的日子，那是我在蒙特利尔度过的第二个生日。我抚摸着封面上那个眼睛巨大的小男孩。我没有想到自己会离孤独这样近，这样近。我相信这是没有任何一个其他的中国作家有机会得到的实惠和虚荣。我只有极为粗浅的西班牙语言的知识。在深圳大学的那间可以看见海景的单身公寓里，我曾经狂热地用西班牙原文啃下过《百年孤独》的第一章，但是那得到了英译本一字一句的帮助。我很清楚，自己不可能在毫无帮助的情况下进入那原汁原味的叙述。我将它摆放到书架上最神圣的角落，与莎士比亚的全集和三种不同版本的《尤利西斯》摆在一起。在随后十一年的移民生活中，那个小男孩神奇的注视对我来说更重要的是一种威慑。它提醒我那个十八岁的年轻人的誓言还没有兑现。它提醒我"梦中的橄榄树"还在梦中……还有还有，还有那无处不在的孤独。

我在被问及自己受到的"影响"的时候，总是会提到乔伊斯（他是仅有的两位让我流泪的作家之一），而很少提到马尔克斯。这与我的"风格"有直接的关系。很多年以来，我的作品既不魔幻，又不现实。但是，长篇小说《白求恩的孩子们》是一个转折点。它标志着魔幻和现实已经开始在我的写作中互动。而在我刚刚完成的第四部长篇小说中，"死人"已经完全复活，他们对现实进行了强有力的干预。我相信在从今以后，马尔克斯的影响会在我的写作中有更自由的表现。

相比起来，长篇小说《遗弃》的主人公早已经是一位成熟的"魔幻现实主义者"。他留在日记中的那些小说实现了写作的多种可能性。比如《老兵》一篇不仅叙述主人公长达"四十年"的那"一瞬间"的孤独。在故事的结尾处，他更是绝望地发现，他的稻田里长出的不是粮食而是弹头。他将这魔幻当成是"不可泄露的秘密"，他不知道那其实就是众所周知的历史。

啊，无处不在的孤独！啊，无处不在的马尔克斯！

5

现在，我已经不认同马尔克斯关于他"最好的作品"的看法了。现在，我认为他最好的作品还是在他的母语世界里销量仅次于《圣经》的那部"大众读物"。这最好的作品用诗意的语言、精准的结构和对人性的洞见揭开了全部人类生活的秘密。它是文体的典范，历史的标本，政治的定影。它是一座捍卫普世价值的文学的丰碑。它是我的"圣经"。

我坚决主张要像读《圣经》一样来读这部小说。也就是要"细读":要"在意"每一个句子,每一个词;要"在乎"每一个句子,每一个词。《"圣经"的第一自然段》是我在无数次细读之后留下的又一段读书报告。我愿与在这个特殊的日子里准备翻开或者重新翻开我的"圣经"的读者们分享这细读的孤独和乐趣:

我的"圣经"初版于1967年。它的作者是哥伦比亚人,它的原文是西班牙文。因此,我的"圣经"不是始于"太初",如《旧约》;也不是始于耶稣的家谱,如《新约》。我的"圣经"始于"许多年之后……"。

这哗众的启动方式曾经激荡过许多人对叙事学的热情。那"许多年之后"的事件其实发生在故事结构的中部,因此,我们不妨将这种启动方式称为半途而"兴"。这第一个句子的短期目的显然是交代人物。但是,它的最后那个字却暴露出了它的长期打算:它已经在眺望小说第一章的结尾,或者说它已经在逼近整个小说的核心。在第一章的结尾,第一代孤独者称那个字命名的奇观为"世界上最大的钻石"。而饱经风霜的吉卜赛人纠正他说那不过是一块"冰"。在小说之中,"冰"代表着百年孤独的温度。

《百年孤独》第一自然段的第二个句子设定了地点又暗示了时间:流过马贡多的河流清澈见底。河床上白色的巨石像"史前时代的蛋"。第三个句子进一步将时间锁定:那时候,

"许多事物还没有名称",人们要靠"指"才能"称"。而地点和时间刚刚确定,生活与"地点和时间"关系最为松散的吉卜赛人就隆重出场了。在第四个句子的最后,读者看到了他们带来的大大小小的"新的发明"。

这些新的发明将要改变与世隔绝的马贡多的命运,因为它们撩动了孤独者"无法遏制的想象力"。由第五个句子引进的"磁铁"是吉普塞人演示的第一项发明。这项发明使"甚至那些丢失多年的物品都出现在被人翻找过多次的地方"。在吉卜赛人看来,导致这奇迹的原因是"事物都有生命",而这项发明的价值就在于能够"唤醒事物的灵魂"。

可是,小说中的第一代孤独者却偏偏要将这关于灵魂的发明下落到实处。他的想象力将他带到了想象力可以抵达的最黑暗的地方:他想象可以用磁铁去寻找金矿。吉卜赛人的诚实无法阻止他。他妻子的纠缠也无法阻止他。他开始了狂热的寻找。他找遍了马贡多的每一寸土地。他唯一找到的是一具"十五世纪的盔甲"。

为什么一定是"十五世纪"?这遥远的数字有鲜明的指向:它指向西班牙,它指向征服,它指向与征服相伴的远离,它指向与远离相伴的思念,它指向与思念相伴的孤独。盔甲已经被时间锈结成了一个整体。在第一自然段的第十七个句子里,孤独者听到了来自这盔甲内部的"空洞的回音",那是历史的回音,那是孤独的回音。

如果马尔克斯只想以大师自居,《百年孤独》的第一自然段可以在这已经道高一尺的第十七个句子结束。但是,马尔克斯显然有敏锐的自知之明：他知道他正在写作的是一部"圣经"。他要神化文学，他要神化写作，他要神化他自己。因此，他一定要写出第十八个句子，一个魔高一丈的句子。在这个句子中，锈结的盔甲将被撬开，必须撬开。

不出所料的是，读者看到了一具骷髅，而且是"钙化了的骷髅"。大出所料的是，这骷髅的脖子上还系着一个小铜盒。作者用一个动名词迅速打开了这个小铜盒，呈现在读者视线中的是一束令人心酸的"女人的头发"。

这一束"女人的头发"掀起了这波澜壮阔的小说中的第一个波澜。它将第一自然段的结尾与开始连接在一起。它将爱情与死亡连接在一起。它为一座想象的丰碑奠基。

马尔克斯没有去描绘孤独者经受这波澜冲击之后的反应。读者只能从阅读的惊愕中去想象主人公触目惊心的表情。

6

当然，一部穷尽了所有可能性的作品还存在着其他的读法。在我看来，那部作品是引导学者们在人类历史上那些最险恶的迷宫里探险的罗盘。"布恩迪亚"的内涵是固定的，但是它的外延却可延及历史上的所有时代，世界上的任何角落。魔幻世界里的"家长"总是让我想起现实世界里大大小小的"救星"。被沼泽包围着的马贡多总是让我想起《1984》里的伦敦或者腥风血雨中的德黑兰。

诗人帕斯在《诗歌、神话和革命》一文中指出："专制者"通常总是以"解放者"的面目出现的。这来自南美的实践同样是可以"放之四海"的真理。而《百年孤独》让我们看到了孤独在这两种极端角色转换过程中的终极作用。马贡多在孤独中诞生，在孤独中兴盛，又在孤独中衰亡。孤独是推动历史前进的根本动力，也是导致历史倒退的重要原因。而孤独一旦与权力结合，就成了也许只有时间能够降服的猛兽。它对于一个民族心灵的伤害是不可逆转的：没有"第二次机会"！

  马尔克斯的天才与他的博学关系密切。他有丰富的阅读经验。他曾经说他"无法想象一个对之前一万年的文学没有起码概念的人怎么可以去写小说"。细读《百年孤独》，我们会发现它的作者不仅对过去"一万年"的文学，甚至对全部的历史(包括科技史、自然史和政治史等等)都有充分的概念。他关于马贡多一百年的所有想象几乎都可以在地球"一万年"的历史里找到出处，比如磁铁的发现、比如透镜的实验……又比如，熟悉拿破仑生活的人都知道他就像那具十五世纪的骷髅一样痴迷，在约瑟芬死后，他将她最迷恋的香料收进一个盒子，一直带在身边，直到生命的终点。"关公战秦琼"的霸道在马尔克斯看来当然只是微不足道的小巫。他的天才足以将地球上"一万年"的传奇压缩到"一百年"的孤独之中。历史的逻辑和生命的逻辑是《百年孤独》最重要的发现。在发现的过程中，马尔克斯将人类"一万年"的疯狂和理智重新定位，阅读已经习以为常的"出处"通过他天才的想象重新获得了令人叹为观止的去处。连陈词滥调在他的笔下都会充满了神奇，比如孤独者经过长时间的研究发现"地球是圆的",它像什么?我们的老师和家长会告诉我们它就像"球"一样。这就是陈词滥调。这还是"同语反复"。而马尔克斯的主人公告诉我们的是它就像"橙子"一样。这发现不仅如此地悦目,还充满了质感、口感、生命感。只有世界上最深的孤独才会有如此神奇又如此逼真的发现。

《百年孤独》自始至终都没有给读者任何希望,就像《没有人给他写信的上校》一样,就像马尔克斯的绝大部分作品一样。马尔克斯的绝大多数作品都可以说是"献给孤独的挽歌",它们都充满着忧郁的气质。这是孤独本身的气质。这是与孤独唇齿相依的爱情本身的气质。而与他的作品相反,马尔克斯本人其实是政治上的理想主义者,美学上的乐观主义者。这从他一贯的左倾立场和他对他的"菲德尔"(卡斯特罗)备受非议的狂热,以及他对写作始终的虔诚和谦恭就可以看出来。

理想主义和乐观主义在他的作品中也留下了淡淡的痕迹。短篇小说《世上最美的溺水者》就是其中最漂亮的痕迹。这是一篇相信"美"能够(朝好的方向)改变人性和改变历史的作品。就像乔伊斯的《阿拉比》和《死者》一样,这也是值得反复吟诵的短篇经典。小说从在海边玩耍的孩子们注意到有异物从海面上漂过来的场面开始。他们开始以为那是鲨鱼或者潜艇……等它漂近了之后,他们才知道那其实是一具尸体。大人们出场了,他们将缠绕在尸体上的海草和贝壳捡开,"世界上最漂亮的溺水者"出现在他们的面前。他让所有的男人都黯然失色,他让所有的女人都心花怒放。他撼动他们一成不变的生活。接下来我们首先看到了女人们对"美"的激情：她们以从没有过的温柔和细腻为他清洗、为他装殓，她们以从没有过的痴迷和固执想象自己与他在一起生活的热烈和幸福。男人们开始完全不能理解自己的女人怎么会为一个既不能为她们出海也不能与她们做爱的"男尸"如此兴奋、如此痴迷、如此专一。他们一开始当然也嫉妒无比。但是渐渐地，他们被自己女人的表现感化和同化了。他们也发现了自己对"美"的激情。扛着装有溺水者尸体的棺材上山的时候，他们情不自禁地唱起了对美的颂歌。最后，大自然也被岛民们的激情感动了。这座平庸的孤岛刹那间变成了鲜花盛开的仙境。远处有一艘似乎已经迷失方向的航船。船长从望远镜里看到这不可思议的美景。他毫不犹豫地用"十四种语言"对他的水手们下达了命令。这显然是一道具有普世价值的命令。它要求他的轮船朝世界上最漂亮的地方开去。

以前每次读到这里，我就会想，马尔克斯自己也许就是那位果断的船长的"原型"。不，我现在想，他是一位更古老的船长。他是文学史上的探险家，他是文学史上的哥伦布。他用西班牙语发现的不是一座文学的岛屿，而是一片文学的新大陆。那"文学的祖国"注定是一片自由的大陆。"许多年之后"，世界上各种语言的写作者将会在那里汇合，尽情享受想象的自由和表达的自由。

致命的殊荣

1

这殊荣终于降临到了他的头上：1958年10月23日，瑞典学院宣布将当年的诺贝尔文学奖授予苏联作家帕斯捷尔纳克，表彰他"对现代抒情诗歌以及俄罗斯小说伟大传统做出的杰出贡献"。瑞典学院特别强调评委会的评估是建立在得奖者的全部作品之上，而不是专注于某一部代表作。他们想通过淡化《日瓦戈医生》的影响，降低这次颁奖的政治风险。《日瓦戈医生》是帕斯捷尔纳克的代表作。11个月之前，这部无法在自己的祖国出版的小说在意大利同时以意大利文和俄文出版，并且立即引起了巨大的轰动，迅速被译成了更多的文字。当瑞典学院做出决定之时，这完美地结合了"现代抒情诗歌"与"俄罗斯小说伟大传统"的作品正雄踞西方各国畅销书榜的榜首。

这是帕斯捷尔纳克等待了12年的殊荣。他的第一次提名是在1946年。而随后连续四年他每年都是呼声很高的竞争者。然后是1953年，然后是1957年。1957年的获奖者加缪用自己的获奖来为落选的对手呐喊，再次提名他进入下一年度的竞争。经过12年来的8轮角逐，这殊荣终于降临到了他的头上。帕斯捷尔纳克马上给瑞典学院发去电报，欣然接受这在他想来也同样属于他的祖国的荣誉。他的电文是："无限的感激，骄傲，感动，惊喜，不知所措。"

但是电报发出几个小时之后，住在隔壁的苏联作家协会主席费定走进了帕斯捷尔纳克的书房。简短的谈话之后，费定独自从书房里走出来。正忙于准备家庭庆祝活动的女主人紧接着进去。她发现自己刚才"无限地感激和骄傲"的丈夫正瘫坐在沙发上，面无表情。费定的离去带走了帕斯捷尔纳克电文中的前四个形容词。祝贺的电话还在陆续打来，但是面对这终于降临的殊荣，只有"不知所措"可以准确地形容帕斯捷尔纳克的心境了。这时候，他已经清楚地知道他的祖国无意与他分享这份特殊的荣誉。

关于第二天发生了什么，我读过的几本关于帕斯捷尔纳克的传记都没有任何记载。第二天是沉默的一天。这是在准备爆发的沉默，又是在准备死亡的沉默。

第三天，沉默首先被从专业一翼打破。很有影响的《文学报》这一天发表了一篇题为《国际反动势力的挑战》的社论和一封口径统一的读者来信。《日瓦戈医生》被定性为一个"堕落的"诗人对"十月革命的中伤"和"对社会主义的诬蔑"。与此同时，莫斯科的一些文学专业的大学生走上了街头，高喊"将叛徒（犹大）赶出苏联"的口号。

第四天的炮火来自制高点。一篇题为《围绕一部文学毒草的反革命叫嚣》的文章在《真理报》上发表。这篇署名文章的作者从早期作品入手,分析了帕斯捷尔纳克的"全部作品",并且将他的创作全盘否定。特别值得注意的是,文章在攻击了诺贝尔文学奖的政治动机之后,为获奖者指明了唯一的出路:如果他还有苏联公民"最起码的良知"的话,就应该拒绝这"肮脏"的奖项。从这篇文章,帕斯捷尔纳克已经清楚地知道,这殊荣不仅不属于他的祖国,祖国还希望它同样不属于他自己。与这来自最高层的炮火相配合,更多的读者来信在各家报纸上发表。这密集的火力来自四面八方,来自各行各业。因为四天前降临的殊荣,帕斯捷尔纳克此时已经成为人民的公敌。

第五天,苏联作家联盟书记处召开紧急会议,声讨作家阵容里的"败类"。帕斯捷尔纳克不仅以缺席来维护自己的尊严,同时他还给会议写了一封措辞强硬的信。他在信中为《日瓦戈医生》辩解,并宣称自己无论如何也不会放弃刚刚获得的殊荣。他还提醒自己的同行不要仓促做出任何对他过火的决定以免今后"平反昭雪"的麻烦。紧急会议没有顾及这将来的麻烦,毫不犹豫地做出决定,将帕斯捷尔纳克开除出苏联作家联盟。这意味着帕斯捷尔纳克将不再能够用自己的名字在自己的祖国发表作品。

作家联盟的决定第二天见报。这是1958年10月28日,是诺贝尔奖的殊荣降临后的第六天。如果帕斯捷尔纳克继续坚持自己前一天信中的立场,等待他的只有两个对立的结果:或者"出去"(流亡)或者"进去"(坐牢)。这一天是帕斯捷尔纳克一生中最漫长的一天。他在这一天要做出他一生中最重大的决定。

《1930—60：帕斯捷尔纳克的悲剧岁月》是传主的儿子为他撰写的传记的第二部。传记作者在最后一章记录了自己随后的那天中午在街上与父亲相遇时的情形。他记录说，父亲头发花白，衣服脏乱，他几乎认不出来他了。

当儿子准备与父亲讨论一下越来越紧的风声时，面目全非的父亲告诉他说："现在一切都不重要了。"因为他清早已经给瑞典学院发出了获奖后的第二份电报：谢绝这殊荣的电报。他的电文是："考虑到我所属的社会对你们这个奖项的看法，我必须放弃这一我不配接受的荣誉。这是我的自愿放弃，请不要见怪。"

在做出这个实际上是生死攸关的决定之前，帕斯捷尔纳克没有征求任何人的意见。他对殊荣的放弃因此很像是出于"自愿"。他无疑相信这历史性的"自愿放弃"会结束六天以来外界的喧嚣和内心的狂躁。但是，他错了。

他完全错了。他没有想到祖国对他还有更进一步的要求。他没有想到自己会因此而陷入更深的狂躁。

2

史称"诺贝尔奖危机"的事件并没有因为帕斯捷尔纳克的谢绝而结束。在他发出谢绝电报的当天，《真理报》发表了一篇由六位苏联科学院院士署名的文章。文章高度赞扬瑞典皇家科学院将当年的诺贝尔物理学奖授予三位苏联科学家，认为这是客观公正的选择。而同时，文章再次严厉谴责当年的诺贝尔文学奖，认为将它授予这些科学家的同胞却充满了政治上的偏见和图谋。这"具体情况具体分析"的文风再现了辩证法的魅力。

自杀性的谢绝让帕斯捷尔纳克痛苦不堪。他马上想到了20世纪上半叶苦难的俄罗斯文学史上那些著名的前车之鉴，也想用自杀来结束自己的痛苦。但是，他的祖国及时发现了这一动向。祖国认为，作家用这种"快捷方式"来终结自己的痛苦等于是"从背后"再给苏维埃政权一刀。"有关方面"运筹帷幄，巧妙地利用帕斯捷尔纳克最亲近的人，制止了他对祖国的另一次"行刺"。痛苦不堪的作家在当时给表妹的一封信中无可奈何地写道："现在最好的事就是死，但是我也许不应该亲手来实现它。"

而同时，不允许他走上绝路的祖国对他还有更进一步的要求。他最亲近的人带来了针对他的"最高指示"：仅仅放弃诺贝尔文学奖是不够的，他还必须向祖国和人民公开悔过。很快，一份由组织上代写的"悔过书"摆在了帕斯捷尔纳克的眼前。他无法接受其中那些"自我"诋毁的文字，拒绝在上面签字。而接踵而至的第二份"悔过书"更具侮辱性。帕斯捷尔纳克却不得不在那上面签下自己的名字。因为这时候，苏联作家联盟已经"一致通过"给苏维埃最高法院的请愿信，吁请执法机关剥夺他的公民权，将他立即驱逐出境。刚刚谢绝了殊荣的作家已经别无选择。他的"悔过书"于11月6日在《真理报》上发表。

帕斯捷尔纳克"悔过书"的公开发表标志着历时14天

的"诺贝尔奖危机"的正式结束。通过"自愿"的放弃和公开的"悔过",帕斯捷尔纳克已经被成功地转化成了"次要矛盾"。他的名字迅速从苏联的媒体里消失。怒不可遏的文学界突然变得风平浪静。很清楚,他的祖国并不想让他作为举世瞩目的头号异己而出尽风头。

一个有趣的问题是,帕斯捷尔纳克精通多种西方语言,年轻时在德国留学,有多年西方生活的经验,而他的代表作又正雄踞西方畅销书榜的榜首,正在同时丰收社会效益和经济效益,他不堪皮肉之苦,害怕"进去"似乎不难理解,但是他为什么还害怕"出去",害怕被剥夺国籍,被驱逐出境呢?

对祖国的信念也许是他这种恐惧的部分原因。他的日瓦戈医生认为:"一个成熟的人必须咬紧牙关,与他的祖国同度患难。"这大概也是作家本人的信念;而年龄和健康也应该是值得考虑的因素:帕斯捷尔纳克此时已经68岁,并且顽症缠身,他应该已经没有再去西方"潇洒走一回"的精力和兴致。

但是,最重要的原因无疑是他公开的隐私。事实上,在给瑞典发去谢绝电报的同时,帕斯捷尔纳克还发出了另外一份电报。电报的收件人是苏联共产党中央委员会。电报的电文是:"已经放弃诺贝尔奖。让伊文丝卡娅重新工作。"很显然,帕斯捷尔纳克这是在用难得的诺贝尔文学奖与强硬的苏维埃最高当局进行交易。他想用震惊世界的畏缩换取令他心安理得的恩惠。

伊文丝卡娅是晚年帕斯捷尔纳克最亲近的人。她在34

岁那年走进56岁的帕斯捷尔纳克的生活，不仅成为他的代表作中女主人公的原型，而且成为他日常生活中的支柱。但是，进入"帕斯捷尔纳克的悲剧岁月"，这位才貌双全的女性自己的生活也就变成了悲剧。因为他们的关系，伊文丝卡娅失去了在著名出版社做编辑和翻译的公职。她的社会角色被简化成了当局对帕斯捷尔纳克实施调控的"按钮"。在帕斯捷尔纳克刚开始写作《日瓦戈医生》的时候，37岁的伊文丝卡娅突然被捕，并被判处5年的徒刑。当时她正怀着帕斯捷尔纳克的孩子（孩子后来死在劳改营里）。而在"诺贝尔奖危机"中，她继续接受组织的指令，与祖国步调一致，在防止帕斯捷尔纳克自杀和促成帕斯捷尔纳克悔过等重要环节上发挥了特殊的作用。很多年以后，她对自己发挥的这种历史作用深感内疚。

帕斯捷尔纳克准备为自由抛弃生命，但是却不愿意为自由而抛弃爱情。他知道自己被驱逐出境之后，不仅要忍受与最亲近的人天各一方的痛苦，而且他最亲近的人还肯定会再次遭受"进去"的折磨。对这两种后果的想象都令作家心惊胆战。因此，向祖国和人民低下"高贵的头颅"成了他唯一的出路。

"诺贝尔奖危机"结束之后，帕斯捷尔纳克马上积极行动，准备与伊文丝卡娅私奔到一座偏远城市，让用自由换来的爱情不仅有文学的美感，而且有世俗的名分。但是在出发的一刻，帕斯捷尔纳克突然失去了勇气："自愿"放弃诺贝尔奖的作家最后还是不愿放弃自己的第二次婚姻（他说他"不想伤害没有过错的人")。饱经磨难的伊文丝卡娅终于没有机会肩挑起"第三任帕斯捷尔纳克夫人"的大任。

获得诺贝尔文学奖使帕斯捷尔纳克失去了一切。在随后的日子里他为自己的谢绝和悔过而痛苦难当。他做过两次引人注目的抗争：在伦敦的报纸上发表了一次牢骚满腹的访谈，在纽约的报纸上发表了一首怨声载道的诗歌（诗歌题为《诺贝尔奖》）。但是，这两次抗争都是虎头蛇尾，都以他闹剧似的辩解而草草收场。

1960年5月30日，也就是在他谢绝诺贝尔文学奖17个月之后，70岁的帕斯捷尔纳克悄然谢世。这一年一开始就对文学杀气腾腾。1月4日，47岁的加缪在回巴黎的途中因车祸丧生。加缪在帕斯捷尔纳克前一年获奖，并且极力促成他紧随其后获奖。他们的获奖与离世相距如此之近，却又形成了强烈的对照：关于帕斯捷尔纳克的死因，尽管历史和常识会得出"非常"的结论，他的死亡证明书上注明的却只是司空见惯的"癌症和心脏病"。也就是说,帕斯捷尔纳克死得"正常"。从年龄上看，他的死也完全可以被定性为"正寝"。而加缪不仅死于意外，他的死也是毫无争议的"夭折"。但是，夭折的加缪带走了永远的殊荣，而陪葬帕斯捷尔纳克的却只是无限的遗憾。

帕斯捷尔纳克的谢世使伊文丝卡娅失去了再利用的价值。而没有与帕斯捷尔纳克名义上的关系又使伊文丝卡娅毫无保护。几个月之后，她被以"倒卖外币罪"再一次被捕，并被判处8年徒刑（这一次与她一起被捕和判刑的还有她的女儿：她的同案犯）。

　　伊文丝卡娅在劳改4年之后获释。她一直活到了"新思维"的年代，活到了她的祖国和人民以她的爱人骄傲和自豪的年代。

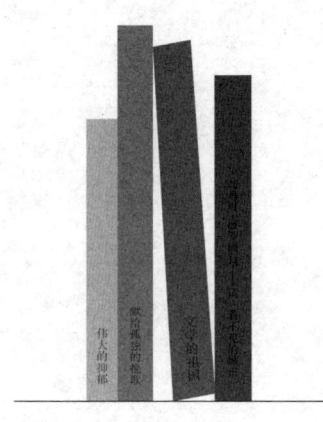

"大地"的回报

在整个20世纪之内，只有一个人会用两种相去甚远的语言对刚刚获悉的诺贝尔文学奖的评选结果做出消极的反应：这个人首先用汉语说"我不相信"，接着又用英语说"这很荒唐"。这"双重"的否定抢在了几乎所有人的前面。与那"几乎所有人"不同的是，做出这个反应的人否定的是她自己。

像许多年以后还对这个结果义愤填膺的许多人一样，她在自己的消极反应里也使用了"虚拟"语气：紧接着"这很荒唐"，她说这个奖项"应该授予德莱塞"。她这是在自己狭窄的参考系里议论文学的优劣。她忘记了所有的"应该"其实都只是一种偏见，正像任何一种评选的"结果"一样。当结果的偏见与"虚拟"的偏见相冲突的时候，这结果往往能够传达更多的信息。

她得到的不是抽象的"诺贝尔文学奖"，而是具体的"1938年的诺贝尔文学奖"。将焦距调准确一点，我们会看清楚这备遭非议的结果正好与1938年阴暗的国际局势相匹配。在欧洲，希特勒和墨索里尼的队伍已经整装待发了，他们支持的佛朗哥也已经赢得马德里。而在亚洲，已经占领了华北平原以及中国所有沿海城市的日本军队正在将铁蹄伸向长江的中游，并且继续掌握着战场上的主动。"自由"这一文学所代表和捍卫的最基本的理念在历史上又一次遭遇了最强悍的敌人。在这危难之际，热爱和平的瑞典人将注意力从文学的塔尖上移开，移向人民群众的汪洋大海，这实际上是对时局的一种正常的生理反应。他们希望他们的讲台上出现和平的声音，他们希望用他们的选择来表达出对自由的向往以及对奴役的同情。一种通情达理的看法是，1938年的诺贝尔文学奖正是怀着这样的希望选择了已经通过大量的写作而成为国际上反对暴力和捍卫自由的著名声音的赛珍珠。

在初版于1954年的自传《我的几个世界》中，赛珍珠也是从中国的政局谈到了她的瑞典之行。她的这种叙述方式似乎是在认同上面的那种看法。她首先谈到了西安事变以及将近两年的国共合作，然后谈到了联合抗日的双方对战争结果的不同期待。她似乎对自己获奖的"背景"了如指掌。最后，她将自己对中国局势的分析锁定在一个具体的时间单位里："这就是在1938年11月中国人所面临的处境。"她这样概括道。

这个概括完全是为了引起紧接着的一个自然段。这个自然段只有一句话："在那同一年的同一个时候，我正在瑞典，我去那里接受诺贝尔文学奖。"她简洁地写道。这简洁的段落显示出她已经准确地找到了令她登峰造极的坐标。"那同一年的同一个时候"在历史上第一次将年轻的诺贝尔文学奖与古老的中国联系在一起。

她没有再去纠缠"应不应该"的问题。刘易斯在她出发之前提醒她:"不要让任何人低估你的获奖。这是一个重大的事件,是一个作家一生之中最大的事件。去享受它的每一个瞬间吧,它将成为你最美好的记忆。"她的这位第一个获得这项荣誉的同胞也同样被公认为与这项荣誉极不相称。赛珍珠牢牢记住了同病相怜的同胞的提醒。一路上,她既不去为自己的名分辩护,也没有屈从精英的挖苦。她要尽情地享受"荒唐的"盛名带来的每一个瞬间。

与践踏自由的暴力的斗争是这种享受中的一部分。她拒绝了纳粹德国的邀请,因为她不想访问一个不允许她自由思考和畅所欲言的国家。"我是一个个人主义者和民主主义者。"她这样告诉记者。她关于中国的言论更是如雷贯耳。她说处于民族存亡关头的中国最需要的是一个深得人民信任的强大的中央政府,而她不相信,这样的政府能够在蒋介石先生的领导下形成。她批评当时的中国政府里许多(如果不是所有)官员都很腐化,而且绝大多数官员毫不关心人民的福利。作为回报,驻瑞典的中国外交官员拒绝出席她的授奖仪式。(我在费正清1982年版自传的第253页上读到的故事也许可以算是另一次更远的回报。正在美国访问的蒋夫人在那个故事中用一种极为滑稽的方式"报复"了赛珍珠。当时,赛珍珠在《生活》杂志上发表的批评蒋介石政府的文章正在美国公众中产生很大的影响)。

赛珍珠将她领奖时的发言收在《我的几个世界》之中。这简短的发言共分为三段,第一段自然是客套。在稍长的第二段里,她突出了自己"美国女性作家"的特殊身份。这身份已经相当特殊了，因为在半个多世纪之后，才有另一位作家（托尼·莫里森）以同样的身份（并且是毫无争议地）站到了同样的地方。而在最长的第三段，赛珍珠将自己的身份进一步"特殊化"：那是人类历史上大概永远也不可能再现的特殊身份。中国的声音通过这特殊的身份第一次出现在诺贝尔文学奖的领奖台上：

如果不以我个人的方式提到中国人民，我就还不是真正的自己。在过去的那么多年里，中国人民的生活也就是我自己的生活。而他们的生活也将永远都是我自己生活的一部分。领养过我的中国与我自己的国家有许多心理上的一致之处，其中最突出的就是对自由的热爱。今天，当整个中国正在从事人类最伟大的争取自由的斗争的时候，我们更能够看清楚这一点。我从来没有像现在这样更加敬佩中国。现在，中国人民正团结在一起反击威胁她的自由的敌人。有了这种对自由的决心（这决心深深地扎根于她的本性之中），我知道，她是不可战胜的。

其实，她的自传里几乎是充满了对中国的敬佩。比如她将一篇她三十岁时发表的随笔收在自传之中。她用这篇题为《中国的美》的随笔极力为"中国的美"进行辩护。她说中国的美是一种需要更多人去发现和欣赏的内在的美和古典的美。（她关于梅兰芳的回忆片段也提到了大师性格中"内在的尊严"。）

她终于有机会将这种令她陶醉的美带到了更引人注目的讲台上。按照惯例，获得诺贝尔奖的作家要在领奖的第二天做一个演讲，讲述自己文学的渊源和根基。这个在中国生活过36年的46岁的美国人应该在这个演讲中抬举出一种什么样的传统呢？她选择了将她哺养成人的文学传统。这当然首先是她的知恩图报，但是这同样也是她的营销策略。她因此可以扬己之长而避己之短：与中国的顽固联系让她的文学带上了在西方世界无人能够超越的"原创性"，也让她可以不必屈就于没有接受也好像永远不会接受她的"西方正典"。她的演讲题目为《中国的小说》。这篇演讲根据她在南京大学任教期间的讲义扩充而成。讲稿后来被加上"诺贝尔演讲"的副标题以同样的题目单独成书出版。

演讲一开始，赛珍珠就肯定地指出，"是中国小说而不是美国小说"塑造了她"在文学上的努力"。接着，她侃侃而谈，从汉代的笑话，唐代的传奇一直谈到了明清的经典（特别是她自己翻译的《水浒传》）。她说中国文学虽然没有留下像西方那样耀眼的小说作家，却留下了与西方的成就同样伟大的小说作品。她说中国的小说不是那种可以用西方标准来衡量的由孤独的艺术家创造的精致的艺术品，但是它却有极为粗壮的生活之根：它来自于人民，它服务于人民，它属于人民。"就像中国小说家一样，我接受了这样的教育：我要为人民写作……人民对故事有最正确的判断，因为他们的感觉未被磨损，他们的感情不受拘束。"她在演讲的最后这样自豪地表白。

她曾经被世界上最大的社会主义国家分类到"无产阶级作家"之中。她关于自己写作立场的这种表白也许就是这种分类的凭据。这种表白马上让我想起了比她晚一年半出生的20世纪中国历史上最重要的人物三年半之后在那次著名的文艺座谈会上影响深远的讲话。两篇讲话经不同的道路而同归于"人民",这是偶然的巧合,还是时代的烙印?我想象不出赛珍珠通俗的声音当时会在瑞典的大雅之堂上引起怎样的反响。很多年以后,她与诺贝尔文学奖包办的"结合"仍然是西方知识精英的笑料,并且仍然为广大的中国人民所不知或者不齿,这也许说明她通俗的声音与左右之源都有难以缝合的距离。

赛珍珠的自传出版于1954年。这对她是一个意味深长的年份:她离开领养她的中国已经整整20年了。这对美国同样也是一个意味深长的年份:甚嚣尘上的麦卡锡主义终于走到了穷途末路。麦卡锡的主要目标拉铁摩尔(Owen Lattimore)是她相知20多年的朋友。她在自传中再现了她与拉铁摩尔夫妇30年代初在北京的见面,并且提及这位天才的东亚学者后来帮助蒙古的宗教领袖逃离集权统治的轶事。自传出版之前的第三年,麦卡锡并没有能够成功地给拉铁摩尔带上"头号苏联间谍"的帽子。赛珍珠完全没有必要用自己的回忆来为他做证。但是,她平缓的讲述的确再现了这位曾经在听证会上与不可一世的麦卡锡针锋相对的知识分子的人格魅力。

赛珍珠接下来的生活最好是从她的"文化传记"中去打

探。这部出版于1996年的传记史料翔实，立场端正，叙述稳健。它为赛珍珠前60年的生活补足了盘根和错节。而作者彼得·康恩（Peter Conn）最大的贡献也许是将我们带进了他的传主最后那20年的生活，也就是这位传奇的女性在穿过无休无止的误解之后继续被"争议"困扰的生活。

她的畅所欲言令她在自己的国家腹背受敌。她因为对中国的国民党政府贪污腐化的批评而受到了她那些敌视"共产主义"的朋友的冷遇。她又因为对"共产主义"持"不同政见"而遭到极左派知识分子的唾弃。她因为积极参与民权运动，反对种族歧视，反对性别歧视，反对战争等等，而成为自由主义的代表，女权运动的先驱。她在1969年权威的民意调查中，列美国十大杰出女性的第八位（而且是仅有的两位纯粹"靠自己的努力"进入那个名单中的女性之一）。与此相应，她的行为又引起了官方的警觉和敌视。她的FBI档案因此越积越厚。有些人甚至考虑要将她的作品从公共图书馆的书架上清除出去。

这个在政治上极有争议的人物却是一个无可争议的母亲。她带大了她自己"永远不会长大的"弱智的女儿。她发表于1950年的长文《永远不会长大的孩子》激起了包括"背负着同样的十字架和忧伤"的戴高乐夫人在内的成千上万的母亲的强烈反响，进而撼动了西方社会对弱智以及其他心理疾病患者历来的歧视。（她将这篇长文单独出版后得到的丰厚版税全部捐给了她资助多年的那所弱智儿童学校。）同时，她还领养过七个孩子。而由她创办的领养儿童的著名机构"欢迎之家"多年以来已经为世界各地成千上万的孩子找到了新的生活和意想不到的未来。

她在腹背受敌的窘迫下也没有掩饰过她对中国的热爱。这种热爱在六十年代几乎是一种罪过，而我在她出版于1961年《过路的桥》（一本关于她在日本的经历的书）的第一页上就读到了她对仇恨断然的拒绝。"我拒绝称它（中国）是敌对的国家。"她这样写道。她说在她的记忆中，中国的人民"太善良"，中国的土地"太美丽"。

她总是提醒她的读者和听众，说她在中国生活的时间比她在美国生活的时间要长。但是到"文化大革命"的前夕，她引以为自豪的这种生活的"逆差"已经被彻底打破。这并不是对赛珍珠最致命和最羞辱的一击。最致命也是最羞辱的一击发生在改变中美关系未来的历史的转折点上。尽管当时她已经79岁，她却有太多的理由相信尼克松破天荒的中国之行也应该是她阔别38年之后的"回家"之旅。她频繁地用电报向周恩来和其他中国领导人提出申请。同时，她又求助于包括尼克松在内的美国政要。但是，她的激情并没有能够打动任何一方，她的"回家"因此也就再没有变成历史或者现实。

在尼克松结束了将改变历史的中国之行的三个月之后，赛珍珠才收到由中国驻加拿大的外交机构中的一位低级的官员签署的对她的签证申请的如下答复：你的信件都及时收到了。考虑到长期以来你在作品中对新中国的人民和领导人所持的歪曲、丑化和污蔑的态度，我授权通知你，我们不能接受你访问中国的申请。

这个早在1933年就被中国20世纪最伟大的作家断定对中国的了解只是"不过一点浮面的情形"的"美国女传教士"在几乎40年之后仍然被定性为是"革命的敌人"。她最终被领养过她的"大地"拒于万里之外。(顺便提一句,她的代表作被译为《大地》丢失了英文原名 *The Good Earth* 中的"好"处和善意。1938年,英国一位非常著名的作家曾经用英国人的幽默从这"好"处下手,在他的游记中戏称他所看到的中国为"the Bad Earth"。这引起了赛珍珠的愤慨和反击)。

能够让赛珍珠对新中国"里面的情形"进行深入了解的道路被完全堵死了。中国只可能存在于她的记忆中,而不可能再现在她的视野里。或者换一种说法:对她来说,中国永远只是那个令她倾倒的古典的美人,而不可能是那个令她疑惑的现代的巨人。

在被中国拒签10个月之后,赛珍珠离开了人世。这也许是能够保持她引以为自豪的那种"逆差"的唯一的方式。尼克松在他的悼词中称赛珍珠是"东西方文明之间的桥梁"。这"桥梁"的建筑风格基本上应该是中国式的,正如她的墓碑。她的墓碑由她自己设计,那上面没有出现她几乎家喻户晓的英文名字,而只留下了她备遭冷遇并且终将被人遗忘的中文名字。

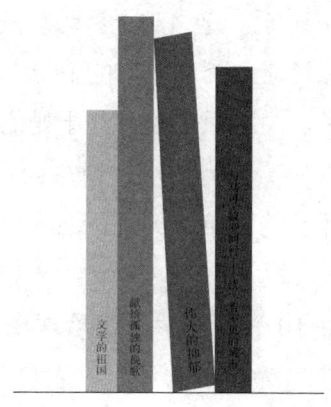

读书随笔

伟大的抑郁

许多关于抑郁症的书籍都会罗列出一些伟大的患者以说明这种疾病的正常或者非常。"林肯"是这些患者中最常见的名字。多年以来，我一直想象着能够读到一本谈论林肯病情的专著。终于有一天，《林肯的忧郁》(*Lincoln's Melancholy*)出现在地铁站边那家图书馆的新书架上。

这部关于林肯病情的专著居然从托尔斯泰讲述的往事开始，这完全出乎我的意料。在去世的前一年，托尔斯泰向一位来访的美国记者谈起自己很多年以前在高加索山区的一段经历。当时，他应一位部落首领的邀请去给部落里那些与世隔绝的年轻人讲述人类的文明史。讲完林肯的传奇经历之后，托尔斯泰注意到他的听众们都觉得意犹未尽。于是，他决定去山下的小镇，为他们找来林肯的那张著名照片，让他们对文明史上的伟大传奇有一点感性的认识。部落首领派一位年轻的骑手与他同行。这本来只是一个例行公事的安排。没有想到，它最后却会积淀成为托尔斯泰终生难忘的记忆：当年轻的骑手从托尔斯泰手里接过林肯照片的时候，他强悍的身体突然颤抖起来，眼泪也随之夺眶而出。这激烈又细腻的反应令阅历丰富的大师极为费解。他追问年轻的骑手为什么会有如此的反应。而年轻的骑手指着照片反问道:"您没有看到他的眼睛里充满了迷惘的泪水,他的嘴角边闪动着神秘的忧伤吗?"

与世隔绝的高加索山民的奇特发现惊动了对人性已经具备非凡洞察力的伯爵。这时候,他应该还没有写出《安娜·卡列尼娜》和《复活》这两部作品吧。这样的惊动将在他不朽的写作中留下怎样的痕迹呢?

年轻的骑手发现的就是林肯的抑郁。这抑郁有可能是人类抑郁病史上最伟大的病例。它第一次发作于林肯26岁那年。庸俗的解释将这次发作归因于患者恋人的早逝,因为林肯在恋人出葬的当天公开表现出疯狂的症状:他抗议潮湿阴冷的天气,他想阻止雨水飘落到恋人的坟头。他咆哮说他从此不会再使用"爱"这个残酷的单词了……而事实上,专著的作者认为林肯的抑郁可能有更神秘和更天然的原因,因为更早的时候,林肯曾经匿名发表过一首题为《自杀者的独白》的诗作。这位将成为人类文明史上伟大传奇的人物在那首"少作"里已经显露出了他对生命彻底的灰心和绝望。

这伟大的抑郁第二次发作于六年以后的那个冬天。庸俗的解释将这次发作归因于患者终于接受了将困扰他终生的不幸婚姻。在前往自己婚礼的路上,林肯公开宣称自己是在朝"地狱"走去。而走进"地狱"之后,他整天都心灰意冷、郁郁寡欢。这时候,医生在他身上发现了包括"疑病症"在内的许多病症。在那一年写下的一封著名信件里,林肯称自己是世界上"最不幸的人"。同时他坚信,除了死亡之外,他不可能找到其他的解脱。他的生命中好像一直颤动着对死亡的敬意和渴望。

不幸的婚姻让林肯总是对人生发出忧郁的感叹。很多年以后,在为一个小姑娘的相册题字的时候,他首先想到的是自己的"衰老"。接着,他写下了这样的告诫:"在生活冷却之前去享受生活\趁玫瑰还没有枯萎去摘取玫瑰。"在不幸的婚姻中经历过两个孩子夭亡的伟大传奇对"冷却"和"枯萎"当然有超常的敏感。这表面上有点励志的诗句的背后晃动着的显然是对生命至深的悲观和绝望。

专著的作者相信这伟大的抑郁根源于"无缘无故的恐惧和忧伤"。也就是说,它根源于超越一切庸俗解释的与生俱来的恐惧和忧伤。事实上,所有伟大的忧郁都根源于这同样的恐惧和忧伤。事实上,所有伟大的忧郁都根源于这同样的灾难和黑暗。

"无缘无故的恐惧和忧伤"一直尾随着林肯抵达了世俗权力的巅峰。一个生命需要有怎样的毅力和智力才能够完成与天赐的"恐惧和忧伤"的周旋?林肯的一生是一次最不可思议的攀缘。他抵达的不仅是世俗权力的巅峰,还是人类文明史的中心和人类精神史的极地。从历史教科书上,我们早已经看见了闪耀在山顶和中心的光芒。现在,我们终于通过伟大的抑郁看见了沿途的黑暗。

在专著的作者看来,伟大的传奇没有被"无缘无故的恐惧和忧伤"击倒,除了毅力和智力的确保之外,还得益于他对工作的狂热和他超凡的幽默感。抑郁症患者通常都是工作狂。而幽默感与抑郁症的密切关系却并不常见。林肯的幽默感与他的"恐惧和忧伤"一样，也是与生俱来的。这当然是他的"不幸"中的"万幸"。他总是随身带着一本笑话书。而他本身其实就是一本笑话书。他笑自己的可笑之处，也笑自己的可怕之处。他的幽默感总是让一直尾随着他的黑暗前功尽弃：那黑暗的临门一脚总是无法击中目标。

最后击中这伟大传奇的是刺客的子弹。这或许也是上帝的意愿，因为他和他伟大的患者一样，知道死亡是唯一的解脱。《林肯的忧郁》选择林肯在白宫前登上马车准备前往福德剧院的那个瞬间结束。他想看的话剧马上就要开始了。他告诉那位有急事想截住他的众议员，说他们的交谈只能安排在第二天了。

这是这位有诚信的政治家永远都无法兑现的承诺。第二天清早七点二十二分，人类文明史上的伟大传奇彻底摆脱了一直折磨着他的与生俱来的恐惧和忧伤，完全成为了历史。

从少年时代起就受"自杀"困扰的生命最后死于"他杀"，受万众瞩目的人生最后要从"剧院"走出它的舞台……这伟大的抑郁就像是一部伟大的戏剧。

与"主义"无关的凯恩斯

一半的枫叶还悬飘在树上,另一半枫叶却已经盖满了路面。这是皇家山深秋的美景:从上到下的五彩缤纷,从里到外的万籁俱静。我从这一年一度的美景中穿过,前往位于山那边的麦吉尔大学。那里一年一度(为期两天)的二手书市是这座城市里众多读书人的"狂欢节"。

像往年一样,我憧憬着克默德(Frank Kermode)、斯坦纳(George Steiner)和博吉斯(Anthony Burgess)等极少数英语学者和作家的"脱"销书。以我的偏见,他们的作品是思想的巅峰和语言(英语)的极致。对它们投资和重复投资,我都会毫不犹豫。

今年的运气比往年还要差。我在文学和历史两个区域里翻找了将近两个小时,却没有找到一本我长年求之不得的作品。当然,像往年一样,我仍然是满载而归。不过,背包里"满载"的都是即兴和意外的收获。事实上,在回家的途中,我对其中的一半到底是不是"收获"还没有十足的把握。这让我已经因"满载"而沉重的步伐变得更加沉重。我没有心情去挑逗那些自得其乐的松鼠,也没有心情去理会鞋底与落叶之间绚丽无比的纠缠。

最没有把握的是付款前一刹那的"意外收获"。那是一本不算很厚的自传。我收获它显然是因为作者如雷贯耳的姓氏以及护封上提到的作者长兄的名字。但是，作者毕竟不是"梅纳德"（Maynard），而是"杰弗里"（Geoffrey），这会在多大程度上降低他们共同的姓氏的雷鸣强度？我的这一"意外收获"因此成了回家路上最大的悬念。

一个高中文化程度的读者就有可能听说过"凯恩斯主义"。这种鼓励"国家干预"的宏观经济理论是三十年代的猛药。它大显神通，救资本主义制度于"滞涨"的绝境和崩溃的边缘。我们的革命导师曾经断言，资本主义用残酷的剥削为自己培养了无数的"掘墓人"。与此同时，资本主义也没有忘记用精致的教育为自己训练出一个称职的救生员。这个救生员的名字就是梅纳德·凯恩斯。

在这本题为《记忆之门》（The Gates of Memory）的自传中，杰弗里只是零星地提到了众所周知的梅纳德。他提到梅纳德是他婚礼上的男傧相。他也提到了梅纳德以前对他这个最小的弟弟极为冷淡，但是从1925年起，他却突然变成了一个"和蔼可亲的"兄长。那一年，世界上顶级的经济学家将俄罗斯顶级的芭蕾舞演员从舞台上的"睡美人"变成了现实中的"凯恩斯夫人"。他的"美感"招来了伦敦知识界众多朋友的非议，却引起了对芭蕾舞素有研究的小弟的共鸣。从那时候开始，小弟杰弗里成了大哥梅纳德家里的常客。他经常会在那里遇见另一位古怪的常客。他是奥地利首富之子，也像男主人一样在剑桥任教，但他教授的是哲学。这就是将会成为20世纪哲学至尊的维特根斯坦……杰弗里提到了这些传奇式的家常，不过，他只能将它们一笔带过，因为他必须留出足够的篇幅来叙述他自己的传奇。

杰弗里比梅纳德晚4年出世，晚36年去世，他从19世纪的80年代（1887年）一直活到了20世纪的80年代（1982年）。《记忆之门》在他去世的前一年出版，正好将他传奇的一生"定论"于"盖棺"之前。

他在剑桥学医，同时兼任学生文学刊物的编辑。他曾经与两位同学一起用一张贺年片请来了谁都请不来的亨利·詹姆斯，当时英语文学界的头号巨匠，轰动了古老的校园。后来，他以军医的身份参与了两次世界大战。他的"一战"生涯仅仅因回伦敦结婚（他从一而终的妻子是达尔文的孙女）而中断过几天，几乎是"全勤"。"二战"前夕，他已经因为输血设备的发明和对乳腺癌的诊治而名扬天下。战争开始后，他却重返沙场，加入皇家空军。他的军衔一路飞升，最后位至"空军副元帅"。

医学只是杰弗里一生中的成就之一。他的另一项成就是文学。他是英国最著名的藏书家和文学史专家之一。他尤其是最重要的"布莱克"学者。这部自传的题目借用的也是布莱克诗句中的隐喻。正是通过他锲而不舍的"发现"，被人遗忘的伟大诗人布莱克才终于回到了英国文学的中心地带。布莱克的"发现"是对世界文学史都有重大影响的学术成就。

《记忆之门》一些章节的标题中出现了一些与传主没有血缘关系的伟大名字，达尔文、布莱克和亨利·詹姆斯。它们当然是传主谈论自己与这些天才人物关系的特殊章节。而在看起来应该专注于自己的题为"住院外科医生"的一章里也有一段关于另一位天才人物的特殊记忆。因为这位天才人物与我的事业的特殊关系,这特殊的记忆激起了我最深的感叹。

1913年10月,"住院外科医生"杰弗里搬进了伦敦市中心布鲁姆斯伯里区的一幢公寓。同时租住那幢公寓的还有另外三个年轻人。一天晚上,其中唯一的女房客被人发现服用了大量的安眠药,已经在房间里失去了知觉。那是她一生中的第一次自杀企图。房客们惊慌失措的时候,杰弗里正好从医院下班回来。他当机立断,决定马上将病人送往医院洗胃治疗。他与病人新婚不久的丈夫一起将病人抬上了出租车。他们一路上大声喊叫,让行人和其他车辆为他们的急诊病人让路。赶到医院之后,杰弗里立即与病人的私人医生合作,用当时最好的设备为病人洗胃。他们跪在病床边一直工作到了凌晨,最后成功地挽救了病人的生命。

28年之后,弗吉尼亚·伍尔芙终于自杀成功。但是,如果不是因为第一次自杀的失败,她最后的"成功"不可能对世界造成那么剧烈的震荡和产生那么巨大的影响。在杰弗里为她洗胃的时候,这位将要因自己的文学成就而永垂不朽的天才还没有出版过一部小说。如果不是杰弗里那天晚上果断和成功的救治,改变人类思想进程的现代派文学就会缺损"半边天"中的大半边天空,而震撼现代社会的女权主义也将失去最重要的精神支柱……

我意外地走近这"记忆之门"。我没有什么把握地推开了这"记忆之门"。我没有想到自己这是走进了"惊人地有趣的一生"(这是杰弗里对自己一生的总结)。我在这漫长的人生道路上随意捡起一些记忆的碎片,就像从山坡上捡起几片色彩斑斓的落叶。现在,我松开了手。我看着这些碎片神奇地飘动起来……我知道,它们正在飘进我自己的记忆。我知道,它们也正在飘进我的读者的世界。

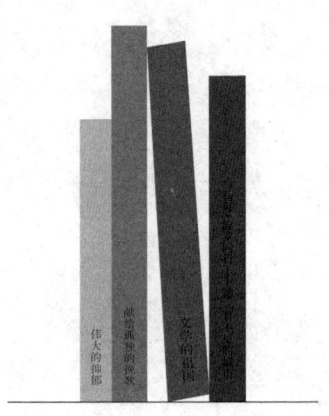

最后一篇日记

像《玻利维亚日记》(The Bolivian Diary)中的许多日记一样,这一篇日记也以日记写作时的海拔高度来结束。"海拔高度=2000米"是这一篇日记的最后一行。这似乎是一个平静的结束,一个常规的结束,一个来日方长的结束,一个还没有结束的结束。但是,这事实上是一个真正的结束,因为这一篇日记的最后一行也是整个"玻利维亚日记"的最后一行。这"2000米"是格瓦拉最后一次测到并且记下的自己在地球上的"海拔高度"。

"玻利维亚日记"的最后一行也成为了格瓦拉勤于记述的一生留下的最后一行。他自己在第二天的中午就应该意识到了这一点。而当他意识到这一点的时候,他与那永远不会结束的黑暗只相隔着一个夜晚了。那应该是一个怎样的夜晚啊……117天以前,格瓦拉在6月14日的日记中这样写道:"今天我39岁了。我不可避免地接近了需要认真思考自己作为游击队员的前途的年纪。"但是毫无疑问,直到写下一生中最后一行文字的时候,直到他的前途即将被黑暗吞没的时候,这个从国际舞台的中心走向丛林深处的游击队员也没有来得及去"认真思考"过自己的前途。

《玻利维亚日记》中的最后一篇日记同样以极为平静的语气开始:"我们这支游击武装创建11个月的纪念日在一种田园似的(bucolic)情绪中过去,没有复杂的情况发生……"在这句话里,关于"情绪"的形容词也许是体会格瓦拉在游击生涯最后阶段复杂情绪的关键。但是,这个字本身很难体会。我含混的翻译似乎掩盖了也许的确在格瓦拉的情绪中出没过的那一点点沮丧。格瓦拉也许的确有一点点沮丧,尽管他显然并不知道他正在写下的是他一生中的最后一篇日记。这才是1967年的10月7日啊!他离他的40岁生日还有247天啊!

格瓦拉在第二天被捕。他在被捕后的第二天被枪决,并被秘密埋葬。俘获了他的玻利维亚军人只能充满恐惧地将他从肉体上迅速消灭。他们不可能具备将他的生命保留更长时间或者将他的下落公之于世的勇气。格瓦拉的死亡煽动起的国际级的愤怒验证了他潜在的威力,展现了他无穷的魅力。1968年震撼世界各个角落的形形色色的左派运动和红色暴动也许可以统归为是这种愤怒的余震。"他是我们这个时代最完美的人。"萨特在第一时间这样演绎。他是"20世纪最著名的偶像"之一,《时代》周刊在30多年后这样归纳。

《玻利维亚日记》从格瓦拉进入玻利维亚中部山区的第一天(即1966年11月7日)开始,记录了格瓦拉一生之中最后一段游击队员生涯的全过程。塞在背包里的日记本与身负重伤的格瓦拉一起落在敌人手里。这特殊的经历使他的敌人有幸成为这部日记的第一批读者。这第一批读者的特权使他们读到了日记的"足本",尽管受过严格医学训练的格瓦拉的手迹"职业性地"极难辨认。这第一批读者的另一个特权自然是他们可以让其他读者读不到这部日记或者读到的只是这部日记的"节本"。

没有人知道日记的复印件是怎样被偷运出玻利维亚,回到它"祖国的怀抱"的。它的第一个"权威版本"于1968年在古巴出版。它的英文、法文、德文及意大利文版本也几乎同时在西方世界出版。这个"权威版本"只是一个"节本",因为其中1967年1月到7月之间有13篇日记缺省。当时的玻利维亚政府显然对这13篇日记施行了特别的保安措施。

现在摊开在我眼前的是《玻利维亚日记》的第二个"权威版本"。这个出版于2006年的版本补足了上一个版本的缺省,成为货真价实的"新权威"。这个版本的编者保留了卡斯特罗为第一个"权威版本"写的长达23个页面的"前言"。这个题为《必要的前言》的"前言"对新的版本显然也同样地"必要"。它不仅是对日记的一个导读,也是对日记作者生平的一个导读。

卡斯特罗在"前言"快结束的地方将读者带到了格瓦拉写下最后一篇日记之后的第二天下午一点钟。他很冲动地想象着格瓦拉一生之中的最后那一次战斗以及格瓦拉生命之中最后的那24个小时。这种想象让我也有了一种无法遏制的冲动:我渴望读到格瓦拉事业以及生命的最后一天的日记。

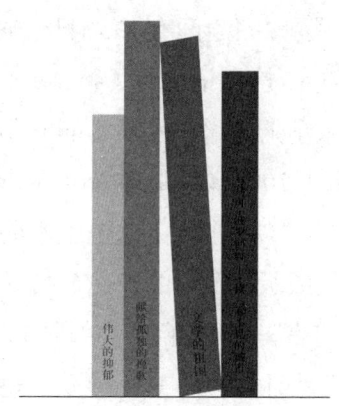

读《看不见的城市》

对夜晚的感激：第一座城市

"那里"是哪里，忽必烈并不知道。或者说，马可·波罗并不想让忽必烈知道。这个年轻的威尼斯商人的叙述是从"离开那里"开始的。这也许并不是一个煞费苦心的开始。但是，如果读者有心的话，他肯定会理解这"开始"的苦涩，并且因此而伤心。因为这是关于一座城市的叙述，而这叙述竟开始于"离开"而不是到达，并且那离开的地方竟没有留下任何的痕迹。"那里"至少是最近的终点，"那里"或许还是最初的起点。可是为了出发，为了叙述的整洁，它失去了它所有的特征，它变成了一个空空荡荡的副词。

"离开那里，向东走三天，你就到达了迪欧米拉（Diomira）。"马可·波罗这样开始他的叙述。他这是想将眼前这位壮心不已的异国君主带向未来还是带往过去？一眼望去，迪欧米拉是一座光荣而醒目的城市：起伏的银色穹顶，众神的铜质雕像，用铅块铺就的马路，用水晶搭建的剧院以及每天清晨在塔楼上报晓的金鸡……所有这一切都向来自远方的旅行者展露了城市的盛情。可是，这位旅行者不为之所动。这只是他所熟悉的一个城市耀眼的外表。其他的城市也曾经用同样耀眼的外表款待过他,任何的城市都可能用同样耀眼的外表来款待他。这表面的盛情无法触动旅行者谨慎的心灵。

对这位旅行者来说,迪欧米拉独特的气质和极致的美在于它唤起了他的"嫉妒"。是九月的夜晚使他能领受这座城市的独特和极致。这九月的夜晚有三个特征:第一,白昼开始萎缩了。这是阴盛阳衰的夜晚。第二,彩灯"同时"在沿街的小食店前面点亮。这是生意盎然的夜晚。而最后的也是最显眼的特征是,从一幢房屋顶层的平台上传来了一个女人欢快的叫喊声。这是寻欢作乐的夜晚。是九月的夜晚这最后的特征唤起了这位旅行者的嫉妒。它向他打开了一座"看不见"的城市。他的嫉妒让他自己惊慌也让他自己惊奇,因为这嫉妒不是指向他人,而是指向记忆,或者更准确地说,是指向他人的记忆。迪欧米拉这《看不见的城市》中的第一座城市也因此成为了第一座与"记忆"相关的城市。

这位旅行者当然不是第一次进入九月的夜晚。但是,这却是他第一次在九月的夜晚进入这样的城市,或者说,这是他第一次在这样的城市进入九月的夜晚。他对盛衰的洞察,他对享乐的留意以及他对女人的叫喊声的敏感都标志着他的成熟。毫无疑问,他对这触动了他心灵的夜晚充满了感激。不幸的是,这感激之情仅仅昙花一现。旅行者还来不及反应,就被令他感动至极的"极致的美"绑架到了灵魂中最阴暗的角落:他开始遭受嫉妒的折磨。他的嫉妒非常孤僻又非常高傲:他嫉妒那些"相信"自己曾经生活在相同的夜晚并且像他一样"认为"自己在那样的夜晚十分幸福的人。也就是说，他嫉妒那些人的"相信"和"认为"，嫉妒那些人的"记忆"，那些人对往昔和幸福的"记忆"。

这位遭"绑架"的旅行者只想与这迷人的夜晚或者说这迷人的夜晚中的迷人的城市建立一一对应的关系。他希望这不仅仅是他第一次感知这样的夜晚，更希望这是这样的夜晚的第一次被感知。他不能容忍自己与这样的夜晚以及这座城市之间还夹杂着"第三者"的感受：那种通过"记忆"保存下来的感受。毫无疑问，这既是对他人的苛求，又是对他自己的苛求。这既是对过去的苛求，又是对现在的苛求。这甚至是对未来的苛求。就这样，"记忆"转变成了生命的敌人。这位旅行者只能依靠痛苦的"嫉妒"去抵挡这凶狠的敌人。他似乎并不知道，他这唯一的"依靠"早在文明的源头就已经与他的敌人结下了牢不可破的联盟。

迪欧米拉，你为什么要成为这位旅行者的必经之路呢？

最短的城市：第二座城市

注意，标题中关于城市的形容词并没有用错。因为这座城市是伊希朵拉（Isidora）。它是卡尔维诺的小说《看不见的城市》中的第二座城市。标准的意大利文版本用来兴建这座城市的材料只有119个单词（连读词不单计），而权威的英译版本对这座城市的改建用料也很节省，只用了131个单词。伊希朵拉是坐落在小说中的55个城市里最"短"的城市。这55个全部拥有女性的名字的城市是卡尔维诺想象的作品，或者说是卡尔维诺想象的马可·波罗想象的作品。马可·波罗用波光粼粼的语言将他的想象奉献给忽必烈。这位壮心不已的君主在诚恳的倾听中经受着欲望与绝望的冲击。

这最短的城市一开始就展现了"时间"与"欲望"的较量。它的第一句话告诉我们,经过长时间的荒野之旅,一个男人感受到了自己"对一座城市的欲望"。欲望冲销了时间带来的疲劳。在欲望之中,这个男人首先想到了这座城市"标新立异"的"外观":城市的建筑使用螺旋状的楼梯,而楼梯上又镶嵌着螺旋状的贝壳。他接着想到了这座城市"赏心悦目"的"产业":城市出品完美无缺的小提琴和望远镜。他然后想到了这座城市"美不胜收"的"魅力":当他在两个女人之间犹豫不决的时候,总会有第三个女人在他的眼前出现。他最后想到了这座城市"乐极生悲"的"生活方式":每一场精彩的斗鸡总是转化成双方主人流血的斗殴,娱乐总是以极度的暴力来结束。

当这个疲惫不堪的旅行者渴望着这样一座城市的时候,他想到了这一切。而当他进入伊希朵拉的时候,他看到了这一切:旋转的楼梯和贝壳;精美的小提琴和望远镜;无穷的第三个女人以及血腥的斗殴者。伊希朵拉就是他欲望中的城市。

我们不妨假设这座城市就是这个旅行者珍藏在灵魂深处的恋人。他梦想她,他渴望她,他追寻她,最后,他抵达了她。他的生命之旅因此似乎可以被定性为是一部"喜剧",因为它表面上终止于"得到"而不是终止于"失去"。

不幸的是，马可·波罗马上就发现了这"得到"之中的"失去"。这个男人所抵达的城市与他欲望中的城市有一个刻薄的差异：在欲望中的城市里，这个男人是一个年轻人，而当他抵达伊希朵拉的时候，他已经老了。这是由"时间"决定的差异。在时间与欲望的较量之中，时间最终还是占了上风。

这座城市被归纳在"记忆"的城市之中，所以马可·波罗最后必须让"欲望"与"记忆"接轨：在广场中央的矮墙边，一些老人坐在那里，打量着年轻人的匆匆来去。这个疲惫不堪的旅行者知道那里有他的位置。于是，他与那些老人们坐到了一起。这时候，"欲望已经只是记忆"。这是马可·波罗对"欲望"的发现和感叹。他用这发现和感叹作为他关于这座城市所说的最后一句话。就这样，忧伤的"记忆"绝望地关上了伊希朵拉的大门。

接下来，我们还是可以去想象这个旅行者会怎样度过他在这座城市（也就是他的"恋人"）怀抱中的第一个夜晚。这一定是他无数次想象过的夜晚。一种可能的方式是，他会恳求记忆将他带回到他出发的地方，他要在温情的黑暗中重新经历一次那无情的旅行。他会在这种"经历"中感受到他最后的欲望。那是他对"记忆"的欲望。在这最后的欲望之中，这座城市珍藏着他的记忆，同时他的记忆又珍藏着这座城市。在这最后的欲望之中，他的记忆是整个的城市，而这座城市又是他全部的记忆。

沉睡的欲望：第三座城市

在"欲望已经只是记忆"之后，马可·波罗马上将忽必烈带到了与"欲望"相关的城市。多萝茜亚（Dorothea）是《看不见的城市》中的第一座与"欲望"相关的城市。虽然"欲望"这个词在马可·波罗的叙述中并没有出现，但是，它却是理解他的叙述的关键。

像几乎所有的城市一样，多萝茜亚有两种历史：一种是"客观"的历史；一种是"主观"的历史。用马可·波罗的话说，也就是存在着两种"描述这座城市的方式"：一种是摆事实的方式，另一种是讲故事的方式。这两种方式可以很容易地用人称的选择区别出来：在摆事实的方式之中，有"它"无"我"；而在讲故事的方式之中，有"我"无"它"。这两种方式也可以用"数字化"的程度区别出来：摆事实的方式"数字化"程度极高，而在讲故事的方式之中，数字的出现则非常的节制。

关于多萝茜亚的"事实"是明摆着的：它的城墙上有4座塔楼，它的城墙边有7座吊桥，它的城墙里有4条运河。这座"看得见"的城市被这些运河分割成9个小区，它的每个小区里有300幢房屋和700座烟囱。信奉"文学是数学"这种苛刻教条的卡尔维诺让年轻的马可·波罗用一个句子公布了所有的这些信息。这座城市因此变得"一目了然"。紧接着，马可·波罗又将忽必烈引向了这座城市的世俗生活。他罗列出以嫁妆和聘礼的形式流通的珍奇：柠檬油，鲟鱼卵，占星盘和蓝宝石……马可·波罗肯定，通过穷尽这些琳琅满目的"事实",一个异乡人就能够了解关于这座城市过去,现在以及未来的"一切"。

但是,这"一切"肯定还不是这座城市的全部。也就是说,除了凭借"目睹",肯定还存在着"洞察"这座城市的另外的方式:比如通过代代相传的故事以及通过惊心动魄的倾听。这是马可·波罗渴望掌握的认知方式。他想起了将他带到多萝茜亚的那位骆驼客。很多年以前,是他用这"另外的方式"为马可·波罗打开了这座城市。马可·波罗用直接引语的形式将他听到的故事复述给正在听他讲故事的忽必烈。这带来了第一人称单数在《看不见的城市》中的第一次出现。在引号的掩护下,第一人称单数必然会混淆视听,令精明的君主眼花缭乱:"我"究竟是远处那扑朔迷离的商客,还是眼前这来历不明的"弄臣"?(上升到理论的高度,这个问题的一种变体是:究竟是叙述来源于生活还是生活来源于叙述?)

年轻的"我"在一个清晨来到了多萝茜亚。市场,女人,士兵和车轮突然替换了他视觉中仅存的沙漠和骆驼商队。"我"看见了这一切。但是,他看见的不止是这一切。他还看见一座"看不见"的城市。如果市场代表争夺,女人代表引诱,士兵代表征服,车轮代表文明,这些明摆着的"事实"就应该激起青春期的骚动,唤醒沉睡的欲望。有趣的是,"我"并没有被争夺、引诱和征服唤醒。也就是说,这个触目的清晨并没有惊心。它似乎风平浪静地过去了。在随后的岁月里,"我"仍然"凝视着"无边无际的沙漠和骆驼商队走过重复的路。他的"欲望"仍然沉睡在他的"习惯"之中。他似乎习惯了单调的节奏和熟悉的环境,他似乎习惯了一成不变的生活。

"但是",故事突然出现了转折,因为时间已经来到了"现在"。没有人知道这"现在"距离"我"第一次进入这座与"欲望"相关的城市已经有多久,也没有人知道这"现在"距离"我"将永远离开这欲壑难填的人世的日子还有多远。不管怎样,"我"终于醒悟了。这是对过去的醒悟。这是对生命的醒悟。"我"终于明白了他第一次进入多萝茜拉的那个清晨这座城市其实为他打开了许多的生路,而回到沙漠(也就是回到过去)的道路只不过是其中的一条。那个遥远的清晨原来一直滞留在他的心中。

当"我"意识到了他选择的其实只是"许多"道路之中的"一条",他几乎就是在后悔他选择的其实是错误的一条。终于,那沉睡的欲望突然被这"一"与"多"的强烈反差激怒了。

欲望向"我"猛扑过来。可是,时间已经离"我"远去。"我"的醒悟已经无法改变他面对的现实和生活,它只能在倾诉之中演变为亘古不变的遗憾。

马可·波罗的叙述让忽必烈用"另外的方式"看见了多萝茜亚。他也许会同时看见他一生之中面对的那"许多"的道路以及他选择的错误的一条。

是所有人的"错过"建造了这座与"欲望"相关的城市。是所有的"错过"建造了这座与"欲望"相关的城市。

城市的掌纹：第四座城市

隐藏在查依拉（Zaira）记忆中的历史十分经典：暮色之中，一个身份不明的人越过围栏，溜进了王后的寝宫。几个月之后，一个在襁褓中熟睡的婴儿被弃置在码头的一个角落。很多年之后，海面上突然出现了一艘来历不明的战船。从战船上发射的炮弹最后击中了王宫的屋顶。几天之后，篡位者的尸体被高悬在王宫前的灯杆上。那个在襁褓中熟睡的弃婴再一次遭受抛弃：他被赤裸裸地抛弃在他生命的"出处"或者说他生命的出口处。

这充满着欲望和恐惧的记忆令查依拉戒备森严的外表黯然失色。马可·波罗一开始就承认对查依拉外表的描述没有任何意义。在这座与"记忆"相关的城市里，空间的测度几乎全部被时间加工利用，变成了城市波澜壮阔的历史背景。"看得见"的距离和位置与"看不见"的冲动和僭越之间的关系是查依拉的骨髓。或者说，查依拉就是"看得见"的现实与"看不见"的历史之间的函数关系。当现实与历史以如下的方式陈列在一起的时候，一般的数学训练已经无法分辨在这种关系之中，哪是自变量，哪是因变量：灯杆的高度与篡位者摇晃的尸体；灯杆与围栏之间绷直的绳索与王后出嫁队列里的花彩；围栏的高度与通奸者的腾跃；雨水槽的坡度与野猫在雨水槽上谨慎的移动（那只野猫总是尾随着通奸者跳入同一个窗口）；战船上火炮的射程与击中了王宫雨水槽的炮弹；渔网上的裂口与在码头上缝补渔网的三个老人彼此重复了无数次的关于战船和弃婴的往事。

历史借助代代相传的记忆不断地涌入查依拉。查依拉像"海绵"一样吸收这不断涌入的记忆并因此而拓展。吸收记忆是这座创造了历史又被历史所创造的城市最基本的扩建手段。王宫或许早已经被拆迁了。悬挂篡位者尸体的灯杆的后面或许要推出一座购物城，一条步行街，一排快餐店。但是，战船还在复仇的豪情中行驶，王后还在真爱的折磨中期盼，弃婴还在厄运的暴晒中蒙羞，野猫还在激情的起伏中惊诧……记忆将这座城市从岁月的烟尘中营救出来。这种营救不仅仅是一种保护，同时更是一种"扩建"：因为城市历史不断的边缘化事实上正好扩展了城市的规模。经过层出不穷的嬗变，经过转瞬即逝的时尚，被记忆营救出来的查依拉依然是那一座历史中的城市，那一座荡漾着欲望和恐惧的城市。

但是，马可·波罗发现，这座城市并没有去"叙述"自己的历史，而是将自己的历史"像掌纹"一样包含在自己的身体里面。将历史喻为"掌纹"是到目前为止马可·波罗使用的最迷人的比喻。根据这个比喻，当人们阅读一个城市的历史的时候，他们就像是擅于瞻前顾后的巫师，就像是这位巫师正在解读这座城市扑朔迷离的掌纹。掌纹在时间的引导之下走向并停留在城市的许多角落。它们停留在街道的拐角上，停留在窗户的格栅上，停留在台阶的扶栏上，停留在彩旗的旗杆上，甚至停留在避雷针的触尖上。它们是记忆自我保护或者自我陶醉的方式。如果记忆是时间的仇人，停留就是对"流逝"的挣脱，就是与时间的离异；如果记忆是时间的恋人，停留就是对"曾经"的眷顾，就是与时间的厮守。

马可·波罗的发现分散了他的注意力。他不再关心记忆的内容。他开始流连于记忆的形式。从"在哪里"停留到"怎样"停留,这种关于形式的思考突然加快了叙述的节奏。掌纹是一种不断进化的生命,它在与时间的纠缠中"依次"呈现出不同的形式:首先是"涂画",然后是"刻痕",最后是"书写"。人类几千年对记忆的艰苦摸索被马可·波罗精心选择的这三个歧义众多的词所囊括。这三个词相继的出现最后将关于查依拉的叙述推向了高潮。

不难看出,记忆的形式变得越来越抽象了,记忆的载体也变得越来越轻薄了。也就是说,记忆的形式与记忆的内容之间的距离越来越远了。这种距离可以说是所有的"记忆"留下的最动人的悬念。

欲望的权力:第五座城市

进入第二座与"欲望"相关的城市的时候,马可·波罗没有将"欲望"这个词隐藏起来。不过,他首先谈到的仍然是城市抢眼的景观:地面上"同心"的运河以及天空中散乱的风筝。接着,他谈到了值得购买的那些用料精细的玛瑙器皿。然后,他谈到了用干燥的樱桃木升火烹制并且喷洒上甜美的天然香料的野鸡。最后,他谈到那些在花园的水池里沐浴的女人。她们有时候会邀请陌生人与她们在清水中嬉戏或者与她们在月光下共浴。

如果忽必烈忽视了马可·波罗在"陌生人"前面使用的是用来特指的定冠词,而不是用来泛指的不定冠词,他可能已经在想象中解开了自己的龙袍，走进了这语言营造的仙境。马可·波罗的特指显然令他的听者失去了参与的机会。另一种可能是，那个定冠词并不是特指而是指一个类别，在这里也就是指所有的"陌生人"。如果是这样，问题就更大了：为什么那些女人会邀请陌生人或者甚至很可能是"只"邀请陌生人来与她们共浴？

即使没有这个定冠词的束缚，他的听者想象的翅膀也不容易展开，因为马可·波罗马上就贬低了他所谈到的这一切。他宣称这"看得见"的一切根本就没有表现出阿娜丝塔茜亚（Anastasia）的本质。因为在任何关于这座城市的描述中，语句的排列都只能线性地与时间的流向保持一致，通过语句来唤醒的欲望也就只能够一个接着一个相继地出现。那些首先被唤醒的欲望必然会被接着唤醒的欲望窒息或者替换。也就是说，对这座城市的描述不可能完整地保留住全部的欲望。这是语言的局限，而不是城市的局限。因为只要抛开被"时间之箭"牵动的语言，亲临城市与时间无关的中心（那也是所有运河河道的圆心），你就会发现一座"看不见"的城市。你自己所有的欲望可以在那里被同时激活并且将你团团围住。这时候，语言与它试图描述的城市的关系被简化为了"直线"与"圆"的对应或者更准确地，"时间"与"空间"的对应：在时间里不断丢失的欲望顿时被空间一览无余。

这座城市因为欲望的完整而成为一个整体。居住在这座城市里面的人也因此成为这个整体之中的一个部分。但是，这个部分必须服从整体，哪怕你处在城市的中心。对服从的要求是这第二座与"欲望"相关的城市所拥有的"权力"。马可·波罗再一次使用定冠词。这一次，用来限定"权力"的定冠词只能是特指。于是，对服从咄咄逼人的要求也就成为了阿娜丝塔茜亚唯一的"权力"。在这样的情境中，对整体的绝对服从成为了个体保存自己的唯一方式。面对这样的"极权"，忽必烈是不是应该重新估量一下自己原以为是至高无上的地位呢？

马可·波罗没有给忽必烈足够的停顿去联系实际。他的叙述是一种陶冶情操的开导，而不是孟子为梁惠王讲授的实用的"政治课"。他敏捷地避开了王权。他用第二人称将他的听者假设为劳作的玉匠。欲望的权力因此被诠释为一种审美的逻辑："你给欲望以形式的劳动从欲望本身获得形式"。如果将工匠的劳动成果比作"西施"，将欲望本身比作情人之爱，这欲望的权力显然早已经被汉语用更生动的方式发现。

意识到欲望本身已经决定了一个人能够为所欲望付出的一切，马可·波罗将他的听者带到了朝拜这一座与"欲望"相关的城市的最后那一级台阶。他肯定这位不可一世的君主会在那一级台阶上跪下，因为他已经确信只有成为阿娜丝塔茜亚的奴隶，才能够完整地享受这座城市。

也就是说，只有成为爱的奴隶，他才能够完整地享受爱；只有成为美的奴隶，他才能够完整地享受美。至尊的君王与卑微的工匠因为共同的欲望而获得了精神上的平等：他们为了完整地享受欲望而心甘情愿地沦为欲望的奴隶。他们将从这种奴役中获得最彻底的满足。

符号的暴力：第六座城市

也许是因为对符号的陌生，甚至可能是因为对符号的恐惧，进入第一座与"符号"相关的城市时，马可·波罗需要借用他的听者的视角。前面多次出现过的"我"没有出现。前面多次出现过的"那个旅行者"也没有出现。马可·波罗的叙述从"你"开始。毫无准备的听者从听到的第一个元音开始就被迫进入了角色，他在语言的胁迫之下朝塔玛拉（Tamara）走去。

他的目光不在沿途的"事物"上停留。他愿意感知的只是事物的符号或者作为符号的事物，比如老虎的足迹、水源的痕迹、冬天的踪迹。其他的存在对他没有意义。他要成为一个符号的诠释者，而不是像其他所有人那样仅仅满足于充当一个符号的消费者。与"符号"相关的城市塔玛拉用密集的招牌满足了他独特的认知习惯。他的视角网罗到的符号琳琅满目。他用学术的方式将这些符号罗列出来。第一类符号的编码逻辑或者源于"提喻"，如钳子代表牙医、天平代表杂货店以及庙宇门前那些特征突出的雕像代表职责不同的神祇；或者源于"隐喻"，如刻绘着雄狮或者海豚的盾牌代表"某些事物"。马可·波罗故意没有将这些隐喻所代表的事物挑明，这似乎显示出他对那些事物的不屑和轻蔑。

与第一类符号（在符号学教科书上它被称为"指示性"的符号）不同，第二类符号带有法律的强制力。在符号学教科书上，它被称为是"说明性"的符号。它"说明"在这座城市里什么行为被禁止以及什么行为被接受。尽管"你"罗列的被禁止和被接受的行为纯属"鸡毛蒜皮",这第二类符号的出现却意味着符号已经开始偏离顺应自然和助人为乐的品性,已经开始助人为"虐",已经开始沦为暴力统治的工具。

这第二类符号确定了塔玛拉的行为规范,或者说,确定了这座城市的"文化"。因为这一类符号的存在,禁忌被固定下来了,等级被固定下来了,恐惧被固定下来了。这座城市开始拥有了它自己的一整套"语法"规则和原则。就这样,这座城市本身变成了一种经典的"语言"。

这时候,第三类符号出现了。准确地也许应该说:这时候,符号消失了。因为这第三类符号就是事物本身。这些事物地位特殊:它们的形式和位置已经足以显示它们在这种"语言"中的功能。这些功能一目了然,已经不再需要符号的"指示";这些功能望而生畏,已经不再需要符号的"说明"。也就是说,理解这些事物已经不再需要符号的"中介"了。这些事物自己代表自己,自己指向自己,因为它们自己已经被这座城市的"文化"充公,已经成为这座城市的"语法"中不可或缺的组成成分。马可·波罗列举了塔玛拉不需要符号来"说明"和"指示"的五座建筑。它们分别是皇宫、监狱、铸币厂、学校和妓院。它们的形式和所在的位置已经决定了它们的功能。它们是这座城市中最简洁的符号,又是这座城市中最复杂的事物。

同样地,因为"文化"的形成,审美的逻辑也被固定下来。商品不再能够依靠"凝结于其中的一般劳动"来定位。商品被符号化,被附加上了"文化"的价值。权力、典雅、学识、淫荡等等这样一些抽象的概念都在商品市场上找到了它们的"代用品"。而所有的商品都变成了符号，它们都代表另外的事物。它们除了也许能够满足消费以外，还都"另有所指"。就这样，消费也变成了一种诠释。

因此，当"你"进入塔玛拉的时候，"你"就是进入了符号的海洋。"你"对这座城市的观看就是对符号的阅读和辨认。城市呈现出来的每一个形象都必然引起"你"的警觉，因为它提供的只是一个可能的方向，而不是一块真实的陆地。"你"不可能穿过这符号的屏障抵达真实的塔玛拉。"你"甚至不会知道是不是的确存在着一个真实的塔玛拉，一个没有被符号化的过程玷污的塔玛拉。万幸的是，所有的"你"都只是一个旅行者，哪怕"你"乔装成一个听者或者一个君主。"你"总有一个天经地义的选择：你可以选择"离去"。

当马可·波罗将他的听者带离塔玛拉的时候，他让他看到了无垠的大地和广阔的天空。他显然是想让他疲惫的听者在大自然的无限中体会一下自由的美味。不幸的是，听者的灵魂已经成为了身后的城市的"死囚"。他不可能再"看见"自由的天地了。他的目光迷上了由浮云偶然形成的图案。他将它们当成是"另有所指"的符号。他马上开始"辨认"这些符号。他辨认出了一艘船，一只手，一头大象……他已经习惯了这种"辨认"，他已经不再习惯事物的本身。这是符号对他施加的暴力。他只能依赖这种符号的暴力继续生活下去。他已经体会不到免于"辨认"的自由。他已经欣赏不了免于"辨认"的自由。

记忆的悲剧：第七座城市

这是马可·波罗在叙述一座与"记忆"相关的城市时第一次求助于记忆的宿敌。佐拉（Zora）是《看不见的城市》中的第四座与"记忆"相关的城市。马可·波罗在叙述这座城市的时候，两次动用了"遗忘"：一次是在他的第一个句子里，另一次是在他的最后一个句子里。也就是说，佐拉是马可·波罗首先用"遗忘"打开，最后又用"遗忘"关闭的城市。

其实在第一个句子里，"遗忘"是被否定的。按照马可·波罗的说法，看见过佐拉之后，"没有人"能够再将它遗忘。"记忆"首先以胜利者的姿态出现。它将这座城市从空间的禁闭之下解放出来，永远朝着时间开放。奇怪的是，佐拉既没有惊心动魄的外观，也没有赏心悦目的特产，记忆为什么能够在一座这样的城市赢得意想不到的胜利呢？

佐拉成功的秘诀在于它的布局。或者更准确地说，在于它布局的严密。这座城市就像是一段深思熟虑的乐谱，其中没有任何一个音符可以被挪动或者被改变。关于这座城市的记忆一成不变，它按照城市的布局严格地编排出来：理发师的凉棚后面紧接的肯定是显眼的铜钟，然后一定是那座有九个喷口的喷泉；土耳其浴室后面紧接的必然是拐角处的咖啡馆，然后注定是那条通往港口的小巷。也就是说，这座城市与关于它的记忆之间既没有任何的差异，也没有任何的空隙。这是一种只能靠"死记硬背"来获得的记忆。这种记忆不再对任何的"干扰"做出反应：个人的魅力和情绪的波动对它毫无影响。没有任何人能够再在这种记忆之中插入一段绯闻、一段艳遇或者一段纯情。这种记忆实际上是一种集体的服从或者盲从，是一种契约、一种信条、一种宗教。

这座城市严密的布局就是关于它的记忆的基本设施。马可·波罗将这种设施比喻为"蜂窝"。不过，这种"蜂窝"状的基本设施只是记忆"看得见"的部分。关于一个城市肯定还有更多的内容需要记忆。在记忆那些"看不见"的内容时，马可·波罗注意到了佐拉能够容忍的"相对的"自由。虽然城市中看得见的地点与地点之间的位置不可改变，如何将每一个具体的地点与关于这座城市的背景知识相连却是个人的选择或者能力。也就是说，根据自己的需要和偏好，不同的人可以在每一个"蜂窝"之中存放不同的"知识"，如明星的资料、历史的数据、美德的品种以及讲演的片段等等。这时候，记忆不再是一道颠扑不破的神谕，而变成了一种世俗的娱乐或者智力的技巧。"看得见"的佐拉只能通过"一种方式"进入记忆，而"看不见的"佐拉进入记忆的方式却五花八门，因人而异。

但是，这相对的自由并没有改变关于佐拉的记忆的实质。这种记忆所记忆的仅仅是事实以及本于事实的知识。这种记忆是纯粹的理性活动。它已经失去了与"欲望"的沟通和联系。所以，当马可·波罗不动声色地下结论说："正因为如此，世界上最博学的人就是那些能够记住佐拉的人"，他的说法似乎是一种嘲弄，对"学"、对"博学"、对"最博学的人"以及对最博学的人所在的"世界"的不动声色的嘲弄。

这种嘲弄的态度为叙述的转折铺平了道路。接下来，马可·波罗马上就要开始他的否定之否定了。他意识到对佐拉的访问是"徒劳"的。这种意识反应的是他对与"欲望"脱节的记忆的绝望。他要否定他在第一个句子里对"遗忘"的否定。他告诉好奇的君主，正是由于为了方便记忆而被迫不做出任何改变，这座城市才终于失去了活力，并且最后土崩瓦解、云消雾散，被世界所"遗忘"。"遗忘"在最后一个句子里以肯定的语气出现。它最终宣告了记忆在佐拉的失败。

　　这座最开始不会被人"遗忘"的城市因为它墨守成规和一丝不苟的"记忆"而终于败在记忆的宿敌的手上，成为了记忆的牺牲品。记忆反被记忆误：这大概是记忆能够导致的最经典的悲剧。

荒漠的边界：第八座城市

　　能够用两种不同的方式抵达并不是德丝媲娜（Despina）的区别性特征。这第三座与"欲望"相关的城市区别于其他城市的特征是它向两种不同的抵达方式呈现出两种不同的面孔：那个骑着骆驼从沙漠深处走来的人看到的是在地平线的高台上矗立着的摩天大楼的尖顶和雷达的天线，以及风向袋的震颤和从烟囱口吐出来的浓烟；而那个从荒凉的大海上接近的水手看到的却是在海岸线的雾霭中摇摆着的驼峰以及刺绣的驼鞍上闪闪发亮的毛边。

　　现在的问题是，这两种"不同的"面孔到底是这座城市刻意的呈现，还是这两个用"不同的"的方式抵达这座城市的人随意的发现？马可·波罗的叙述为这个问题提供了部分的答案。他在第二和第三自然段先后将那两个用不同方式抵达德丝媲娜的人带进了同一个转折点。这个转折点是关于德丝媲娜的叙述的关键。它将两种不同的抵达方式等同了起来。它将两个来自不同道路的人等同了起来。这种等同将倾听和阅读带向普遍的人性。

在这个特定的例子里，倾听和阅读被带向了欲望。骑骆驼的人和水手对"不同的"德丝媲娜的共同反应是："他知道这是一座城市，但是，他想象它是……"也就是说，德丝媲娜并没有刻意呈现出不同的面孔。或者说，德丝媲娜呈现出的不同面孔并没有提供关于这座城市自相矛盾的"基本知识"。根据这些"基本知识"，来自不同道路的旅行者都准确地"知道"了蜃景般的德丝媲娜其实是一座真实的城市。

但是，一座所有人都能够辨认出来的"城市"，一座"看得见"的城市或者一座所有人都看见了的城市对这两个饱受孤独和寂寞煎熬的旅行者（不管他们来自无边无际的沙漠还是无边无际的海洋）并没有任何特别的意义。他们想看见的是"看不见的城市"。他们想从这座所有人都"看得见"的城市里看见那座其他人"看不见的城市"。这是一种由最彻底的孤独和寂寞煎熬出来的"欲望"。这是只有用"想象"才能够满足的"欲望"。

于是，两个从不同的道路走过来的人开始了他们表面上尖锐对立的想象。骑骆驼的人将德丝媲娜想象成一艘能够将他带离沙漠的船。他向往的地方是大海。马可·波罗在他的叙述中奢侈地并列了三种不同档次的船只，这足以显示出骑骆驼的人对逃离沙漠的急切和决心。而水手将德丝媲娜想象成是一只能够将他带往陆地深处的骆驼。他视大海为荒漠。他渴望淡水，渴望阴凉，渴望祥和的绿洲，渴望高墙后面的深宫，渴望赤着脚在后院的砖地上翩翩起舞的少女……他好像已经看见了她们扭动的手臂和她们半遮半掩的面孔。

不难看出，这尖锐对立的想象根源于同一种心理冲动。这种冲动就是对"改变"的憧憬和对"别处"的向往。"别处"总是被人想象为最准确的终点，"改变"总是被人美化为最可靠的出路。而在这个特定的例子里，"别处"是"此处"的反面，"改变"是以这座终于出现在视野之中的"边界"城市为对称轴的激进的颠倒。

如此激烈的改变不大可能由一次"随意"的发现提供冲量。回到最初的问题，在马可·波罗看来，德丝媲娜的"不同的"面孔既不是这座城市刻意的呈现，也不可能是旅行者随意的发现。它们的身份更为复杂：它们是两个不同的旅行者"刻意的"发现。也就是说，这"不同的"面孔其实是来自不同道路的旅行者在梦里追寻过千百度的理想，是他们精神的产物以及他们精神胜利的标志。毫无疑问，将德丝媲娜想象为一艘船或者一只骆驼并没有本质的不同。在这种想象之前，来自不同道路的旅行者已经怀揣着一种共同的信念：他们相信前方的那一座城市将会通过由它激发起来的想象让他们获得拯救。正是这共同的信念让他们看到了这座城市"不同的"面孔。

也正是这种共同的信念使德丝媲娜成为所有荒漠的尽头，或者说成为所有绿洲的起点。马可·波罗称这座城市为荒漠之间的"边界"。而它事实上也是绿洲之间的"边界"。作为人生的中转站和欲望的集散地，不难想象，这座永恒的"边城"将会见证最激烈的文化冲突和思想交流。这种冲突和交流一定会给这座位于灵魂深处的城市带来繁荣和稳定，让它作为"希望"的象征或者"希望"本身永远坐落于条条道路所通向的共同的目的地。

互惠的重复：第九座城市

马可·波罗在叙述吉尔玛（Zirma）的时候开辟了两个新的角度：他用第一个词引进了复数形式的"旅行者"；他用第二个词改变了旅行者与即将呈现的城市传统的位置关系：吉尔玛不再是位于这些旅行者的眼前，而是位于他们的身后，因为这第二个词是"返回"（叙述中的"这些"旅行者一开始就已经从吉尔玛"返回"）。而在以前的叙述里，旅行者总是以个人的身份正朝着即将呈现给读者的城市进发（也许查依拉的情况有一点模糊：它的叙述者也应该已经离开了那座城市，但马可·波罗却并没有用"返回"来给他定位。在那里，旅行者与城市的位置关系并不非常重要）。

吉尔玛是第二座与"符号"相关的城市。"众多的"旅行者从那里的"返回"是关于它的叙述的重要框架。只有在这样的框架之下，记忆中的符号与符号以及城市中的事实与事实之间才有可能进行比较。而只有经过这样的比较，"事实"的重复和"符号"的重复才有可能被发现。在这个基础上,两种"重复"之间慷慨的互惠才有可能被引起注意。"城市中事实的重复强化了记忆,而记忆中符号的重复则创建了城市":这是理解吉尔玛的最基本的公式。

关于吉尔玛的叙述极为对称。两个自然段都试图呈现记忆中的符号与城市中的事实之间的"一"与"多"的对应关系,而在两个自然段之中,记忆与城市的位置又互相颠倒。同时,在每一个自然段里,符号与事实的来源之间以及这种来源与它所带来的内容之间也存在一种"一"与"多"的对应关系。除了这样一些表层的关系,在关于吉尔玛的两个自然段之内以及这两个自然段之间也许还存在着更多深层的对称有待阅读的发现。叙述中的这两个仅有的自然段好像彼此互为对方的"镜像"。用更精确的光学术语,它们还是大小相等的"倒立的实像"。

在第一自然段里,符号来自"复数的"旅行者的记忆,而在这种复数的记忆中出现的名词却全是单数:一个在大街上大喊大叫的黑人瞎子、一个在摩天大楼顶部边沿上摇摇欲坠的疯子、一个牵着一只美洲狮散步的女子;与此相反,事实来自"单数的"城市,而这座城市所呈现的却都是重复的事实:城市里的许多瞎子都是黑人、城市里的每座摩天大楼上都有疯子、城市里的所有疯子都在摩天大楼顶部的边沿上摇摇欲坠、城市里没有一只美洲狮不归属一个女子。吉尔玛就这样不断地重复自己,让自己过剩。只有通过这种不厌其烦的重复,事实才可能被语言捕捉,成为记忆中的符号,成为集体的记忆,成为可以检索的信息,成为可以共享的资源。

在第二自然段里,符号来自"我"的个体的记忆。与其他旅行者一样,"我"正行走在从吉尔玛"返回"的途中。好像是将第一自然段的情况完全颠倒过来,这个体的记忆里保存的却全都是复数的印象:朝着各个方向低飞的飞艇、鳞次栉比的制作和出售图腾的店铺以及充斥在地铁车厢里的肥胖女人;与此相应,"事实"来自"我"的所有同行者重复的证词。但是,这些证词中却只出现了一只飞艇、一个图腾艺人以及一个肥胖的女人。这些证词如实地报道了"我"的同行者们在吉尔玛所见到的"单数的"事实。这一次,是记忆在不断地重复自己拥有的符号,让符号过剩。正是通过这种不厌其烦的重复,符号才可能经久耐用,才可能被记忆留用,成为兴建"看不见"的城市时最重要的材料,不可替代的材料。

"看得见"的城市里重复的"事实"创造了记忆,而记忆中重复的"符号"创造了"看不见"的城市。这两种互惠的重复确保了这两座城市的和平共处,也确保了吉尔玛的身份和安全。

对立的宗教:第十座城市

现在,马可·波罗准备将他高贵的听众带进一种新型的城市。他为这一种新型的城市选用了一个含义丰富的形容词,为今天的翻译设置了难以逾越的障碍。这个很常用的形容词到底应该翻译成稀薄、细小、单瘦还是脆弱?伊萨伍拉

（Isaura）是第一座这样的城市。这座"千井之城"一开始就让马可·波罗捉摸不透。他有点犹豫了。他好像在担心他的叙述会伤害这座城市的健康。他没有勇气去充当"全知的"叙述者。他在第一句话里就使用了被动语态，多少触犯了叙述的禁忌。他是不得已才这样做的。他自己不想对叙述负责，他又不愿意让别人越俎。"被动语态"为他打破了这个僵局："据说"，伊萨伍拉的底下有一个很深的湖。叙述者的真实身份被这"据说"掩盖起来，而他的声音却转化成了马可·波罗本人的声音。经过这样的整容手术，关于伊萨伍拉的叙述听起来就好像是一种"复述"。

马可·波罗复述道，在这座城市里，不管从什么地方垂直打下一个足够深的洞，都能够抽出清凉的湖水。这座城市的大小与城市地下的湖面的大小完全相等，"看得见"的风景完全由"看不见"的风景来决定。湖水在岩石"钙质的天空下"荡漾，推动着阳光下的所有运动。

对这样一座已经完全"被决定"的城市来说，还有"什么"可以和值得去谈论呢？就像对一个完全被奴役的人一样，我们至少还可以去谈论这座城市的信仰。马可·波罗果然话题一转，他注意到了与伊萨伍拉特殊的生理结构相应，这座城市里也并存着两种对立的宗教。

他仍然没有勇气去充当"全知的"叙述者。他仍然用"据说"将这两种对立的宗教复述出来。"据一些人说"，这座城市的神祇居住在湖的深处。这样的神祇显然是威严、高贵、冷漠、孤傲和不可接近的。它们所代表的宗教一定非常严厉，一定屈从于形形色色的禁忌，一定对世俗生活充满了不满和忧虑；而"据另一些人说"，这座城市的神祇附着在"看不见"的湖水与"看得见"的城市之间所有那些湿漉漉的通道的尽头：从井口到辘轳，从吊桶到滑轮，从水泵的把手到风车的桨片，从螺旋探头的支架台到脚手架顶部的风向标……日常生活中只要有水渍的地方就会有这些神祇的踪迹。这样的神祇肯定是随和、朴实、温情、谦恭和平易近人的。通过连接着湖水与城市的数不清的通道，这些畅快的神祇将欢乐和生命带给了伊萨伍拉。它们所代表的宗教一定非常宽容，一定无所顾忌，一定对世俗生活充满了向往和贪恋。

这前一种宗教是高高在上的宗教，而这后一种宗教却是脚踏实地的宗教。尽管马可·波罗并没有直接在"内容"上对这两种对立的宗教做出价值判断，他却通过"形式"显露了自己的偏好：他复述后一种宗教的句子长度是他复述前一种宗教句子长度的五倍。这种数量上极端的"不对称"在马可·波罗的叙述里极为罕见。它显然是在传达一种信息。这明确的信息使《看不见的城市》的第一部分在一种狂欢节似的气氛中结束。

但是，叙述的目的地通常并不在它结束的地方。接下来，关于伊萨伍拉的叙述还会凭借惯性继续吸引听者的注意。尽管这两种对立的宗教在同一座城市的共存有它深刻的"物质基础"（它与伊萨伍拉天然的特殊生理结构"相对应"），这种"共存"却很难不受一时的精神状况和社会结构的骚扰。也就是说，这两种"对立"的宗教有一天很可能会转变成"对抗"的宗教。就这样，马可·波罗将他的听众带到了想象的绝境。

这种对抗的结果将会是什么？历史的难题可以被处理得像一道简单的数学题。根据简单的形式逻辑，伊萨伍拉能够见证的结果只可能有三种："弱肉强食""两败俱伤"或者"同归于尽"。

但是，也许还会存在一种更为深刻的结果：精神的对抗也许会导致这座城市生理结构的变异。这种变异肯定会损害伊萨伍拉的健康甚至危及它的生命。这种结果也许会让马可·波罗的听众选定关于那个含义丰富的形容词的准确解释：因为存在着两种对立的宗教，伊萨伍拉实际上是一座非常"脆弱"的城市。

权威的沉默：第十一座城市

这一次，"那个"旅行者"被邀请"到了又一座与"记忆"相关的城市。除了参观访问之外，旅行者在这座城市还肩负着一项非常敏感的"任务"：他被邀请去审查一些陈旧的明信片。在那些明信片上，他将看到这座城市（或者说是所有的城市）田园诗一般的"往昔"：在现在公共汽车站的位置，明信片保存的是一只公鸡；在现在高架桥的位置，明信片保存的是一座露天的乐池；在现在兵工厂的位置，明信片保存的是两个在白色的遮阳伞底下闲聊的女人。这些由明信片保存下来的景象既是令这座城市自豪的"往昔"，又是令这座城市惋惜的"往昔"。

旅行者就像是终于进入了"城堡"的土地测量员。他马上就理解了自己尴尬的处境：他必须测量这座城市从往昔到现今的距离。可是，他既不能使用他的职业训练带给他的尺度，也不能使用他的文化修养带给他的眼光。他只能动用他的"世故"来对这种距离下结论。按照马可·波罗的说法，"如果"旅行者不想让这座城市的居民"不"高兴，他就必须赞扬明信片上的玛伍瑞利娅（Maurilia），他就必须像这座城市的居民一样更加迷恋"往昔"的玛伍瑞利娅。他当然不想让这座城市的居民不高兴，所以他唯一的出路就是改变自己。也就是说，旅行者以权威的身份"被邀请"来完成这项敏感的任务，但是，他只能通过放弃自己的权威才可以顺利地完成任务。到下结论的时候，他已经不再是具有独立人格的鉴赏家了。他已经变成了言不由衷的代言人：他知道他的"结论"必须完全符合邀请方的意向。

甚至他对变迁所表达的"惋惜"都代表着邀请方的利益。他必须承认"看得见"的繁荣的大都市玛伍瑞利娅丢失了"看不见"的淳朴的小城镇玛伍瑞利娅的魅力，尽管他确信，在当时那个小城镇的居民的眼里，玛伍瑞利娅可能根本就不具备任何魅力；尽管他肯定，如果这座城市一直保持原来的风貌，它在现在的居民的眼里可能也同样毫无魅力；尽管他知道，其实正是通过新城市的形成以及旧城市的消亡，人们才可能带着怀旧的伤感去回望往昔，去"发现"旧城市原来并不具备的魅力。这是"形成"带来的魅力，这是"创新"带来的魅力，这是"时间"带来的魅力。不幸的是，建立在他权威的解读基础上的"确信""肯定"和"知道"都完全不合时宜。他很清楚这一点，他只能小心翼翼地将它们深藏在拘谨的让步从句里。他只能用他的世故来取代他的权威。他只能用权威的沉默，去顺应新城市的居民对只能从明信片上看到的旧城市的眷恋。

他必须小心翼翼。他惊人的阅历使他能够洞悉关于"新"城市与"旧"城市之间更复杂的关系。但是，他同样不能向玛伍瑞利娅的居民们揭示这种极端的关系。这种极端的关系就是"没有关系"。也就是说，在同一个地点，以同样的名字先后建立的不同的城市之间，可能没有任何的联系：新城市在诞生的时候不知道旧城市曾经消亡，旧城市在消亡的时候不知道新城市即将诞生。新城市与旧城市之间可能没有任何的交流，哪怕它们的居民可能存在许多相似之处，比如他们使用同样的名字，甚至拥有同样的面孔和同样的口音。这时候，新城市和旧城市之间的对比就完全失去了意义。

在马可·波罗看来，玛伍瑞利娅很有可能就是这样的一个例子。那些明信片所呈现的"看不见的"城市也许并不是玛伍瑞利娅从前的样子，而只是一座碰巧也叫作"玛伍瑞利娅"的不同的城市，一座另外的城市。在这种极端的情况下，"看不见的"城市与"看得见的"城市被从由时间链接成的等级结构中解放了出来，获得了认知上的自由和平等。记忆突然失去了它企图挽留的对象，它因此也就变得无地自容了。似乎正是因为这样，在《看不见的城市》中，玛伍瑞利娅被设定为是最后一座与"记忆"相关的城市。

旅行者没有将这种更激进的可能性呈现给玛伍瑞利娅的居民。他必须小心翼翼。他不再是一个鉴赏家,他更不敢成为救世主。他没有将这座城市从对往昔的眷恋和陶醉中唤醒。他只是一个代言人,一个不需要发出自己的声音的代言人。他用权威的沉默给集体的记忆留下了温馨的余地。

但是,玛伍瑞利娅的居民可能永远也不会觉察这个权威的沉默。他们正得意于见多识广的旅行者的认同。他们肯定会将这种认同当成是权威的声音,当成他们这座城市的水准。他们永远也不会想知道这个被邀请来的权威是怎样通过痛苦的沉默丢失了他自己的水准。

欲望的收藏:第十二座城市

在主要是由石头建筑构成的灰色的市中心,那座金属的建筑当然非常晃眼:它肯定是"进入"费朵拉(Fedora)的重要通道。马可·波罗对那座建筑的形式没有什么兴趣,他没有提及它属于什么流派或者它由多少房间组成。他专注于那座建筑的内容。这内容也就是它里面那些房间的共同特征。马可·波罗告诉他的听者,那座建筑的所有房间里都陈列着一只水晶玻璃球。

他将他的听者直接带到了展品的跟前:从每一个水晶玻璃球里面,"你"都看到了一个蓝色的城市。紧接着,他为迷惑不解的听者挑明了展品的意义。这众多的蓝色的城市是一个个"看不见"的费朵拉的缩影。这些费朵拉从来没有变成过"现在"的费朵拉。它们只是在费朵拉居民的想象中存在过和存在着。

一座"看得见"的城市的后面总是存在着无数可能的"看不见"的城市，正像在一部作品最后的版本后面还存在着无数可能的版本或者在现实的配偶后面还存在着无数理想的配偶一样。一座城市可能的存在形式当然是不可穷尽的。但是，所有这些"可能的"存在形式却都经历了一种共同的命运：尽管它们面对的是不同的"现在"，它们却都遭受了"现在"的冷遇。不管它们的趣味和价值是面向过去还是面向未来，它们代表的都是一种根源于欲望的向往。而"现在"与这种向往之间存在着不可逾越的差距。

这种差距正是人们为什么要将这种向往制成模型的原因：他们要想用自己的欲望来挑战有形的"现在"就必须将自己无形的欲望用一种具体的形式呈现出来。有趣的是，当这种欲望通过模型被固定下来之后，它所挑战的"现在"却往往又发生了变化。向往中的城市因此失去了它的对手和坐标，因此也就失去了它的实用价值。它所指向的未来只是相对于那种变化之前的"现在"才有它的价值。现在，那种根源于欲望的"未来"还没有来得及变成"现实"却已经变成了"过去"。"现在"在不断地改变自己的同时总是迅速地将人们对未来的憧憬转变成历史。

在第四座与"欲望"相关的城市费朵拉，这种历史就被封存在那一个个水晶玻璃球里面。城市中心唯一的金属建筑就是收藏这些水晶玻璃球的博物馆。这座博物馆实际上也就是费朵拉的先辈们"无用的激情"（萨特语）的纪念碑。他们被囚禁在水晶玻璃里的欲望在生生不息的时间里等待着未来居民的走近、注视和沉思，等待着与激荡在注视者心灵中的欲望的相遇和共鸣。这种"现在"与"过去"的私通变成了费朵拉的生活方式以及费朵拉的未来。这座城市与它的居民就是通过这种欲望之间的沟通在改变着对方并且改变着自己。

也就是说，这样一座保存欲望的博物馆并不是这座城市里的一个死角。相反，它是这座城市通向未来的一条出路。根源于欲望的向往虽然从来没有变成过"现在"，却总是占据着"现在"的一个角落，并且借助回忆或者想象的增援，不断策动新的欲望对"现在"进行徒劳的反叛。被封存的欲望仍然像幽灵一样在费朵拉忧郁的未来里徘徊。

这时候，马可·波罗突然更贴近了他的听者。他第一次在他的叙述里直接呼唤他的君主。他告诉这位充满壮志的君主，现实中的费朵拉和想象中的费朵拉都同样是真实的。但是，这还只是问题浅显的一面。问题复杂的一面是，在马可·波罗看来，这两种费朵拉又其实都是假想的。这就好像是说现实中的配偶与想象里的恋人其实都是一种"假设"。现实"假设"了必然性：它接受了太多完全没有必要接受的规则和限制；与它相反，想象"假设"了可能性：向往中的费朵拉以为自己代表着这座城市可能的未来，而实际上，那种未来永远也不可能到来。

这种奇特的看法最后将马可·波罗引向了一个现实的话题。他提醒眼前的君主，说在他值得骄傲的地图上除了可以安置一个"石头的"（实际的）费朵拉，还可以安置无数个"水晶玻璃的"（想象的）费朵拉。也就是说，那"莫非王土"的疆域不仅遍布于"普天之下"，还淤积在君王的神经末梢。欲望和想象会将一个帝国的版图深入神秘莫测的时间，会令一个帝国用非暴力的方式无限扩张。

绝种的差别：第十三座城市

在进入柔依（Zoe）之前，这个旅行者的心中似乎并没有疑惑。他总是去想象那座等待着他的城市是什么样子。他想象城市里的宫殿、城市里的兵营、城市里的磨坊、城市里的剧院、城市里的市场。他的想象建立在他的阅历之上，因为在他经过的所有城市里，不仅仅所有建筑的排列依照着不同的秩序，而且每一座建筑与其他建筑之间都存在着足以将它们彼此区分的差别。这是一种抽象的差别，一种本质的差别。或者说，这是差别本身。这种差别使每一座建筑都变成了一个符号。通过一组被他的阅历精选出来的规则，在进入一座陌生的城市的时候，旅行者可以很敏捷地对呈现在他眼前的符号进行一组演算。紧接着，他马上就能够精确地辨认出宫殿、庙宇以及酒吧、监狱和贫民窟。马可·波罗告诉他的听者，有人认为旅行者的认知过程证实了一个这样的假设：在每个人的头脑中都存在着一个仅仅由"差别"构成的城市。这座"看不见的"城市事实上是所有城市的原型。它是一个先验的认知图式，是"纯粹理性"。所有"看得见的"城市都不过是对它的一种证实。这个有趣的假设几乎动摇了马可·波罗的叙述给他的听者带来的全部乐趣。

马可·波罗马上用一个否定句将他的听者稳住。他说这并不是柔依的情形。在这第三座与"符号"相关的城市里,"差别"完全消失了。在这座城市里的任何一个位置,你都可以是所有的人或者做所有的事情。比如你可以依次是圣人、凡人和小人或者你频繁改变身份,轮流做市长、贪官和囚犯。你不再能够肯定一个具体的场所究竟是教堂还是食堂,究竟是研究院还是养老院,究竟是手术室还是聊天室,究竟是市政厅还是交易所。走进这样一座城市,你就是走进了被东方哲学家憧憬向往了上千年的"无差别境界"。

但是,这位饱经风霜的旅行者突然对眼前的城市充满了疑惑。他注意到城市里任何金字塔的尖顶下面也可以是麻风病院或者是宫女的浴室。他已经无法辨认出城市里的任何特征,看得见的柔依掩盖了所有具体的差别,也模糊了旅行者保存在头脑中的那些"看不见的"抽象的"差别"。也就是说,看得见的城市完全覆盖了看不见的城市。行走在这座看得见的城市里,除了疑惑,旅行者不再能够感觉到任何东西。他知道这座消除了所有差别的城市实际上是一种不能再细分的物质:物理反应、化学反应、生理反应或者心理反应对它都不再起任何作用。他对这种顽固不化的存在充满了疑惑。

这是第一次,马可·波罗只能够用"问题"来结束他的叙述。他或者说卡尔维诺让充满疑惑的旅行者提出了两个问题。其中那个抽象的问题是:为什么会存在一座这样的城市?这是一个关于存在意义的问题。它不可能存在唯一的答案。

这种抽象的问题展示了旅行者疑惑的深度。

旅行者的另一个问题比较具体：区分这座城市的里面和外面的界限是什么？或者更具体一点，怎样才能够区分城市里面车轮的辘辘声与城市外面狼群的嚎叫声？这显然是非常情绪化的问题。这是旅行者的明知故问。既然在这座城市里面所有的区别都不存在了，哪里还会存在标记那些区别的界限呢？这种提问只是面对无法理喻的现实时，旅行者能够做出的唯一的反抗和人性的反抗。

这位旅行者大概已经意识到了柔依可能就是所有城市的发展方向和终点。只要时间允许，所有的城市都将会变成没有"差别"的国际化大都市。在那里，所有的人都将失去自己的身份，所有的生活都将变成平庸的复制品。而对旅行者最大的威胁是，在那种没有差别的未来世界里，"旅行"已经完全失去了意义：因为他已经无法再"生活在别处"。

失宠的幸福：第十四座城市

与第一座"脆弱的"城市不同，泽娜碧娅（Zenobia）醒目的地方不是形形色色的管道，而是高高低低的桩子。这座城市的房屋和街道就架构在这些桩子之上。这座被架在空中的城市并没有被"架空"，它具备一个城市应该具备的最基本的基础设施。在后现代的视野里，如此架构起来的城市好像是一座巨大的游乐场之中的一个很小的角落。

经过这么多的岁月，经过这么多的变迁，已经没有人能够记得是什么样的需要，什么样的欲望或者什么样的指令使泽娜碧娅最早的建设者要将这座城市建设成为这种样子。马可·波罗对这种集体的失忆并没有特别的感叹。他的敏感被另外一种奇迹所吸引。他注意到了一个奇怪的现象：当被问及什么样的生活才是"幸福"的生活的时候，泽娜碧娅的居民总是会去描述一个结构上与泽娜碧娅类似的城市，也就是一个由桩子上的房屋和悬空的街道构成的城市。在他们看来，只有生活在这样的城市里，生活才可能是幸福的。马可·波罗对泽娜碧娅的居民关于幸福的见解充满了感叹。

流逝的岁月已经给泽娜碧娅添加了太多的附件。这座城市最初的建设方案已经不可能被准确地呈现和诠释。然而，这座城市的"要素"，这座城市最初的构思中就已经携带着的"要素"却从来没有流失。这些"要素"不仅仅凝固在这座城市的基础设施之中，而且还升华到了这座城市的"上层建筑"里面，成为这座城市居民们伦理判断和价值尺度的基准。就是这些"要素"决定了世世代代泽娜碧娅的居民们关于幸福的观念。

那种顽固的观念对旅行者的欲望轻则是一种讥讽，重则是一种挑衅。马可·波罗依然向往旅行，依然向往东方，依然对陌生的世界和未知的世界充满了好奇和欲望。面对这样的讥讽或者挑衅，他的策略似乎与那位被邀请到玛伍瑞利娅的权威一样，也只能是"自我改变"。但是，他没有步那位权威的后尘。他不想让自己沉默，他没有将个性埋没。他注意到，在"脆弱的"泽娜碧娅的顽固的价值观使"幸福"本身已经不再是一种有意义的尺度了，因为根据那种观念，一座城市的生活是否幸福的充分必要条件已经被简化为"是否具备泽娜碧娅所具备的那些要素"。也就是说,当且仅当一座城市具备那些要素的时候,那座城市里的生活才可能是幸福的。他敏感地得出结论:这种苛刻的条件事实上剥夺了所有其他城市的"幸福"。

马可·波罗没有埋没自己的个性。既然"幸福与否"已经不再是对城市进行分类的理想尺度了,他开始根据自己的需要修改自己的价值观中的基本设置。他选用推动他马不停蹄的"欲望"作为新的分类标准。根据这种标准,他经历过的城市可以被分成两类:一类是与欲望"和谐"相处的城市。这一类城市总是能够不断地用自己的形式或者魅力来充实欲望,来创造欲望;另一类则是与欲望关系"破裂"的城市。这一类城市又被细分为两种极端的类别:一种是"人欲横流"的城市,在那里,欲望"抹杀"了城市;而另一种是"了无生气"的城市,在那里,城市"抹杀"了欲望。

这种新的分类标准似乎也带来了对城市生活的一种不同的看法。根据这种看法,"幸福与否"对人生来说也许并不重要,重要的是要无条件地保持着生活下去的"欲望"。即使在最不幸的境况之下,这种顽强生活下去的"欲望"都可以而且应该如火如荼。

用"欲望"来代替"幸福"就是用"运动"来代替"静止"。如果"幸福"意味着抵达,"欲望"所代表的就是不断的出发。一个天赋的旅行者只能够将这"不断的出发"当成他的荣誉。对"幸福"的贪恋如果不会"玷污"这种荣誉,至少是会分

119

散对他这种荣誉的专注。

于是，这位抵达泽娜碧娅的旅行者没有向这座城市里占统治地位的观念低头。他冷落了故步自封的"幸福"，让它尝到了"失宠"的滋味。他需要继续前进，朝着陌生的东方，朝着陌生的未来。

交换的记忆：第十五座城市

来自不同国家的商人每年都会在这座城市里相聚四次。欧菲米娅（Euphemia）因此成为《看不见的城市》中的第一座与"交易"相关的城市。有趣的是，这四次壮观的交易会都不设"组委会"。它们是根据地球与太阳的相对位置"自然地"形成的。它们分别出现在春分和秋分以及冬至和夏至的那一天。这种与自然的节律相适应的商业活动（或者说与"自然"密切相关的"文明"）当然是欧菲米娅最显眼的特征，是这座城市"看得见"的特征。

因此，我们看见了那一艘停泊在港口的商船：人们从那里卸下了生姜和棉花，又立即用开心果和罂粟籽将货舱塞满；因此，我们还看见了刚刚抵达的骆驼商队：他们卸下了肉豆蔻和葡萄干，马上又在鞍囊里塞满了金色的麦斯林纱匹。这样看来，无论是商船的主人还是骆驼商队的领队，他们来到欧菲米娅的目的好像都只是为了"回家"。他们没有将这座城市当成德丝媲娜（第八座城市），当成他们各自的"荒漠"的边界，当成想象中的新生活的起点。他们来到欧菲米娅的目的好像只是为了"满载而归"。他们好像只是为了"家用"

的需要来这里交换商品，而不是为了交换身份或者交换各自的"荒漠"，交换各自下一段的旅程。

但是，事情并没有这么简单。马可·波罗急不可耐地告诉他的听者，商人们来到欧菲米娅的目的其实并"不仅仅"是为了交换商品。听上去，他对"商品"这个词不太友好。他用了一个很冲动的定语从句来限定"商品"。他肯定，能够在欧菲米娅买到的那些商品"同样地"可以在帝国内外的每一个市场上，在"同样的"黄色草席上，在"同样的"凉棚下，用"同样的"砍价技巧不太困难地得到。在同一个句子里，"同样"的四次出现暴露了马可·波罗对"商品"的厌倦甚至反感。

如果生意只是一个幌子或者一个附带的目的，那么，这些来自五湖四海的商人们主要是为了什么才来到了欧菲米娅，而且还要伴随着季节的节律在一年之中"四次"来到欧菲米娅呢？

他们是为了令人难忘的夜晚而来的：当夜幕降临的时候，市场的四周会升起一堆又一堆的篝火。远道而来的商人们围坐在这些迷人的篝火旁，开始讲述他们各自的传奇。他们是为了这令人难忘的聚会而来的。漂浮在马可·波罗脑海上的是每一个传奇之中都重复出现的这些关键字："狼群""姐妹""财宝""战斗""无赖"以及"恋人"。这些关键字总是会激起在场的每一个商人记忆的涟漪。他们是为了这令人难忘的记忆而来的：这种记忆不仅仅是对自己的传奇的记忆，更是对别人的传奇的记忆。因为（也许应该说"因此"）每一个关键字上都吸附着有无数的传奇，形形色色的传奇。这些传奇互相穿梭和交错，互相映射和吸收，它们构成了"看不见"的欧菲米娅。这些孤独的商人们就是为了这些令人难忘的传奇而来的。

但是，马可·波罗和他的听者都知道，天下没有不散的宴席。这迷人的聚会总会要结束。这些孤独的商人们总是要离去。这是意味深长的离去。因为在从欧菲米娅"回家"的路上，不管是在驼背上摇晃的商人还是在甲板上颠簸的商人都没有去盘算他们的亏损或者收益。相反，摇晃和颠簸再一次唤醒了重叠在商人们记忆之中的传奇。他们开始在记忆中一个接一个地审读那些传奇。他们惊奇地发现自己遭遇过的狼群变成了另外的狼群，自己疼爱过的恋人变成了别人的恋人，而自己寻找过的财宝变成了其他的财宝。他们惊奇地发现在他们刚刚离开的这座与"交易"相关的城市里，他们交换的不仅仅是"商品"，更为重要地，他们还交换了彼此的"记忆"。通过这种交换，他们自己的传奇变成了他人的传奇，而他人的传奇变成了他们自己的传奇。他们将带着这种交换来的记忆去继续自己的生活，去面对自己的未来。

但是，携带着他人的记忆，他们还能够继续自己的生活吗？他们还能够面对自己的未来吗？

女人的背影：第十六座城市

兴建佐贝依德（Zobeide）是为了一个女人的背影，或者更精确地说，是为了"再现"那个女人的背影。那是一个裸露的女人。那是一个激起了所有男人的欲望的女人。她出现在不同国家和不同文化的所有男人们的那个共同的梦境之中。她在他们的梦中奔跑。她在他们梦中的那座城市里奔跑。做梦的人看见了她飘荡的长发和她裸露的背影。他在被夜色笼罩的街道上尾随着她扣人心弦的背影。遗憾的是，经过那么多的转折和希望，那个始终没有露面的女人最后还是消失了，消失在梦的尽头。

从这充满欲望和惆怅的梦中惊醒，所有做梦的人都出发去寻找伫立在梦中的那座城市。当然，他们没有找到。他们不可能找到。那是一座不存在的城市。可是，他们想去寻找在那里消失的那个女人的背影，而且想要永远留住那个背影。于是，这些做同一个梦的人根据对梦的记忆兴建了佐贝依德，这最后一座与"欲望"相关的城市。他们根据各自在梦中尾随那个裸露的背影时的线路铺设城市的街道。因此，佐贝依德的街道看上去就像是一堆纠缠不休的乱麻。而在那个诱人的"逃犯"最后逃脱的地方，他们却没有去反映梦中的"真实"：他们求助理性，重新布置了空间和城墙，想以此来弥补梦中的漏洞。他们想借助理性的力量来放纵欲望的贪婪。经过这种理性的重建，他们肯定那个女人的背影不可能再从它从前消失的地方消失。

这些做梦的人就在自己兴建的城市里住下了。日复一日，他们耐心地等待着夜幕降临；年复一年，他们焦急地期待着那个女人的背影的再现。可是，他们中间没有任何人再能够看见那个女人的背影了，不管他们是温情地凝视着眼前的街道,还是纵情地搜索着梦中的黑夜。他们没有去反省理性。他们没有意识到对梦的违背是他们自己致命的过失,是他们兴建的城市最根本的缺陷。那个在所有男人的梦中奔跑的女人是绝对的自由,无限的自由。她的"出路"是她的"出现"的必要条件。如果不能够从欲望中逃脱,那个女人就不会进入欲望的视野。如果不能够从梦的尽头消失,那个女人就会从所有的梦中消失。无限的自由永远也不会成为理性的猎物。

令人心灰意冷的等待和期盼终于将欲望窒息了。城市里目的性极为明确的街道渐渐失去了与自己极为明确的目的的联系。它不再能够激发那些做梦的人原始的冲动和丰富的想象。最后,做梦的人不再做梦。他们将这些街道当成了只是去"上班的"路。他们忘记了这些街道与他们充满欲望的梦之间的血缘关系。而这种血缘关系代表着他们生活的意义。他们生活的意义就是去追寻理想的背影,去追寻不可能追到的真的美和美的真。他们的生活之所以有意义就是因为他们有这样的一个梦,一个永远不会与现实"成交"的梦。

"看不见的"城市里的诱惑一直没有能够在"看得见的"城市里再现。这冷漠的事实使佐贝依德最早的一批居民变得庸庸碌碌。这些城市的建设者忘记了他们兴建的这座城市的来历。这意味着他们不仅仅与自己的欲望失去了联系,也失去了理解别人的欲望的坐标。当新的一批做梦的人兴奋地来到佐贝依德的时候,他们不理解他们的兴奋。新的一批做梦的人因为找到了与自己梦中的城市相似的城市而兴奋。他们对眼前的街道又做了一些小小的改动,使它们与自己梦中的街道更加接近。不过同样地，他们还是没有在梦中那个女人的背影消失的地方宽容地为"绝对的自由"留下一条出路。

这个雷同的细节使马可·波罗没有必要再去叙述这新一批居民将来的变化。他用最后一句话表达了佐贝依德最早的居民对新居民的费解。在过来人的眼里，他们自己兴建的城市其实是一个"丑陋的"城市，是一个吞噬了美感和欲望的陷阱。他们在这座为了让自己梦想成真的城市里丢掉了自己的梦想。那么，何必当初呢？当初为什么要建成一座这样的城市呢？

而更重要的是，他们对当初的懊悔变成了对现在的冷漠：他们不理解新一代的居民为什么会走进这样一座"丑陋的"城市，这样一座陷阱般的城市。这种代与代之间的"不理解"将要导致历史的断裂。

语言的谎言：第十七座城市

在这座充满了谎言的城市里，第一人称单数一共出现了二十次。这频繁的出现使"我"经受了前所未有的心理冲突。"我"必须在经验和符号之间做出冷静的选择。那些含辛茹苦地积累起来的生活经验突然变得毫无用处了。在这座城市里，只有相信符号的误导和跟随符号的误导，才可能找到生活的正确方向。

海琶提亚（Hypatia）是第四座与"符号"相关的城市，也是到目前为止马可·波罗叙述的最长的城市。这座城市首先将倒影在泻湖中的木兰花园呈现在旅行者的眼前。然后，它引诱他沿着树篱行走。旅行者自然窥见了正在树篱后面沐浴的年轻漂亮的女人。但是，他同时也看到了深藏在泻湖底部的那些自杀者的尸体：螃蟹正在噬咬那些死者的眼睛，海草正在纠绕那些死者的头发。

以第一人称单数形式出现的旅行者首先肯定是受惊了。接着，他马上又有了一种受骗的感觉。他决定上访。他朝苏丹的宫殿走去。他想为那些蒙冤而死的人讨回公道。他沿着斑岩石的台阶一直走到了宫殿的入口，又很快穿过六座带有喷泉池的庭园来到了正殿的大门。但是，他再一次受惊和受骗了：这座城市最高的穹顶底下竟不是苏丹听政的地方。透过挡住了去路的铁栅栏，这位仍然相信正义的旅行者看到的是那些脚戴着镣铐的囚犯们：他们正将玄武岩的石块从大地深处的采石场里背上来。

迷惘的旅行者知道他只能去求助哲学家了。他迷惘地走进了收藏"符号"的图书馆。可是他还是受惊了，因为他发现哲学家并没有如他想象的那样坐在犊皮和纸莎草纸的经卷中间。一个正坐在草席上吸食鸦片的少年将旅行者的视线引向了图书馆的花园。花园好像是一个"儿童乐园"，里面散乱着供孩子们游戏的陀螺、秋千和九柱戏的木柱。返璞归真的哲学家坐在花园的草地上，与"文字"没有关系。他无疑是一位东方的智者。

马可·波罗在叙述中省去了"我"提出的问题。他直接给出的是哲学家的回答。哲学家回答说："符号构成了语言，但不是你以为你已经熟悉的那一种。"这很像是一位禅师说出浅显的偈语。

颇具慧根的旅行者从这回答里顿悟到了问题的关键：他必须放弃从以往的生活经验中总结出来的解码逻辑。也就是说，只有从那种逻辑中解放出来，他才可能理解海琶提亚的语言。事实上，海琶提亚呈现出来的符号是一种"说谎"的符号。由这种符号构成的语言是说谎的语言。只有通过这种说谎的语言，他才可能体会这座城市的真实，他才可能进入"看不见的"海琶提亚。

于是，旅行者这样来理解和使用海琶提亚的语言：当他需要音乐的刺激或者滋养的时候，他知道他应该去墓地。这个城市的音乐家们都躲藏在穴墓里。笛声和琴声在坟墓与坟墓之间颤抖和波动。而当他听到了骏马的嘶鸣以及马鞭的抽响，他感到的是性欲的战栗，因为这座城市里最漂亮的女人只出现在马厩里面或者跑马场上。她们上马的动作，她们裸露的大腿以及她们小腿上的护具都散发出难以抵制的诱惑。那些敢于走近她们的陌生人马上会被她们惊天动地的激情所顺服。她们会将他们推倒到干草或者锯屑堆上，用她们已经挺拔的乳头压住他们风尘仆仆的身体。

在已经厌倦了海琶提亚的那一天，根据他对这座城市语言的理解，旅行者不是下到港口去等待，而是爬上了要塞的尖顶。他知道他应该在那里等待过路的船只。很明显，他正在等待的是离他的世纪还过于遥远的"飞艇"。如果他在爬上要塞的尖顶之前还没有失去理智的话，这种等待最后也很可能让他陷入不可逆转的疯狂。

一个接踵而至的问题拯救了他。他刚刚开始等待就对这种等待产生了疑问。他的问题是：飞艇果然会从这里经过吗？既然他的等待是建立在他对谎言的理解之上，他有理由这样怀疑。而他的问题将他迅速带进了一条颠扑不破的真理：世界上没有不说谎的语言。也就是说，说谎的语言本身也在经受"谎言"的欺骗。这条真理确保了旅行者思维的清醒。他可能很快就会意识到他不应该在要塞的尖顶上等待能够将他接走的飞艇。对他已经习惯了的这种充满了谎言的语言来说，它最后的那个语句一定是"对谎言的说谎"。正是这种"对谎言的说谎"能够将他带离谎言。是的，他意识到他应该去码头等待能够将他接走的船只，而不是在要塞的尖顶上等待荒诞的飞艇。他从母语中习得的逻辑会为他打开通向下一座城市的行程。

清晨的歌唱：第十八座城市

看得见的阿米拉（Armilla）为什么会是眼前的这个样子，"我"并不知道。与关于海琶提亚的叙述形成强烈的对比，在关于阿米拉的叙述里，第一人称单数只出现了两次。当它第二次出现的时候，"我"对看得见的阿米拉已经有了自己的解释。

但是一开始，"我"并不知道眼前的这座"脆弱"的城市究竟是一座未完成的城市还是一座已经被捣毁的城市，或者说究竟是一座在有人入住之前就已经被抛弃的城市还是一座在人们入住一段时间之后才被抛弃的城市。出现在他眼前的这座"城市"是由直立和平卧的水管构成的。在这些水管的尽头,各种各样的龙头和喷嘴以及像"依然悬挂在枝丫上的熟透的果子"一样的浴缸和盥洗盆呈现出了生活的"欲望"(如果它是一座未完成的城市)或者生活的"痕迹"(如果它是一座被捣毁的城市)。这座城市没有墙壁也没有地板。它的每一个角落都裸露在阳光之下,它有最充分的"采光"。

与其说这是一座城市,还不如说这是一座"水管的森林"。面对眼前的景象,"我"很自然地在两种更细节的猜测之间犹豫:这究竟是一片水管工已经撤走而泥瓦匠还没有进驻的闲置的工地呢,还是一座经受过地震的猛烈袭击或者白蚁的疯狂进攻之后的城市留下来的遗迹?

这种犹豫丝毫没有动摇"我"积极向上的生活态度。他肯定,不管是哪一种情况,阿米拉都不应该被看成是"废墟"。未完成的城市自然充满了希望,因为它面向未来,面向将来的完成。而灾难之后的遗迹也同样没有颓废的导向,因为它显示出了这座城市供水系统(也就是这座城市的生命线)的坚固:这"脆弱的"城市在体质上并不脆弱。

更重要的是,马可·波罗引导他的听者"瞥见"了这座坚不可摧的城市里不可摧毁的美:只要"你"抬起头,"你"就会瞥见那些在露天的浴缸里或者喷头下尽情享受着阳光和沐浴的女人。散射的水花和飞溅的泡沫在阳光下闪闪发光,就像是在"水管的森林"里回荡着的音符。紧接着,他还让他的听者捕捉到了这些女人们出浴时的媚态:她们优雅地擦干身体上的水渍。她们优雅地往身体上喷洒香水。她们优雅地坐下来，对着也许有点倾斜的镜子优雅地梳理起她们优雅的长发。不管天灾人祸是怎样地摧毁了这些女人们生活的环境，她们都要用不可摧毁的从容和美感来继续楚楚动人的生活。

这究竟是幻觉还是实景？这究竟是人间还是仙境？这些与清纯的流水情同手足的女人们让叙述者第二次以"我"的身份在叙述的过程中出现。这一次，他带来了他自己关于阿米拉的解释。他解释说，在阿米拉的水管中流淌着的水是由水仙们掌管的。这些精灵向往新的世界：她们喜欢在新的游戏中愉悦同伴，她们喜欢在新的镜子里自我陶醉。她们喜欢所有新奇的享受流水的方式。根据这种解释，"看不见的"阿米拉既不是实际的人间，也不是缥缈的仙境，而是"天"与"人"的融合，是人间的仙境。

这种解释缓解了马可·波罗对"看得见的"阿米拉的疑惑和犹豫。也许阿米拉就是一个遗迹：水仙们美丽的狂欢使人类自惭形秽也无地自容。他们不再是这座城市的居民了。他们变成了这座城市不可摧毁的美的偷窥者；也许阿米拉只是一片工地：人类想用这新建的城市来表达对自己破坏环境（滥用水资源）的忏悔，并且为遭受污染的水仙们提供一片清新而享乐的天地。在这种意义上，这座"脆弱"的城市就像是人类献给水仙们的供品。

现在，去追究阿米拉为什么是眼前这个样子已经没有什么意义了。也就是说，原因已经不重要了，因为"我"已经清楚地知道了结果。这清楚的结果就是：在阿米拉，水仙们现在生活得非常满足，因为马可·波罗与他的听者一起听到了她们满足的歌声。在所有的清晨，水仙们都会用清纯的歌声去迎接阿米拉的光明。她们用歌唱来表现她们对"供品"的满足。

这清晨的歌唱使马可·波罗对接下来的旅程充满了向往。

圣洁的交易：第十九座城市

在到达与"目光"相关的城市之前，"目光"已经在扮演重要的角色：它提前一站出场，出现在第二座与"交易"相关的城市里。这座城市的区别性特征是：在它的街道上行走着的人们都互不相识，而且永远都互不相识。这座城市里的每一个人都是永恒的"陌生人"。是与众不同的"目光"塑造了克洛依（Chloe）的这种冷漠的特征。

视觉上的陌生也许是"陌生"最基本的形态。出现在克洛依的人们尽管对未来的每一次"相遇"都有细节丰富的想象（比如他们会想到交谈、惊喜、拥抱和亲吻等等），而在相遇的时候，他们想象的细节却总是没有出现。事实上，那些想象的细节也永远不会出现，因为这些陌生人在"相遇"的时候连最基本的视觉上的问候都没有：他们的"目光"从来没有足够的纠缠。每当有了目光的接触，这些陌生人就会迅速将自己的目光移开，将它投向其他的目光。紧接着，又迅速从那其他的目光移开，投向另外的目光……克洛依的目光就这样永远不停地变换着自己的方向。

在这样一座从不"专注"的城市里，人们能够从事什么样的交易呢？马可·波罗没有直接回答这个问题。他用叙述慢条斯理地再现应接不暇的"街景"：一个扭动着臀部的女子，一个颤动着嘴唇的老妇，一个文身的巨人，一个头发花白的青年……永不专注的"目光"在这些陌生的景点之间迅速地流动。它们用无数生命期极为短促的线段拼构出无数简单的三角形和复杂的多边形。正是这无数的几何图形构成了"看不见"的克洛依。

不难看出，不断流动着的"目光"就是这座与"交易"相关的城市里最具有特色的商品。人们正是为了交换这种特殊的商品才来到了克洛依。在这座城市的街道上，这些永恒的陌生人目"不断"转睛，分享着流动的利润。这种目光与目光之间闪电似的交易显然是"交易之最"，是最圣洁的交易，因为它不依赖于丧心病狂的算计又不会造成隐藏着社会危机的得失。而且这种交易还是纯天然的，它不会对未来施加环境的压力。更重要的，这种交易还是不断持续的，它不允许生活以任何冠冕堂皇的名义和借口停顿下来。它要让克洛依通过目光不断的流动保持住自己的圣洁。

有时候，这座城市里的匆匆过客也会停止脚步，因为突然的暴雨，因为市场的拥挤或者因为广场上响起的迷人的音乐。即使在这种时候，生活也没有停顿。事实上，这种"停留"通常会给生活更冲动的形式：这些陌生人往往会利用这种停留让自己饱经风霜的身体接受"陌生"的引诱，重温交媾的快乐。但是，即使在这种极端的形式之中，他们也拒绝扩大交易的范围。他们的交媾是最简洁或者最经济的交媾，不需要包括声音的呼应或者手指的缠绕在内的任何其他形式的辅助。在整个过程中,他们甚至不会抬起自己的眼睛。他们不会用"专注"去铭记对方的表情和激情。他们不需要为这种即兴的"停留"保存任何感官上的记忆。或者说,任何形式的停留都不会改变这些在克洛依相遇的陌生人之间萍水相逢的关系以及他们彼此永远陌生的处境。

这种没有记忆参与的交易当然是最圣洁的交易。克洛依因此被马可·波罗称为是最圣洁的城市。对关系的污染无疑是随着"占有"而来的。而占有又来自权力,权力又来自欲望,欲望又来自恐惧,恐惧又来自记忆。记忆显然是污染人际关系的最深的原因。记忆导致"停留",而停留是占有的胚胎形式,没完没了的苛求和无休无止的计较都发源于此。

不幸的是,克洛依并没有终生的免疫力。欲望的震颤一直都是困扰着这座城市的症状。这座"最圣洁"的城市随时都有可能失去自己的贞洁。一旦人们的目光开始他们功利的"专注",美丽自由的灵魂就会进化成唯利是图的贪婪。生活就会在这个被熏黑的"地点"停留下来。通过追逐、狡辩、误解、冲突和压制等等的劣迹,无数被熏黑的"地点"构成了我们每天都在面对着的现实。在这现实之中,总是有人获利,有人蚀本;有人成功,有人失败。这现实会将克洛依带往何处?

"幻觉的旋转木马终将会要停止下来。"马可·波罗平静地告诉他高贵的听者。尽管从停不下来的"目光"到停下来的"幻觉",克洛依还有很长的路要走,疲惫的旅行者却已经看到了这座最圣洁的城市不可避免的发展方向：它一定会在令人悲哀的现实中堕落下去。

镜子的魔法：第二十座城市

第一座与"目光"相关的城市瓦尔德拉达（Valdrada）建立在湖的岸边。它的房屋和街道的特殊结构都是为了方便"注视"而设计的。注视的目标是湖水中的瓦尔德拉达的倒影。这倒影与我们习以为常的倒影不同，它不仅仅呈现出岸边的瓦尔德拉达的轮廓和外观，还呈现出它全部的结构上的细节。也就是说，进入瓦尔德拉达的那位旅行者同时看到的这两座城市在细节上是一一对应的。他只能用目光进入的城市没有放过他能够用身体进入的城市的任何一个角落。他能够在清澈的湖底看见瓦尔德拉达的建筑物的内部。他能够从那里感觉到那些建筑物大厅的深度，甚至衣柜上的穿衣镜的光洁。

湖水中的倒影能够呈现的还不仅仅是这结构上的全部细节，它还会呈现出瓦尔德拉达生活中的全部细节。这座城市的居民清楚地知道他们的每一个行动都必然在湖水中留下了一个影像。他们不可能保存任何生活的秘密。无声的影像公开了这座城市的全部的生活，甚至最隐蔽的作案和做爱都可以一览无余。瓦尔德拉达是一座没有私生活的城市。在任何行动之前，居民们都不敢有丝毫的懈怠。他们不敢心存侥幸。他们凡事必须三思：三思而后行或者三思而不行。在这座没有私生活的城市里，只有思想不会在清冷的湖水中留下痕迹。

那个旅行者当然很快也会意识到这一点。他能够用目光在湖水中博览瓦尔德拉达的生活。特别地,他看到了那些由没有被思想和顾虑遏制住的欲望构成的生活。他看到了皮肤紧贴着皮肤的恋人们在调整姿势,以便给自己和对方带来最大的快乐;他看到了刺进肌腱的匕首在溅涌的血块中继续强悍的推进。但是,他的发现并没有停留在这里。他发现,这存留在清冷和透明的湖水中的交媾和凶杀的影像虽然丢失了激情的生活中的温度(皮肤和鲜血的温度)以及激情的生活中的喘息(凶手和恋人的喘息),却比交媾和凶杀的行动本身更有意义。也许是因为这些影像将通过旁观者的"目光"进入记忆,进入语言,最后进入时间?也许是因为这些影像将通过旁观者的"目光"引起进一步的行动(比如苦闷,恐惧和惩罚),将生活推向未来?

那个旅行者发现了这一点。他发现在两座瓦尔德拉达之中,水中(影像)的城市比岸边(实际)的城市更为重要,因为它公开了实际的城市里看不见的生活。湖面就像是一面镜子,通过这面镜子形成的影像被物理学当成是"虚像",而这影像对旅行者的心理却发生了最实际的影响。旅行者发现,尽管城市与它的"虚像"之间存在着全部细节上的一一对应,也就是说,它们的尺寸完全相等,可是在价值上,它们却并不全等,并不对称。镜子有时候会增加事物的价值,有时候又会折损事物的价值。这是几乎所有面对过镜子的人都有过的经验:有时候我们会在镜子里看到令自己陶醉的自己,有时候我们又会在镜子里看到令自己沮丧的自己。这是镜子的魔法。这魔法的宗旨是提醒我们"影像"的价值和存在，并且引导我们去崇拜"目光"的价值和存在，进而敦促我们去怀疑"实际"的价值和存在。

影像的瓦尔德拉达当然来自实际的瓦尔德拉达，但是，这只是一种可"以至无穷"的衍生关系的第一步。那个旅行者知道，影像的瓦尔德拉达同样也会导致对实际的瓦尔德拉达的扩建或者改造。"实际"的城市与它的"影像"将在这无限的相互影响之中互相依存。与克洛依的那些陌生人不同，这两座城市永远存在于也只是存在于对方的"注视"之中。用马可·波罗的话说，也就是这两座城市的"目光"将永远缠绕在一起。看上去，这两座城市就像是一对形影不离的夫妻，他们的关系应该非常的亲密。可是，马可·波罗却绝望地看到了这亲密关系之中的破绽。

他无情地指出，这两座城市之间没有"爱"。也就是说，实际的城市与它的影像之间没有心理上的亲密。这不是一个特例。这是事物与它的影像之间的通例。这也许就是"镜子"的"原罪"：它让这两座城市的对应过于严格，它让这两座城市在这种过于严格的对应之中同时失去了各自的自由，也就是失去了爱的天空和土壤。镜子增减"价值"的魔法没有能够消化它的"原罪"带来的恶果。

在"看不见"的城市总是能够被看见的地方，"看不见"的城市失去了它特有的诱惑。

现代的"命运"交响曲

1913年年底的一天,旅居伦敦的美国诗人庞德向同时也旅居伦敦的爱尔兰诗人叶芝打听还有什么人的作品可以收集在自己已经接近编辑完成的"意象派"诗集里。年长庞德二十岁的叶芝尽管当时还没有写出关于"可怕的美"的名篇,却已经是英语世界里的诗圣。而年轻的美国诗人怀着先知的敏锐和激情,正在酝酿着人类历史最伟大的文学革命。诗圣向踌躇满志的年轻诗人提到了一位与他年龄相仿的爱尔兰文学青年的名字。那是一个在爱尔兰文学圈之外几乎无人知晓的名字。那是一个已经远离了自己的家庭、祖国和教会的文学青年的名字。那是一个已经远离了一切文学圈的文学青年的名字。这是在英美文学界异常活跃的年轻诗人第一次听到自己将要发动的那场文学革命中头号革命领袖的名字。历史也许永远都不会知道年轻诗人为什么会没有丝毫的犹豫。当叶芝还在纸堆里翻找着那位文学青年诗作样本的时候,庞德就已经在打字机上敲打出了给他的第一封约稿信。

这是读者将会在《最危险的书》的第三章里读到的细节。如果他(她)还没有忘记自己在这本书的第一章里读到的另一个细节,他(她)一定会感觉诗圣的推荐有点难以理解。那是关于诗圣与他推荐的文学青年第一次见面的细节。那是一次单独的见面：时间在十一年之前，地点在都柏林市中心的一家咖啡馆。文学青年当时刚满二十岁，刚从大学毕业，刚开始将会让文学的世界天翻地覆的孤独的攀援，而诗圣当时已经三十七岁，已经跨越了至少两个创作上的高峰，甚至已经遭遇江郎才尽的惶惑和恐惧。谈话开始不久，诗圣就已经意识到"来者不善"。文学青年左右开弓，穷追猛打：他嘲笑诗圣的爱国主义情结，他揶揄诗圣在文学上已有的成就和新近的探索，他甚至不屑诗圣对自己习作的夸奖和好评……毫无疑问，这个年轻人不是带着"朝圣"的敬畏而是带着"弑父"的忤逆走近自己祖国的文学巅峰的。（有意思的是，当事的双方都不知道，再过三十年，爱尔兰文学的巅峰会从餐桌的这边移到餐桌的对面，而且它还将升级为与整个英语文学的顶峰等高的巅峰。如果其中至少有一方知道这一点，这次见面的气氛会不会有任何的改变？）文学青年的态度决定了这个细节的性质：它不是一次通常意义上的见面，而是一场对垒：新的时代与旧的时代的对垒，未来的巅峰与当时的巅峰的对垒。而从头到尾，未来都牢牢地占据着上风。诗圣一路后退，一直退到了最后一刻。戏剧性的高潮就在那个时刻出现。"我今年二十岁，你呢？"分手之前，文学青年突然再出奇招。早已经招架不住的诗圣终于方寸大乱。他当时的实际年龄是三十七岁，但是，已经备受挫伤的自尊心让他顺势从自己的回答里减去了一岁。他虚报的年龄还是没有能够赢得文学青年的同情。"你太老了。"他说,"我已经无法再影响你了。"

诗圣后来为这次具有历史意义的对垒写下了一篇详细的回忆。埃尔曼在他最权威的乔伊斯传记关于1902年的那一章里全文转录了这篇回忆,有兴趣的读者应该很容易就可以找到。在语气平缓的回忆中,心胸坦荡的诗圣甚至连自己虚报年龄的那瞬间的脆弱都没有掩饰。而在回忆的最后,诗圣显然也已经看到了事件的历史意义。他平静地写道:"年轻的一代正在敲响我的房门。"这种对"命运"的豁达态度显然是连接上面那两个相距十一年的细节的桥梁。这样的豁达在中国的社会和文化语境中肯定是很难理解的。这样的桥梁在中国的社会和文化语境中也肯定是不会存在的。但是,这就是历史。这就是历史的神秘之处。这就是历史的神奇之处。而1913年正好是人类文明史上的革命之年,艺术和科学上的许多革命正在爆发或者即将爆发。詹姆斯·乔伊斯这个陌生的名字触动埃兹拉·庞德敏感的耳鼓的一刻也可以作为人类历史上最伟大的文学革命正式开始的标志。

熟悉乔伊斯生平的读者都应该知道,隔断以上两个细节的那些岁月是将与莎士比亚比肩的天才文学道路上最黑暗的岁月。与诗圣第一次见面两年之后,文学青年带着刚刚得手的女人——他终生依赖的缪斯和现代派文学史上第一"夫人"的原型漂洋过海,开始了自我流放的生活。他置贫穷和孤独于不顾,直奔生命的本质和意义:他要"自由"和"完整"地表达自己,就像他笔下的青年艺术家斯蒂芬一样。在《一个青年艺术家的画像》的最后,准备开始文学攀援的斯蒂芬表示他不会继续侍奉他"不再相信的东西",不管它的名称是"家庭""祖国"还是"教会"。

而在第二个细节发生的那一年,也就是青年艺术家自我流放的第十年,他完成于流放之初的《都柏林人》(他的第一部作品)还没有找到出版的机会。乔伊斯后来这样白描那漫无边际的黑暗:他说那十年之中,他的经历和金钱全都耗费在出版《都柏林人》的徒劳之上了;他说那十年之中,他给"110家报纸,7位律师,3个协会以及40间出版社"写了不计其数的信;他说那十年之中,"除了庞德先生之外,所有的人都拒绝了我"。那是足以毁灭所有天才的黑暗,那是足以吞没二十世纪最耀眼的文学之星的黑暗……但是,诗圣向踌躇满志的美国年轻诗人提到了那个名字,那个曾经羞辱自己的文学青年的名字。紧接着,年轻诗人在打字机上敲出了给那个陌生的文学青年的第一封约稿信……这就是不可思议的历史。天才的"命运"中突然出现了破晓的晨曦。

如果说乔伊斯为争取《都柏林人》出生权的抗争是一场堂吉诃德式的个人奋斗,《尤利西斯》在两次世界大战之间的"回家"之旅就是一场融汇着社会上各种势力以及人性中各种因素的一场集体的较量。这是一场善和恶的大较量,这是一场美与丑的大较量,这是一场真与假的大较量。"破晓的晨曦"还只是如同贝多芬《c小调第五交响曲》中最初的那四个音节,还只是"命运"的敲门之声。接踵而至的是无数的进攻、反攻、佯攻、固守、伏击、迂回、撤退、包抄、增援、突围……马丁·艾米斯曾经盛赞《尤利西斯》"让贝克特显得沉闷、让劳伦斯显得平淡、让纳博科夫显得幼稚"。而这还并不是这部伟大作品的伟大之处。它的伟大之处是它发动了一场史无前例的"抗击陈词滥调的战争"。这是一场与将"昨日的世界"（茨威格语）打得粉碎的世界大战同时爆发的战争。而它持续的时间却超过那场战争的一倍，而它的烈焰不仅烧焦了"昨日的世界"，更是燃遍了新的大陆。但是，与那场终结自由和灭绝人性的战争相反，这场战争的目的是维护人性和捍卫自由。那场战争留下的是不计其数的墓碑，而这场战争留下的是一座文学的丰碑和一座人性的丰碑。

《尤利西斯》用文学史上从没有过的虔诚、耐心和技艺记录下人类日常生活的每一个细节，全部的细节。它的"回家"之旅就像它的创作过程一样，也是一场与"陈词滥调"殊死拼杀的战争。这场战争同时在大西洋两岸展开，持续的时间两倍于两次世界大战的总和。作为这场特殊战争的最全记录，《最危险的书》呈现给读者的是一部二十世纪的"命运"交响曲。这"命运"不仅仅涵盖一本伟大的书，也不仅仅涵盖一个天才的人，它还涵盖文学这神圣的事业以及"言论自由"这关乎人类存在意义的基本人权。

作者在这本书的鸣谢部分报称自己与乔伊斯"唯一的相似之处"是他们都欠了很多的债。这显然是谎称和虚报。读到一半的位置，任何一位读者都会发现，这本书的作者与这本书所谈论的"最危险的书"的作者还有另一个相似之处，就是他们什么都不想放过。而也许并不需要读到最后一章，任何一位读者就都会得出结论，这本书的作者与他所谈论的"最危险的书"的作者还有另一个相似之处，就是他们什么都没有放过。《尤利西斯》是一部关于现代社会（也就是"上帝死了"之后的社会）日常生活和精神生活的大百科全书，而《最危险的书》是关于这部大百科全书伟大"命运"的交响曲。

在欣赏交响曲的时候，甚至一位很细心的听众都可能不会去留意其中器乐组的配置，也可能不会去留意其中每一个音符的分量、每一段旋律的色泽以及每一个主题的含义，还有各个乐章之间节奏的变化和情绪的对比……但是一进入这部交响曲，每一位读者就马上会强烈地感受到"经典"的气息。这是将伴随他（她）整个阅读过程的气息。它来自回荡在字里行间的那种特殊的"三和弦"：历史、哲学和文学的对话构成的"三和弦"。这种对话是一切"经典"共同的特质。它存在于任何一部"经典"的作品之中。《最危险的书》就是这样一部关于"经典"的经典。

作为一部文学史的专著，"历史"当然是它的基本面。史料的详尽和论证的扎实显示了作者学术水平的高度，而正文之后超过50页的注释也可以成为治学严谨的证明。但是，这一切还只是这部专著能够从不计其数的出版物中脱颖而出，不仅获得专家的赞扬，还赢得大众的青睐的部分原因。近年来，虽然布鲁姆斯日已经变成越来越热闹和越来越"国际"的文化节日，对《尤利西斯》的阅读兴趣却已经是"日薄西山"，而对《尤利西斯》的研究也已经成为西方文学界的"夕阳产业"。在这样的情况下,一本关于《尤利西斯》的书的成功一定还有更深的秘诀。《最危险的书》突破了文学史的传统边界,进入了文化史的广阔天地。这样的突破和进入仰赖纯净的激情和深厚的功力,与今天中国社会各行各业都痴迷的营销策略毫无干系。它带来的开阔视野无疑是《最危险的书》成功的秘诀。

另一方面,研究方法的多样性也应该是这部专著的一大特色。关于这一点,我突然想起"红学"研究中的三大流派。《最危险的书》的作者好像是有意识地吸收了那三大流派的优点。就以一个最基本的问题为例吧:面对一部革命性的文学作品,为什么同时代的人会有那么不同的反应?这是用性别或者年龄的差异回答不了的问题。这是用教育程度的高低回答不了的问题。这也是用财富的多少回答不了的问题……在这样一场理智和情感的大较量中,有那么多的细节必须"考据",有那么多的细节值得"索隐",有那么多的细节需要"评论"。作者对不同方法的熟练掌握和在不同方法之间的游刃有余是让这样一部可以写得十分枯燥的学术专著精彩纷呈的又一个关键。关于乔伊斯本人在都柏林生活脉络的呈现就很有说服力。作者按照《尤利西斯》中的细节,去掉了无数的枝蔓,重新布局铺路,既突出了生活的戏剧性,又强调了生活与艺术之间的双向影响。这样的呈现让内行有看门道的快感,让外行有看热闹的愉悦。这一点是最权威的乔伊斯传记都没有做到的。

《最危险的书》不仅没有放过与"最危险的书"相关的

任何历史细节,也没有遗漏与它相关的所有历史背景。而它对马克思曾经用《德意志意识形态》狂轰滥炸的由施蒂纳的《唯一者及其所有物》(它有点费解的英译书名是 *The Ego and His Own*)奠定基础的西方"个人主义"和无政府主义思想传统以及从这种传统中衍伸出来的妇女解放运动的梳理尤其值得称道。也许正是对这一条特殊线索的重视,"人"得以脱颖而出,"人"的命运与"书"的命运得以息息相关,《最危险的书》得以变成了一部融汇着多重声部的交响曲。这里有特定历史语境中的具体的人,比如那个一本一本地将《尤利西斯》从加拿大走私到美国境内的人,比如那个毕业于常春藤名校、在日常生活中又保持着高洁的道德准则,却又死不改悔地盗版《尤利西斯》的人……而从这些具体的人,读者很容易看到那个"抽象的人",看到普遍的人性,看到普遍人性对包括"言论自由"在内的普世价值的渴望和追求。对"人"的关注和关怀让《最危险的书》获得了哲学的高度。这也应该是这本书成为引人注目的作品的另一个重要原因。中国的历史著述甚至传记作品经常都会看不准人、看不清人,甚至看不到人……这种哲学视角的缺失足以让新的材料成为废纸,让新的观点成为空谈。在《尤利西斯》的第二章中,斯蒂芬说历史是他要从中惊醒的噩梦。但是,历史是不会自动惊醒的。这也许就是人类历史总是不断重复自身错误的原因。历史要由哲学的棒喝来惊醒。也就是说,一部对历史能够产生影响的历史著作必须发出哲学的声音。《最危险的书》就是一部发出哲学智慧之声的历史著述。

最后，也可能是最重要的是，这部学术著作有很强的文学性，几乎可以被当成一部文学作品来读。这一点对普通的读者当然至关重要。而这也是它能够吸引像我这样一名"专业人士"的重要原因，因为书中绝大多数的史实我都非常熟悉，而书中的哲学不仅于我耳熟能详，也与我的思想倾向完全吻合，是它的文学性让我心惊肉跳、神魂颠倒。为什么我们中国的学者和作家写不出这种既有至高的学术水准又有饱满的阅读趣味的作品？我想，这种空白是中国学术与艺术长期的隔膜（如果不是割裂）造成的。中国的学者很少痴迷于文学作品，中国的作家很少沉醉于学术专著。这是文化的残疾。这是中国的悲哀。作为一部具有很强文学性的学术专著，《最危险的书》能够带给读者不断的惊奇和持续的喜悦。但是，在阅读的过程中，我也一直为中国学术和艺术之间这种不正常的关系深感惋惜。

文学性主要体现在两个方面：一是作者叙述的魔力，一是作品语言的魅力。《最危险的书》的叙述基本上吻合时间的次序以及历史本身的线索。但是，作者对全部关键事件的呈现却都动用了高超的叙述技巧和策略，不时会让史实"为我所用"，也经常会将最重要的细部放大、放到最大。这使得整个的叙述链条上高潮迭起，充满了戏剧性。我从来都认为叙述的技巧和策略并不是独立于内容和史料的，而是作者对内容和史料的有个性的反应。也就是说，它并不是一种纯粹的智力游戏，而是作者的激情和诚意的见证，也是作者的洞察力和同情心的见证。叙述的魔力让《最危险的书》的读者不断在"无声之处"听到"惊雷"、听到"霹雳"。这样的效果在中国的文学作品中都不多见，在中国的历史著述里更是十分稀缺。以题为"诺拉·巴拉克"的第二章中关于人类历史上第一个布鲁姆斯日（1904年6月16日）的叙述为例。那是天才与他的缪斯第一次亲密接触的日子。作者像天才在《尤利西斯》中所做的那样将注意力集中于"身体"。在码头边的空地上，诺拉将手伸进了她已经确信自己永远也不会离开的男人的裤裆。在这样一个任何成年读者都不会太感到惊奇的动作里，作者是怎样用叙述的魔力让每一个成年读者都会感到惊奇的呢？首先，他没有给从来都下笔千言的天才开口说话的机会。接着，他让已经有过也许两段短暂情史的缪斯用顽皮的语气问了一个纯洁无比的问题："亲爱的，这是什么？"（在原文里，我译成"这"的是第三人称物主代词"It"。）读者还来不及去辨别这问题是出自"考据"还是出自"索引"，就马上会听到作者替天才给出的回答。它也是作者对人类历史上与文学关系最为玄妙的幽会的精彩"评论"。"这是文学史上的一个重要时刻。"作者这样评论。是的！这更是现代派文学史上最重要的时刻。是的！

记得2013年的春天，我曾经在广州与一位顶级的中国历史学家同席。当我向他提出现在中国的历史著作和传记作品对语言都不够重视的问题的时候，历史学家解释说，中国目前的历史研究还处在发现新材料和提出新观点的阶段，还顾不上"如何表述"的问题。而在西方，历史著作的语言是一切其他叙述文本的典范。《最危险的书》秉承了西方历史著作的这一深厚传统。它用非常考究的英语写成，措辞精而美，造句达而雅，行文清晰流畅又饱含悬念和机锋。还有语句与语句之间的那些睿智的对比和呼应，不仅让叙述透出抓人的张力，还让文本透出迷人的乐感。以导言中的第一部分为例。这一部分由四个自然段构成。它用这样的句子开始："当你翻开一本书的时候，你已经走到了一段漫长路程的尽头。"这当然也是全书的开始。接着，作者用三个自然段按写作、出版、发行、推广的正常次序罗列现代所有正常的书籍都会要经历的"漫长路程"。第四自然段是这一部分的关键，也是全书存在的理由。它只有一个句子，一个与全书的起始句相呼应的句子："当你翻开《尤利西斯》的时候，所有的这一切都不是真的。"在接下去的阅读中，读者就将看到那"不是真的"一切的真实存在。这就是《最危险的书》存在的理由。

《尤利西斯》完成了语言（也许应该更准确地说是英语）与生活的结合。用两年前去世的希尼的说法，这文学的丰碑用语言保存了都柏林日常生活中"全部的痕迹"。其实，它保存的也是人类日常生活的全部的痕迹。希尼是继叶芝之后对二十世纪的文学发挥过巨大影响的第二位爱尔兰诗圣。在一次BBC的采访中，他被问到如果只能带一本书流亡孤岛的话，他的选择是什么。诗圣的回答斩钉截铁。他要将人类全部的日常生活带向孤独的尽头。《尤利西斯》是将语言推向了极致的作品。考究的语言当然也应该是任何一部关于《尤利西斯》的作品的基本品质。遗憾的是，不管多么好的翻译都不可能保全原作的魅力，更不要说用非常考究的语言写成的原作。这对于那些只能通过翻译来阅读《最危险的书》的读者可能是一种无法避免的遗憾。

我是在2014年12月的一天在蒙特利尔市中心的一家即将倒闭的书店清仓的时候买到《最危险的书》的。从留在书上的记录看，我在2015年2月12日读完过其中的导言。后来就再没有完整地读完过任何其他的一章了。但是，我一直将这本书摆放在离床最近的书架上，与《尤利西斯》的三种原文版本摆放在一起，每天早上睁开眼睛就能够看到。2016年布鲁姆斯日的前一天，我突然决定第二次通读《尤利西斯》（我的第一次通读是2010年夏天在蒙特利尔大学英语系名为《尤利西斯》的硕士课程里）。这次通读被后来的两次回国打断。12月21日这一天临睡的时候，我不知道为什么再次翻开了《最危险的书》，并且再次重新读完了它的导言。这是一次带有强烈宿命色彩的进入。它让我不能不继续"向前看"了。我将一个野心勃勃的写作计划推到一边，用2016年最后的十天一字不漏地精读完了这部精彩的作品。同时我也怀着无限的敬意接起了《尤利西斯》的阅读，于2017年1月6日下午4点钟完成了对它的第二次通读。

也不知道为什么，我一直到差不多写完这篇导读文章的时候才注意到原作扉页上的献词："献给爸爸，他让我懂得了'言论自由'的重要。"我轻轻地惊叹了一声。父子关系是"最危险的书"关注的核心问题，而"言论自由"又是《最危险的书》聚焦的核心问题。对这样一部关于"最危险的书"的书来说，还有什么比这更理想的献词呢？

让我们开始一段新的阅读之旅吧。这是一段一定能够带给你强大震撼的阅读之旅。当你最后合上《最危险的书》的时候，我肯定，你不仅会为文学的一次伟大胜利深感欣慰，你也会对人最根本的"自由"满怀激情和信心。

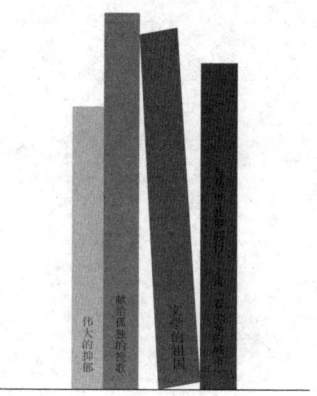

人生随笔

异域的迷宫

1

几乎所有关于目的地的想象都是错误的。这就是生活。这就是生活中的"抵达之谜"。

我在九年前的那个寒冷的夜晚抵达这座城市。我随身携带着两件无法托运的"行李":一个不满十二岁的孩子(后来闪现在我的读书专栏里的"身边的少年")以及一种与我最后竟相隔着整个地球的身份——孤独的汉语写作者的身份。

"身边的少年"对我既深深地依赖又深深地畏惧,而他将要赖以生存的环境肯定令他更加畏惧:因为在我们抵达的这座城市里并存又冲突着两种语言,他只略懂其中的一种,"抵达"对他来说意味着退缩到了更没有安全感的婴儿时代。这种畏惧增加了我扮演的双重角色的难度。在即将开始的生活中,我应该怎样调整自己理智与情感中"父亲"和"母亲"的比例?

而汉语写作者的身份将令未来的局面更为复杂。抵达这座城市,我就被同时抛入了两种与那种身份无关的语言。从前，这两种语言只是我的"外语",只以"外遇"的媚态刺激和愉悦我的感官。我们只是保持着暧昧的关系。而"抵达"却公开了我们的关系:与身份无关的"外遇"突然变成了日常生活的主宰,思考和激情所依恋的汉语却退变为记忆的侍从,成为"少数民族"的语言。我既失去了写作能够渗透的空间,又失去了写作所需要的时间。如果继续用母语写作,我在这"别处"的生活就会变得毫无意义;而如果我停止"写作",我的整个生命就会变得毫无意义。打破这僵局的唯一方式似乎是用"别处"的语言来"写作"。但是,哪怕这奇迹将来能够在我身上出现,它同样也是一种"尴尬":因为写作本身就是一种"抵达",它必须抵达读者。而我的"身份"固执地提醒我,我的理想读者散居在地球的另一侧。

面带倦容的移民官在我们的护照上盖下了入境的印记。那有点沉闷的声音确认了我在异域生活的合法性,同时又标志着我的汉语写作者身份开始经受"合法性的危机"。我已经抵达了想象的尽头。只要再往前走一步,想象和现实的箭头将会交换方向,"别处"将会变成"此处"。

我不止往前走了一步。我走了整整的九年。我背负着沉重的"行李"。我走过了一座座异域的迷宫。

2

与《最后一课》中那位严肃却又温情的法语老师相反,我的法语老师盖博是课堂上的暴君。

他的"出场"就很粗暴。上课铃响过十五分钟之后,他才用他魁梧的身体撞开教室的门。他将塞得满满的背包粗暴地卸到黑板前用来做讲台的课桌上。他有点得意背包的拉锁没有拉上或者无法拉上。然后，他在黑板与课桌之间的椅子上粗暴地坐下，双臂肘关节同时撑住桌面，手掌托起肥大的头。他的眼睛大得惊人。他一声不吭地盯着面积不到25平米的阶梯教室，盯着我们这些对他充满着期待的成年学生。突然，他开始用很快的速度和很粗暴的语气说话。这完全超出了我们的期待。他说的话我听不太懂。但是，我知道他是在指责我们。他指责我们不应该离开自己的国家。他措辞激烈。他说我们都是自己国家的人才，是自己国家的"血"，我们的离开是对自己国家的"伤害"，是一种"罪过"。

就这样，他将教室变成了法庭，而我们这些在移民之前都做过"无犯罪记录"公证的成年学生突然之间就变成了异域的被告。

我注册的这个由魁北克政府资助的移民法语培训点设在蒙特利尔大学之内，共用大学的教室和图书馆等相关设施。参加这项分为六期、每期长达两个月的全日制强化训练不仅不需要支付学费，还能够定期收到政府寄来的生活补贴（甚至还能实报实销请人看护孩子的费用）。魁北克是全世界少数仍然可以靠"读书"为生的角落。在这里，接受申请手续极为简单的政府法语培训是移民生活的理想起点。

办理申请手续时要做一个简单的测试。我没有隐瞒自己的初级法语程度，因此不能全程享受政府的福利。我被安排直接从第三期开始接受培训。我插进的那个班里有十三个同学，分别来自罗马尼亚、保加利亚、哈萨克斯坦、斯里兰卡、俄罗斯、墨西哥和哥伦比亚。我们的第一位老师温文尔雅，认真负责，深受同学们的喜爱。盖博是我们的第二位老师，负责我们第四期的学习。

在激烈的指责之后，盖博的课进入了正常的程序。我们轮流进行自我介绍。盖博在每个自我介绍之后都要炫耀一下自己对介绍者祖国的知识。而他对那些来自罗马尼亚的同学有特殊的兴趣，因为罗马尼亚是他自己的祖居地。他多次打断那些同学的自我介绍，与他们就那个国家发生的事情攀谈起来。而我在课堂上的自我介绍从来都只包含两条信息：叫什么名字以及来自哪个国家。听完这简单至极的自我介绍，盖博说他对中国的道教很感兴趣。这是西方人的陈词滥调，我没有当真。

我们的自我介绍之后，盖博又说了一大通话。他继续指责。不过这一次，他不是指责我们，而是指责"世界"。他指责说这个世界上已经没有什么人读文学作品了，因此这是一个"病态的"世界。他指着一个同学手里的那份地铁站免费派送的法语报纸，说那是"垃圾"。他不允许那种垃圾再次出现在他的课堂上。然后，他将手伸进背包的开口，掏出一大盒CD，那是普鲁斯特的《追忆似水流年》的"有声读物"。他说，要想学好法语一定要听文学作品，一定要读文学作品。

因此，他将要求我们每天都做听写。听写的内容不是"垃圾"，而是名家的诗歌。以文学的名义，我欣赏他这种拔苗助长的做法。但是他又说，每次做听写的时候，他还会叫一个学生到台上去，在黑板上写出自己的结果，以便他实时订正。这特殊的要求让我每天走向教室的时候都如同是被押赴刑场。我一路上都默默祈祷，希望盖博继续对那些罗马尼亚的同学感兴趣，而不要突然用他大得惊人的眼睛盯上我。

他有一天还是突然盯上了我。"你好像还从来没有上来听写过。"他说。这"好像"已经让我出了一身冷汗，更不要说接下来的实战。我战战兢兢地在黑板上写出我听到的诗句。前三行磕磕碰碰，却没有太大的问题。但是到了第四行的中间，有一个词我怎么也听不出了。盖博侧过身来，用不屑的眼光看着我。他又重复了三遍，我还是听不出那个词。然后，他站了起来，一边用越来越不耐烦的语气重复那个词，一边不断地逼近我。直到他的脸几乎已经碰到了我的脸，我还是没有听写出那个词来。

突然，盖博咆哮起来。那个法语词震耳欲聋，却还是没有能够让我开窍。事实上，我已经没有心思去琢磨那个词了。我的当务之急变成了"正当防卫"，因为从来没有人对我那样咆哮过，更不要说在课堂上。我怀疑盖博在"动口"至极又不能奏效之后，有可能会要"动手"。我在琢磨："人若犯我"，我应该采取什么样的对策去"犯人"？我不知道伟大领袖过去对我们的教导会不会与魁北克的法律有太大的冲突。

盖博没有动手，而是极为失望地挥了挥手，示意我回到自己的座位上去。他也没有对我的听力做出激烈的评论。他继续为我们做听写，将那首诗读完。

不久后的一天下午，盖博又迟到了很久。他说他去图书馆为我们复印资料，所以耽误了时间。接着，他发给我们每人一小叠复印的诗歌。他一边分发一边说我们应该经常去图书馆：因为那里可以找到许多有意思的文学作品。他复印的那一叠诗歌是从我们班上所有不同的母语译成法语的。译自汉语的那两首的作者分别是北岛和杨炼：我的朋友。"你们每个人的母语里都有不少了不起的诗人，你们读过他们的作品吗？！你们知道他们吗？！"他激动地说。哪怕这不是他的设问，我也不会如实回答。我不会让自己的愚钝连累自己的朋友。

整个学期里，班上都有同学多次去学校投诉，要求拆换老师。尽管我有那次尴尬的经历，我从来没有在投诉信上签过名。我拒绝参与驱"盖"运动，不知道是出于东方人崇尚和谐的传统美德，还是出于自己敬畏文学的个人偏好。

在学期临近结束的时候，盖博突然提出要将"写作"当成期末考核的内容。这显然超出了教学大纲的要求。他带来了三篇短篇小说，让我们任选一篇写读后感。一个学生当场对这过分的要求提出了质疑。而盖博竟激动地冲到他的面前。如果不是三个身强力壮的同学及时将他拉开，盖博对文学的激情肯定会要演变成一场武斗。

我们的最后一课没有什么实际的内容。盖博给我们看了他的一些摄影作品。他说蒙特利尔有许多古老的建筑，很值得去发现。他还谈起他有一年在罗马尼亚旅游的时候与警察发生的冲突。最后，他将我们的"写作"发下来。他一边分发一边指责班上的同学大都不懂文学，不会"写作"。我没有兴趣去看他的评语,接过自己的第一篇法语写作之后,就将它塞进书包,然后准备离开教室。但是刚走到教室门口,盖博叫住了我。他当着全班同学的面大声说:"你的写作比你的口语和听力好多了。你写得很好。你将来可以成为一个作家。"

我没有告诉他,在另外一种语言里,我已经是一个"作家"。我只想尽快远离这每天都令我忐忑不安的教室。我答应过贝蒂,等这期法语课一结束,我马上就会给她电话。她已经多次邀请我去她那里交谈。我盼望着用汉语和英语交谈。

3

我们从不同的方向走近电梯口。在跟我打招呼之前,她弯下腰捡起地毯上的那一小片废纸,将它扔进电梯口旁的垃圾箱里。然后,她客气地跟我打招呼,我也礼貌地回应。电梯很快就来了。电梯门打开,我跟在她的身后走进去。我们的交谈在下降的空间里伸延。她问我在这座大楼里住多久了。我稍微夸大了一点,回答说已经六个月了。这种夸大带给我一种成就感:我已经有点熟悉这陌生的地方了。我已经开始将自己还是空荡荡的房间当成"家"了。我的回答充满了自信和得意。

我肯定她是刚搬来的住户,因为在过去的"六个月"里我从来没有看见过她。不过出于礼貌,我还是回问了一句。"你呢?"我问。我相信她的回答一定会伴随着尴尬的一笑。

她的回答不需要伴随着尴尬的一笑。她说她已经在这里居住六年了。

　　我的成就感顿时云消雾散。我感觉有点尴尬。幸好她接下来的问题改变了谈话的方向。她问我是不是来自日本。我的否定和更正令她的精神为之一振。这"为之一振"是我与贝蒂第一次谈话的上半部分结束的标记。谈话的下半部分是用汉语完成的。"这么说，你应该会说普通话？"她突然用我的母语向我提问。这令我为之一振。我想知道她怎样会讲我的语言。她回答说她起步于哈佛大学，然后她又在中国生活过一年。不过，那都已经是十几年前的经历了。她说她的汉语已经荒疏。她说她正在准备将它重新捡拾起来。

　　七天之后，我们的交谈在贝蒂的客厅里继续。我们的房间只相隔着一个号码，却在电梯口的不同一侧。 我们这一次交谈的主题是卡尔维诺的《看不见的城市》。三个月前，作曲家谭盾在麦吉尔大学音乐系做过一次讲座。在那次讲座中，作曲家谈及《看不见的城市》给他带来了创作的灵感。贝蒂是在那次讲座中才听说那部神奇的小说的。她好奇一个中国作曲家怎么会从一个意大利小说家那里获得启示，回家之后，马上从图书馆借来了《看不见的城市》。她将自己在阅读过程中产生的问题记在一张纸条上。当她在一次电话里得知我也是那部作品的"鉴赏家"，邀请我过去进行讨论。那是我们将持续两年多的"学术交流"的开始。

　　这段故事还有更神秘的一面：三个月前的那天下午，我也曾经与"身边的少年"挤进了麦吉尔大学音乐系的那间不大的教室里。也就是说，我和贝蒂在共同走进电梯之前三个月就曾经出现在同一个空间里，注视过同一个人。不过在那里，我们都没有"看见"自己的邻居。

那一天，我是在讲座的中间才挤进去的。而没有待多久，我又不得不挤出来，因为"身边的少年"很快就失去了兴趣。我想说服他坚持一下，却没有成功。那是随后九年中无数次类似的"扫兴"中第一次，它让我强烈地感觉到了"行李"的重量。我很遗憾不能够坚持到讲座结束后去与作曲家寒暄几句：我们有共同的朋友，我们操同一种的方言，我们成长于同一座的城市。"身边的少年"无知地剥夺了我那第一次"他乡遇故知"的机会。

与贝蒂的友谊从《看不见的城市》开始。她慷慨地为我打开城门，让我看见了她的世界。我知道了她年轻的时候受过很好的教育，大学学的是法国文学，能讲流利的法语，还曾经到巴黎在索尔邦深造。但是，像那个年代的大多数西方妇女一样，她受完教育之后马上就进入了家庭，成了家庭主妇。只是在丈夫过世、孩子成人，而自己也已经"年过半百"之后，贝蒂才有机会重返学校。她注册进入哈佛大学，从那里取得教育学硕士学位。同时，她也开始学习汉语。毕业之后，她"不远万里，来到中国"，在西安石油学院教了一年的英语。那似乎是她一辈子除了做贤妻良母之外做过的唯一工作。

那非常愉快的一年中有一件小事让贝蒂耿耿于怀。有一天，她随学生们去西安的郊外游玩。他们来到一条小河边。学生们都激动地冲进河里。他们想拉贝蒂下水，却遭到了她的拒绝。贝蒂是顽固的自由主义者。她热爱自然,蔑视"文明"

（她多次跟我说"文明"是一个荒唐的概念）。她有三分之一的时间生活在乡间。她会不假思索地在魁北克的林间席地而坐，她会毫不犹豫地在魁北克的湖中戏水游乐。但是那一天，她却拒绝下水。她一直耿耿于怀。她说她没有办法理解和分享学生们的喜悦，她说那河水实在是太脏了。我想，它一定是脏到了远离"自然"而接近"文明"的程度了。我理解贝蒂。她来自世界上水源最充足的国家，来自那个国家水源最充足的地区。她位于滑雪胜地的"村舍"附近有不计其数的湖泊，湖水都清澈见底，不少甚至都可以直接饮用。

贝蒂急于与我分享她的生活：最好的公共图书馆，最好的朋友，最好的电影和音乐……她像母亲一样关心和督促我：她问我是不是每天都坚持做锻炼。她问我是不是已经将窗帘送去干洗。她问我在学习上有什么收获和问题。她问我怎样度过的上一个周末……相应地，我也开始像儿子一样敷衍和推脱她。我总是说我没有时间：没有时间去她位于滑雪胜地的"村舍"。我没有时间去品尝她想为我准备的晚餐。甚至没有时间马上去解答她在学习汉语时遇到的疑难……她总是像母亲一样纵容我的敷衍和推脱。

我必须推脱。因为2003年3月彻底结束法语培训之后，我第一次有时间去重温自己汉语写作者的身份。贝蒂的纵容"成全了我的宿命"（这是我在小说集《流动的房间》前面写给母亲的献词）。我全力回归，完成了《通往天堂的最后那一段路程》——我在异域完成的第一部作品。它的成功令我的"行李"更加沉重。而更为神秘的是，这第一部作品的题目竟然"隐喻"我在异域不断重复的一种遭遇：我一次次地"抵达"了"最后那一段路程"。或者说，我用"我"的特殊方式陪伴着一个个特殊的生命走到了生命的尽头。

贝蒂的纵容和我的推脱其实都是一种不可原谅的奢侈。她积极的生活态度和敏捷的生活能力蒙骗了她自己，也蒙骗了她的朋友们和孩子们。她的身体还可以忍受滑雪的疲劳，她的心智还能够应对汉语的复杂。没有人能够想到这样的生命竟然离终点已经那么近。

2004年的春天，她稍稍觉得有点不舒服。而去医院检查之后，竟查出淋巴癌已经到了中期。有谁会相信那是正确的诊断？

那是正确的诊断。贝蒂轻描淡写地打电话告诉我诊断的结果。她的乐观让我感动。她停掉了她已经在麦吉尔大学开始的西班牙语课，准备积极配合医生的治疗。不过，她还是不想舍弃已经重新捡回的汉语。为了让她多一点乐趣，我建议她通过翻译来学习。我选择了《三重奏》中的《驿站》(我的一篇小小说)给她做这个练习。那是一段非常充实的日子。我不再敷衍和推脱，总是及时审读她的"作业"。而我们关于英语、汉语和翻译的谈论让我们彼此都学到了许多东西。在痛苦的化疗阶段开始之前两天，贝蒂完成了她的翻译。

在与病魔周旋的八个月中，贝蒂只有四次请求我的帮助。其中最令我感叹的那次是她来电话让我陪她下楼。她已经叫好了出租车。但是，她说自己连走到电梯间的力气都没有了。我们在等电梯的时候，贝蒂虚弱地靠在墙上。我想起我们在同一个地点的第一次见面。我告诉她那天我说"六个月"时的得意和听她说"六年"时的尴尬。贝蒂没有笑。她说她的身体痛得难受。接着，她用她的母语里那最不"文明"的词咒骂那不堪忍受的痛。

贝蒂正在经受的折磨让我觉得时间过得很慢。她仍然在继续学习汉语。但是，化疗的效果让她回避我们的见面。遇到学习上的问题，她只是打电话过来询问。她让我帮忙去买过一次食物，她也只是交代我将东西留在她房间的门口。

我站在自己的阳台上可以看见贝蒂房间的灯光。我发现她睡得越来越晚了……她告诉我那是因为那不堪忍受的痛。她只能通过学习汉语来分散身体对剧痛的注意。我的母语陪伴着异域绝望的灯影，陪伴着她通往天堂的最后那一段路程。

最后一次与贝蒂见面是在圣诞节的前夕。她打来电话让我去她的房间。她说她准备在乡下过圣诞和新年，她会在那里住三个星期。她托我照看房间里唯一的植物：一盆弱小的富贵竹。

那是贝蒂最后的三个星期。她的大女儿玛格丽特后来告诉我，贝蒂在临终前两天从电视上看到了东南亚海啸过后的惨状。她激动地对围守在身边的孩子们说，自己的一生过得非常幸福。

六年过去了，我一直在照看着贝蒂托我"暂时"照看的那盆富贵竹。它现在枝叶茂盛，已经高达80厘米了。它成了我简单生活中的一部分。我在这简单的生活中阅读和写作。2007年的春天，我决定写下自己多年来对《看不见的城市》

的"观感"。那是极限的写作,是我作为汉语写作者的巨大虚荣。这种虚荣将我逼压在疯狂的边缘。每天黄昏,我必须在蒙特利尔的山路上借助五到十公里的长跑才能将自己拉扯回平庸的现实。我没有想到,三年之后,我的那些"观感"会在上海的杂志(《上海文化》)上连载出来。上海是蒙特利尔的姐妹城市,却又是我从来没有"看见过"的城市。在那里发表我关于《看不见的城市》的"观感"显然也是一个"抵达之谜"。

玛格丽特住在美国俄勒冈州。她的专业是与她母亲的一样,也是教育学。她曾经在南非和博茨瓦纳生活和工作过好几年。我们只是在处理贝蒂后事的过程中有过一些来往,没有做过深入的交谈。我记得我担心自己的精神状况,想躲避将在"别处"参加的第一个葬礼。而玛格丽特安慰我说,他们在殡仪馆组织的活动不是传统的葬礼,而是生命的"庆祝会"(celebration)。请柬上将不会出现"葬礼"这样的词。她说这是贝蒂本人的交代。

"庆祝会"之后,玛格丽特将贝蒂的大部分藏书都留给了我,其中包括那套珍贵的《牛津英语字典》(OED)以及她在哈佛大学学习汉语时使用的教材。

每年在贝蒂忌日的那天,我都会收到一张玛格丽特从俄勒冈州寄来的卡片。这死亡的标志标志着生活的继续。

4

安德烈此刻正在海上航行。他说这是他一辈子最后的一次远行。

我在去年五月底就知道了他的这一"现状"。那一天，他兴奋地告诉我，"明年"一月五日他将在佛罗里达登上豪华客轮，开始环游世界（将途经六十个国家）的航行，要到四月初才会回到蒙特利尔。

这意味着他将错过蒙特利尔漫长和严酷的冬季，错过他热衷的冰上运动。这位住在我楼上的邻居刚过了他78岁的生日。每年冬天，他绝不会放过任何一个好天气。他会一大早起来，去离我们住处不远的皇家山顶上。那里的露天溜冰场会在迎来日出的同时遭遇到他冰鞋上略带锈迹的刀刃。

但是，安德烈不会错过他更为热衷的"政治"。他告诉我，为了实时地观察他远行的这四个月之内魁北克和全世界的政坛风云，他特意买了一台高级的手提电脑，并且通过强化训练，已经掌握了他以前一直抗拒的上网和收发电子邮件等"高尖"技术。"我不会错过这里发生的任何事情。"他得意地说。

安德烈是退休的法语教师，大概从来就没有过自己的"政治生命"，但是，政治却是他的生命。他曾经告诉我，他从来没有错过过一次电视里直播的议会辩论。那些冗长的辩论在我看来是无聊乏味的闹剧，在他看来则是意味深长的正剧。他永远都是它感情冲动的观众。他也从来没有错过过一天的法语报纸。而且这座城市的两种主要法语报纸他都要买，都要读，唯恐漏掉了政局中任何的细节和分析家的任何观点。每天下午，安德烈会将读过的报纸扔在我的房门口。他一定会为我导读，用红笔圈画出所有关于中国的消息和他认为我应该知道的当地政局的异动。有时候，他还会在文章的旁边加上自己的批注。遇到令他反感的政治家，他会激动地写下"白痴""骗子"或者"无赖"之类的评语，用箭头将它们射向政治家的照片。他的这种阅读的激情总是让我回想起自己在少年时代曾经着迷过的列宁的《哲学笔记》。

为了政治，安德烈可以六亲不认，更不要说与邻居翻脸。他现在与住在佛罗里达的姐姐和哥哥已经完全断绝了来往：因为他们是顽固的共和党人，因为他们曾经支持小布什发动的伊拉克战争，因为他们后来鄙视与自己肤色不同的总统。而安德烈是奥巴马的铁杆支持者，他为他的获胜激动得热泪盈眶。

安德烈在出发的那一天告诉我，他在佛罗里达登船的地点离他姐姐的住处不远。但是，尽管他们有很长时间没有见过面了，他绝不会去登门拜访。

安德烈自称是自由主义者。然而，不管在联邦选举还是在魁北克的地方选举中，他都从来没有机会投自由党的票：因为他更是顽固的分离主义者，他的票永远只会投给旗帜鲜明地支持魁北克独立的那个党。在联邦选举中，那个党自身胜出的机会永远不会大于零。也就是说，安德烈投出的票永远都是实际上的废票。但是，安德烈绝不会错过任何一次投票的机会。他总是怀着对"魁独"必胜的信念投下他的废票。我想，当他在海上航行的时候，如果电脑屏幕上突然弹出了马上要举行联邦选举的消息，安德烈一点会中断自己的环游，在下一个港口下船，立刻飞回蒙特利尔，庄严地投下他的那张废票。

对安德烈来说,魁北克是一个国家,而不是加拿大的一个省份。他的门口贴着"蓝"色的魁北克旗,而不是"红"色的加拿大旗。他甚至不屑于提到"加拿大"这个词,他称它涵盖的地区(当然要除开魁北克)为"我们的邻居"。情绪激动的时候,还会在这种称呼前面加上那个以F开头的不雅的定语。

对语言的偏袒是安德烈政见的标志。他自己是语言学博士,又是从美国的密执安州立大学取得的硕士学位,能讲一口流利的英语。然而,他却视英语为侵略者的语言,帝国主义者的语言,奴役魁北克人民的语言,只有在万不得已的情况下,才肯"权宜"。有一天清晨,我与他一起去溜冰。我们刚刚进入冰场,一对与安德烈年龄相当的夫妇携手溜了过来。好与人搭话的安德烈兴致勃勃地用法语向他们致意,而对方多半是以英语为母语的人,自动地用英语回应。尽管两位老人态度和善,安德烈却认定他们这是故意挑衅。他气急败坏,换下冰鞋,愤然离去。还有,当安德烈知道"身边的少年"准备选英语学校而不是法语学校读大学预科,他竟有两个月断绝了与我们的来往。那段时间,即使迎面遇见,他都拒绝跟我们打招呼。

与安德烈相处不是一件容易和轻松的事。我知道他很早就离婚了,但是,我从来没有问过他为什么会离婚。安德烈离婚的理由可能简单得惊人:一次地方选举的结果可能就足以颠覆他的家庭生活,令他妻离子散。他的确有两个已经成家立业的女儿，他们都住在蒙特利尔。而安德烈有一天告诉我，他已经有二十年没有见过她们了。

安德烈不仅自己有永远高涨的政治热情，他还善于"统战"，善于调动他人的政治积极性。他总是邀我一起吃饭，去他家里还是去餐馆(以及去哪家餐馆)，完全让我自由选择。他当然是要利用吃饭的时间为我分析政治的走向。他的分析不仅紧扣当前，还放眼世界。关于北京的奥运会，他好像比谁都知道得多；关于人民币面临的升值压力，他好像比谁都着急。

只要我关心政局，我就不用操心饭局。而饭局的确定性与政局的稳定性恰成反比。长此以往，安德烈的慷慨大方会不会令我腐化堕落，最后变成一个"唯恐天下不乱"的人？

我突然觉得，安德烈其实一直都在海上航行。

5

"与19世纪和20世纪一些在巴黎留下过痕迹（或者巴黎在他们身上留下过痕迹）的伟大作家的对话是这部小说的一部分。"在小说《我的巴黎》(*My Paris*)的"鸣谢"部分，格尔表达了她对仍然在巴黎的街道上游荡着的那些幽灵们的感激。她感谢巴尔扎克（尤其是他的"两性化"的《金色眼睛的女孩》），她感谢斯坦因（尤其是她关于语言、种族以及共和制的著名见解），她还感谢波德莱尔和柯蕾特，她还感谢雨果和他的女儿阿黛尔。最后，她特别感谢本杰明，因为在这部被视为加拿大女权主义代表作的小说里，孤独的主人公与本杰明的幽灵"就他描述历史的蒙太奇手法展开了关键性的对话"。

一个生活在20世纪下半叶的女性与这些幽灵们在巴黎的对话实际上是《我的巴黎》的精神框架。这位对现实有很高要求同时对历史也有很深体会的女主人公来自一个地理上与欧洲分离而文化上却与欧洲同源的大陆。她走进了这座被本杰明称为"19世纪的首都"的城市。这座迷宫一样的城市既是她永久的精神家园,又是她临时的栖息地。她在城市中心一间很小的房间里住了下来。她记录下自己短暂又永恒的"停留"(或者说"回归")。她的第一个句子就将自己带进了幽灵的世界。她比喻自己"像巴尔扎克的一个女主人公"。

这种比喻模糊了现实与历史以及真实与虚构的界限。表面上,《我的巴黎》在谈论现实,实际上,它却沉湎于历史。它看上去是一部生活的"流水账",一部抹去了日期的日记。事实上,这生活之流只是主人公"意识流"的路标,在它的下面荡漾着情感和情绪的涟漪。真实的生活在小说中只是一种媒体:"巴黎"并不重要,重要的是"我的巴黎"。《我的巴黎》是一个虚构的"女人世界"(女人的"内心世界")。这个世界与已经开始"信息化"的外部世界激烈冲突:刚刚得以释放的女权马上又要准备抵制形式更加隐蔽的奴役。

我曾经想过是不是可以将这部著名的加拿大小说翻译成汉语。但是,太多的语言实验吓退了我。《我的巴黎》是一部没有逗号的小说。文本中几乎所有的停顿都用句号标志。比如"像巴尔扎克的一个女主人公"就是一个独立的句子。

而最极端的情况是，一个单词（不论虚实）也可以独立成句。书中最简单的句子就简单到只含一个虚词"但是"。还有，小说极力想避开动词。这是另一个刺眼的实验。它以现在分词代司动词之职，这一方面使小说读起来更富"动感"，而另一方面却又增加了叙述的骚动不安之感。这样的实验显然不合汉语的胃口。

我告诉格尔，《我的巴黎》永远不可能成为"我的"巴黎。

我三次选修格尔的课。前两次是我主动的注册。那两门课有不同的名称，其实却都是强度很大的写作课。学生每星期都要交出一篇小作品，而学期结束时更要交出一篇大作品。我喜欢也需要这种高强度的写作训练。而给我带来更大快感的是，几乎每个星期，我的作品都会得到最高的评价。这成为惯例的评价点燃了我用另一种语言写作的野心。

在第一次注册进入格尔的写作课之前，我并不知道这位英语系的客座教授是加拿大的著名作家。课程进行到一半的时候，我才在书店的一个角落里看到了她的书以及别人谈论她的书。发现她的"身份"给我出了一个难题，我不知道作为一种"外交礼仪"，我是不是也应该向她暴露我自己的写作者的身份。

直到第二次选修她的课，直到那门课的最后一节课宣布下课之后，我才从书包里取出那张一个月前出版的英文《中国日报》，将上面那一大版关于我的小说集《流动的房间》的书评递到她的眼前。我对她的课充满了感激。我对她给我每篇作业的高度评价充满了感激。我用这自我暴露来向她告别和"鸣谢"。

格尔竟没有丝毫的诧异。她自言自语似的说:"一点也不奇怪。"她已经从我两个学期的勤奋写作中辨认出了我写作者的身份。她扫了一眼报纸上我本人的照片下的说明。她说《流动的房间》是一个很特别的小说题目,她可以据此猜想出我的写作风格。她最后又说她骄傲有我这样的学生出现在她的课堂上。

当天晚上,我收到格尔的邮件。她约我去她住处附近的一家咖啡馆聊天。

我们第一次以同行的身份坐下来,交换自己的创作心得和对世界的看法。她送给我两本小说:《我的巴黎》以及她的成名作《女主人公》(*Heroine*)。我很惭愧自己的作品没有她能够读得懂的英语或者法语译本,只好让这位温和的女权主义者遭受"不平等"的待遇。而那家咖啡馆有一个很浪漫的法语名字 Toi et Moi(你和我)。这名字好像也是对那种"不平等"的揶揄。

在咖啡馆里就像在课堂上一样,格尔的语流平缓、语气柔和,完全没有她文学实验中的激进。这是一个"人不如其文"的典型例子。而且,她是一个极为认真和耐心的倾听者。面对我可能比英国作家毛姆还要结巴的表达,面对我肯定比她的实验还要唐突的叙述,她竟毫无惧色和愠色。她有特殊的语言才能,善于填补我表达中的坑坑洼洼,让我们的交谈行进得四平八稳。

我的自我暴露和我与格尔的"不平等"的交流又一次激

起了我对自己汉语写作者的身份强烈的怀念。这种怀念导致了我的又一次语言的"回家"。与前一次不同，这一次我带去的不是小说，而是另外一种礼物。我将在《南方周末》和《随笔》杂志上的读书专栏作品塞进了自己沉重的"行李"。

可是，汉语写作者的身份与我的"学生"身份不能兼容。"回家"意味着我必须"辍学"。而中断自己的"学业"就意味着中断由政府提供的"经济来源"。我的现实与我的理想之间相隔着整个的地球！我只能顾此失彼。

2007年秋天，"迫于生计"，我又不得不再一次"背井离乡"，中断刚刚激起读者兴趣的写作，恢复自己的"学生"身份。在学期开始之前，格尔写来邮件，邀请我注册她为研究生开设的写作课。研究生课程对这座城市里所有大学的研究生开放，想要保持"最优"的成绩，我必须击败更为强悍的对手。

就是在这门课上，我开始了自己的"另一种攀援"。我有意识地将自己的大部分作业都引向了同一座迷宫：那里蛰伏着一个神话，两个家庭，三个孩子……时间之流从封闭的七十年代直抵北京"奥运会"的前夕。我将最后的作业交给格尔的时候暴露了自己的野心。我说那只是我将会努力完成的一部英语小说的开头。

在这门课一开始，格尔就告诉我们，我们的一些作业最后要结集出版。我对在一个学生作品集中抛头露面没有兴趣。但是，格尔几次来邮件说服我。她说我是那门课上最好的学生，我的缺席将是那本小书的遗憾。最后，我的两首诗歌和一篇"实验性"的小说被结于集中。它们成为我用另一种语言发表的"处女作"。在异域的迷宫里,我第二次经历了发表"处女作"的羞涩和激动。

为了写作以上这段关于格尔的文字,我重新翻阅了她出版于1999年的《我的巴黎》。我突然意识到它与1989年出版的我的《遗弃》有许多的类似之处:它们都是日记体。它们的人物都用字母代替。它们暴露的都是内心世界。它们都很悲观。它们在各自国家的文学界都有名声。它们都没有多少读者。

(注:坐在那家咖啡馆的时候,格尔就告诉我她正在写一部新的小说。而2009年冬天去香港之前到她的办公室与她话别的时候,她告诉我,小说已经交到了出版社。她说接下来的"等待"是对写作者最大的折磨。我刚刚知道,这部被《环球邮报》称为加拿大文坛"期待已久"的作品已经在去年年底出版。《环球邮报》的书评对格尔孤独的努力十分赞赏。这篇书评题为"Where am we? Who am we?"任何一个略懂英语的人马上就能看出其中重复的语法错误。这是故意的炫耀。这是有心的"影射"。它提醒读者,在这部新作中,著名的格尔仍然在继续她的哲学思考和语言实验。)

6

我穿上了他递过来的那件很厚的雨衣。我们一起带库马(Kuma)去湖边散步。

库马身体强壮又性情温和。它的这个日本名字的本意是

"熊"。我知道,他很得意自己为它取的这个名字。他迷恋东方文化。他就寝前会换上精致的和服。他有闲时会到"中国城"去参加初级的烹饪速成班(他说出过他已经学会的那道菜的配料和工序,听上去,那好像是"宫保肉丁")。他深藏在湖光山色中的"豪宅"里摆设着不少中国的古董,悬挂着不少中国的字画(巨大的卧室入口有一幅黄永玉的作品)。这座"豪宅"由三组分离的建筑构成,而主体建筑中的两部分由一条长廊联结,是一座具有西方特色的日本庭院。走下主体建筑旁的石级,沿山坡往下再走二十米,就到了他搭建在静谧的"驯鹿"湖边的码头。

湖面上的冰两星期前才彻底融化。湖水现在还清凉刺骨。我不能像前两次那样下湖游泳了。他在我们带库马回来的路上问我是不是愿意趁这样的"天时"看一眼他的早期作品。

我在他舒适的书房里坐下。他首先给我放了一部名为《迷宫》(*Labyrinth*)的短片。自始至终,屏幕上呈现出五个排列成十字的大小相等的"窗口"。伴随着不间断的华丽的音乐,窗口中的意象不停地运动:从自然到社会,从东方到西方,从古代到现代,从爱到恨,从生到死……强烈的对比充满着激情和哲理。在这部短片的前面,他用文字提醒观众:"我们每个人都生活在自己的迷宫之中。"但是,埋伏在这迷宫中心的怪兽是什么?"人"是否能够将它制服?

然后,我们看了一段他关于斯特拉文斯基的纪录片。他的镜头从多伦多的音乐厅开始盯住目标。接着,它又尾随目标在纽约登上穿越大西洋的客轮,无微不至地记录下了那位革命性的作曲家在海上度过的一段风平浪静的生活。

在看过他呈现宇宙起源的那部影片之后，我选择了他拍摄于1959年的关于古尔德的纪录片。纪录片由两部30分钟的短片构成。第一部短片名为《录音之中》(*On the Record*)，主要记录了古尔德1959年在纽约哥伦比亚广播公司总部录制巴赫的"意大利协奏曲"的复杂过程，从中可以见识古尔德对艺术的苛求；第二部短片名为《录音之外》(*Off the Record*)，主要记录的是古尔德在他的"村舍"里外的生活，从中可以领教古尔德在日常生活中的骄慢。

这是关于古尔德的最早也是最经典的纪录片。它的制片人和导演安静地坐在我的身后。当我回头向他询问摄像机可能漏掉的一些细节的时候，他总是认真地想一想，然后回答说他不记得了。我相信他的观看与我的观看完全不同。我相信他会在自己的作品中感受到时间的冷漠。距离这部影片的拍摄将近半个世纪已经过去了，而影片中记录的不朽天才也已经在二十多年前作古。时间！时间也许就是所有迷宫中那个共同的怪兽，那个永远也不可能被最终制服的怪兽。

罗曼的这部影片在1960年公演时产生了很大的影响。这是我后来在古尔德的传记《奇妙的陌生》(*Wondrous Strange*)中读到的。传记作者认为这种影响不是因为古尔德当时暴涨的名声，而是因为这部影片本身精致的叙述方式。一贯非常挑剔的古尔德本人对影片也非常满意。他在给朋友的信中称这部影片充分地表现了他的艺术"准则"和他对生活的"热情"。

罗曼在大学的专业是哲学和心理学。但是，他喜欢科学，迷恋技术。他客厅的杂志架上摆放着他订阅的《物理学》等科学杂志。大学毕业之后，罗曼进入加拿大国家电影局。1967年的蒙特利尔"世博会"成为他人生和事业的转折点。那一年，他与两位同事一起发明了至今仍然风靡世界的IMAX电影（他也是IMAX电影公司的开创者之一）。他因此又以发明家的身份进入了电影史。而按照一本电影史书上的记载，他向我演示的那部名为《迷宫》的短片就标志着IMAX概念的起源。（我还在一份材料中读到，"星球大战"系列电影的导演卢卡斯称自己那部经典作品的最初想法来自与罗曼的一次谈话。）

2003年夏天，第一次到罗曼家做客的时候，他告诉我他是一个乐观主义者，而我告诉他我是一个悲观主义者。我们的对立令我们彼此立刻就感觉十分亲近。那一天，我从"驯鹿"湖里游泳上岸之后，他带我去他在主体建筑旁搭建的木工车间。他说他在那里打发退休生活的大部分时间。那里有几台小型的机床，有许多已经完成和尚未完成的玩具。那是罗曼的新作。那些作品显然比他早期的电影作品更受他那些随互联网一起面世的孙辈们的喜爱。

那座丛林深处的木工车间让我想起了《百年孤独》。经历过宏大历史的小说主人公最后在家乡的作坊里埋头于手工制作。孤独没有被波澜壮阔的历史卷走。他必须用最原始的专注来与它作最后的斗争。罗曼没有读过那本小说。我在第二次见到他的时候，特意为他带去了一本。我不知道进入马尔克斯的迷宫之后，罗曼还能不能继续保持乐观主义者的信念。

第一次见面之后，我为他写下了一首题为《一个乐观主义者的画像》的小诗。诗中写道："他走进丛林深处的车间/用手指塑造不断涌来的幻觉"。罗曼让我将小诗译成英语，然后将汉语和英语的两个版本都抄给他。他说他要将它挂在车间的墙上。

我们通常是在夏天去他的"豪宅"小住。第一次，他和他的妻子珍妮特专门开近两个小时的车到城里来接我们。而我更习惯他们等在离"豪宅"20公里远的小镇的长途汽车站上。他们自称是"乡巴佬"（country pumpkins），在城里开车好像总是不太自在。

罗曼仍然在制作立体电影。他的工作室就设在"豪宅"的底层。他在那里给我们演示他最新的作品。而阅读是珍妮特的主要生活。我们第一次见面的时候，她曾经从书架上取出一本中国先锋派文学作品的英译本，说那是她读过的唯一一本中国当代文学的书。这样的起点让我感觉惊喜。以后每次去那里，我都会给珍妮特带一本与中国有关的书。她总是当天晚上就坐在宽敞的客厅里开始阅读，有时候会读到半夜。第二天早餐的时候，她一定会与我讨论起书中的内容。

2009年夏天，美国举国上下都在为奥巴马的"医疗改革"方案激烈地辩论。罗曼和珍妮特吃过晚餐后有条不紊地收拾好餐厅。然后，他们就会坐进书房，收看一个专门的政治频道里的辩论。罗曼告诉我，他们一辈子都是民主党理念的支持者，而"公费医疗"在他们看来更是天经地义。"人来到世界上连医疗都得不到保证，实在太荒唐。"他激动地说。尽管当时美国的许多地区已经闹得乌烟瘴气，罗曼仍坚信奥巴马的方案会获得通过，再显他乐观主义者的本色。

罗曼是贝蒂青少年时代起的朋友，最好的朋友。贝蒂确诊之后，他和珍妮特经常过来看望她。"化疗"期间，珍妮特更是陪同贝蒂住了很长一段时间。而贝蒂停止"化疗"之后，他们又将她接到乡下住过一段时间。每次见面，我们总是要谈起贝蒂。她对生活和知识的热情令我们大家都赞叹不已。

在写完《通往天堂的最后那一段路程》之后不久，我和"身边的少年"随贝蒂去她的"村舍"住了四天。第二天，她带我们去了罗曼的家里（"村舍"相距罗曼家的"豪宅"只有不到20公里）。第三天，她又将罗曼和珍妮特请到"村舍"来聊天和晚餐。在去罗曼家的路上，贝蒂告诉我，我将见到的这位朋友历来就蔑视金钱，但是因为参与立体电影的发明和普及，七十年代以来，"通货"从世界各地滚滚而来。这"魔幻般的现实"使罗曼得以在"驯鹿"湖边随心所欲地盖起了自己的"豪宅"，过上了"乡巴佬"的生活。

罗曼多次向我们提起过离"豪宅"两公里远的地方有一片漂亮的河滩。2009年夏天那一次，我决定要去那里看看。罗曼为我们画了一张草图，告诉我们如何从一条"捷径"去到那里。他说他们为下午茶做好准备就去河滩上找我们。

罗曼没有告诉我们，在接近河滩的地方，我们会遇见一个简易的栅栏,栅栏上的那块木牌上写着:"私人领地,禁止通行。"也就是说,罗曼多次提起过的河滩根本就不是"公共场所"。可是,我们已经看到了在树丛后伸延着漂亮的河滩。我们不想后退。我们将栅栏的门推开。

走进河滩就像走进了仙境。宽阔的河面,清澈的河水,河道中间突现的卵石以及流畅凝重的湍流声将我带到了上个世纪(1998年)与"身边的少年"在苏格兰度过的那些一尘不染的夜晚。那是我第一次带着这个孩子远离祖国。正是那次英国之行让我做出了"生活在别处"的决定。

没过多久,罗曼和珍妮特就出现在河滩上。我紧张地向罗曼提到了那块木牌上写着的字。他安慰我说:"没有关系,所有人对那块牌子都视而不见。"

我们在河滩上边走边聊。珍妮特提起她和贝蒂以前常在这河里游泳的事。那让我想起贝蒂在西安郊外的那次令她耿耿于怀的经历。而罗曼从河滩上捡起两个"易拉罐"。"总是有人在这里野餐。"他说。

"这的确是野餐的好地方。"珍妮特说。

"人们可不在乎这是不是私人领地。"罗曼又说。

"像我们这种不守规矩的人很多。"我调侃他说,"这河滩的主人一定很恼火。"

我们继续往前走了几步。突然,我听见罗曼嘟噜着说:"事实上,这河滩和附近的几座山都是我们家的。"他似乎是偶然想起了这件事。他一点也没有恼火。

7

通过"身边的少年",我首先认识了葛诺米,然后又认识葛诺米的主人。

"身边的少年"有一天兴奋地告诉我,他得到了一份"责任重大"的工作。那本来是他住在二层的朋友,那个从布宜诺斯艾利斯来的阿根廷孩子的工作。因为他马上要随父母迁居魁北克城,"身边的少年"接替了他。他每天晚上将去遛20分钟的葛诺米。

葛诺米是一只活泼可爱的马耳他狗。他的主人是一位身体过胖、行动不便的老人。这是"身边的少年"得到的第一份工作(他后来考到了"国家救生员"的执照,开始在我们租住的住宅区里的室内游泳池当救生员)。

"身边的少年"经常带来一些关于葛诺米的主人的信息。她叫雪莉。她有两个女儿和一个儿子。儿子在澳大利亚昆士兰州的中学里教数学,大女儿在加拿大西部的一座城市教小学,而小女儿则在蒙特利尔艰苦经营一家没有其他雇员的小公司。退休之前,雪莉是麦吉尔大学生物系实验室的负责人。她很喜欢阅读,家里有不少的文学书籍。她又受过良好的音乐训练,竖笛的演奏达专业水平,从前经常登台表演。

这些信息来自"身边的少年"在遛完葛诺米之后与雪莉的简短交谈。在交谈中,他当然提起过自己喜欢读书和写作的父亲。有一天回来之后,他告诉我,雪莉欢迎我去她那里聊天,也许我还可以从她的书架上找到想读的书。

我在2007年深秋的一个星期五的下午去见雪莉。如她事先在电话里交代的,她的房门长期不锁,我没有敲门,直接推门进去。刚一进门,葛诺米就窜了出来。它很高兴,围在我的脚边乱蹦乱跳。然后,我听到了葛诺米的主人请我往里走的声音。我走过一个过道,走进显得有点脏乱的客厅。雪莉指着沙发跟前的一张低矮的转椅:那成了此后一年多时间里我每个星期五下午的固定座位。

我们一见如故。我们谈历史,谈文学,谈政治,谈语言。雪莉尽管行动不便,思维却极为活跃。我惊叹她头脑的清晰,她夸奖我的"无所不知"。除了知识,我们还谈起了各自的家庭。雪莉来自犹太家庭,祖父早在19世纪末就从俄国取道伦敦移居到了蒙特利尔。蒙特利尔的犹太家庭一度以"左倾"出名。雪莉一生的偶像就是她曾经参加过共产党,思想非常激进的哥哥。她多次提到有机会一定要介绍我与她哥哥见面。她说我们都是理想主义者,一定会有许多共同语言。她还提到了她的前夫(她的三个孩子的父亲)的家庭。他的外公是热力学第三定律的发现者,1920年诺贝尔化学奖得主能斯特(Nernst)。她从她从前的婆婆那里听到过许多能斯特如何提携爱因斯坦的轶事。

我们经常会谈起音乐。有一天,雪莉突然激动地告诉我,她少年时代从哥哥带回家的一本《世界歌曲集》上学会了一首名为《起来》的中国歌曲。接着,她竟用英语将《义勇军进行曲》从头到尾唱了出来,让我觉得不可思议。

雪莉称我们的星期五下午是"高知"的下午。她在每次谈话之后都显得意犹未尽。她感谢我给她的生活带来了"质量"。我也用同样的理由对她充满了感激。她有一天对我说，我和"身边的少年"就像是她的家庭成员。每次有客人来了，她总是会给我电话，让我去打个照面。

2008年夏天，我决定将自己在格尔的写作课上开始的小说继续写下去，而雪莉很有兴趣为我检查写作中的语言问题。我们星期五的下午从此发生了"质"的变化：从闲谈变成了研讨，从"务虚"变成了"务实"。我通常是提前两天将我们要研讨的部分交给她，由她预审一遍。而到了星期五的下午，我们再一起复审。复审的时候，雪莉将我的写作朗读出来。这是我的建议。朗读能够帮助我发现叙述节奏上的破绽（我相信任何文学作品都首先应该"动听"）。可是，雪莉精彩的朗读经常会被我打断，因为我突然会对一个她认为没有问题的用法产生疑问。然后，我们就我的疑问展开讨论。

我有几次担心雪莉的身体承受不了如此高强度的脑力劳动。但是，她却坚持说，她需要这种脑力劳动。她说大脑的亢奋能够帮助她抵抗身体的不适和精神的忧郁。

我们的"务实"继续进行，直到发生了那件至今让我觉得神秘莫测的事情，那"谜中之谜"。

那一天，当朗读到小说主人公扬扬的尸体终于被人在一座废弃的仓库里发现的时候，雪莉突然激动地大声说："不！扬扬是一个好孩子。他不应该死。"

雪莉的激动令我有点得意。我以为它确认了我的作品的"感染力"。没有想到，接下来雪莉竟会用极为平和的语气告诉我她生活中最大的悲剧。"我也有一个孩子自杀了，就像扬扬这么大的时候。"她说。

这对我就像是"晴天霹雳"（我现在觉得只有这个有点平庸的词语才足以表达我当时的震惊）。我对自己的听觉产生了怀疑：这是"艺术来源于生活"还是"生活来源于艺术"？这是"魔幻"还是"现实"？

稍稍平静下来之后，我向雪莉说对不起。我说我不应该让她读这篇故事。而雪莉说，她觉得我的故事写得很好。它对她没有任何消极的影响。她告诉我她早已经走出了那种创伤的阴影。她说她有很长一段时间的确不能自拔。但是有一天，她遇见了一位以类似的方式失去过两个儿子的母亲。她不知道她是怎样支撑过来的。而那位母亲告诉雪莉，她的方法非常简单：她每天都去回忆孩子们"在世"时的那些美好的生活细节，而不是去哀叹他们"出世"一刹那的悲剧。是这种美好的回忆治愈了那位母亲的创伤，而雪莉也用同样的方法战胜了自己的绝望。

尽管如此，我还是决定不让雪莉继续审读我的小说了。每个星期五的下午，我还是去她那里聊天。雪莉甚至还有几次谈起了她自杀的孩子，谈起他美好的生活细节。可是，一旦她问起我小说的写作进度，我总是含糊其辞。

三个星期之后，雪莉突然陷入了极度的忧郁之中。她开始是经常在半夜惊醒，最后发展到整夜整夜地失眠。有一天晚上九点钟，她打来电话，请我过去陪她坐一下。她说她好像支撑不住了。她说她已经通知了她的女儿，但是她要一个小时之后才能赶到。

当天晚上，雪莉就被送进了医院。几天之后，她的女儿给我电话，告诉我雪莉的状况没有明显的好转。我和"身边的少年"去医院看过她一次。她抱怨说在医院住着很不舒服。她只想赶快出院。她还说很怀念我们星期五下午"高知"的交谈。那之后不久，雪莉被转往一个康复中心。我将那当成她好转的标志。她到康复中心的当天还给我打来了电话，告诉我她房间的号码。可是两天之后，她女儿通知我雪莉已经离开了人世。

在她的葬礼上，差不多所有发言的人都提到了13岁儿子的自杀对雪莉造成的沉重打击。他们都称赞她的坚强和乐观的性格。在葬礼结束之后，我看见了雪莉一生的偶像，她思想激进的哥哥。她一直说想要介绍我们认识。但是，他显得那样悲伤。我没有走近他。

雪莉刚住院的那几天，葛诺米独自留在家里。我去喂过它几次。它显得极度地不安，先前的灵气荡然无存。它将所有它能够拖得动的东西都拖到了地上，客厅和卧室被折腾得乱七八糟。我准备离开的时候，葛诺米焦躁地跟在我的身后，跟我走到门口。它的叫声听上去那样地压抑，让我有点不忍离去。我想起了沃科特（Derek Walcott）的那一句诗："上帝的孤独移入了它最渺小的创造物"。毫无疑问，上帝的孤独也移入了"它最渺小的创造物"的最忠实的朋友。

后来，葛诺米被雪莉的女儿接走了。它现在应该仍然还活着。

8

已故的米勒教授只年长我不到五岁。我在2009年秋季学期选了他的"20世纪早期英国文学"。我想用那门课来结束我的英美文学硕士学位阶段的学习。我已经买齐了那门课上必读的八本小说。米勒教授是现代派文学专家。我曾经想过,如果"迫于生计"还需要继续深造的话,我会选择他做我的第二个博士学位的指导老师。

他是我在这座城市注意到的第一个人。这又是一个"谜中之谜"。刚搬进租住地的那天傍晚,我从附近的地铁站入口经过。从地铁站里涌出的人流让我浪漫地联想起现代派文学最著名的路标:庞德的那两行关于地铁站的诗句。但是,在寒冷昏黑的空气里闪动着的那些"花瓣"中,只有一片真正强烈地吸引了我的注意。那张脸看上去极度迂腐,迂腐得超过一般的学究。而那个人走起路来却蹦蹦跳跳,活泼得像一个适龄的学生(而不是我这种"超龄"的学生)。在我看来,他的活泼没有减低反而加强了迂腐的效果。我料定他是我的同行,也就是说他与文学有关。我甚至更为专业地觉得他与庞德倡导的现代派文学有关。他有可能正在附近的蒙特利尔大学做博士论文,我这样猜想。后来的一年多时间里,我经常与那"花瓣"在地铁站附近擦肩而过。他迂腐的表情和活泼的举止总是引起我的注意,不断强化我对他的"认同"。

2004年的秋季学期,我在蒙特利尔大学英语系注册,成为正式的全日制学生。我在第一个学期选了一门名为"现代爱尔兰文学"的课程。我选这门课是因为根据任课老师的教学计划（所有课程的教学计划都张贴在英语系办公室门外的广告栏里），学生要读到叶芝的诗歌、乔伊斯的小说和贝克特的戏剧。

上课铃声刚响过，过道里传来了一阵悦耳的男高音。很快，那声音连同发出那声音的身体一起进入了我们的教室。啊，那个总是在地铁站附近吸引我注意的匆匆过客！他就是执教这门课的米勒教授。

他的标志性动作是用手掌自下而上擦自己总是有点淅淅沥沥的鼻子。他的口头禅是"等等等等"（and so on, so forth）。他在细读文本的时候总是将眼镜摘下来，几乎是"扔"到桌面上。他显然有点不满刚刚开始老花的视力。他经常身体还在教室外声音就已经开始在上课。而在课堂上，他总是滔滔不绝，旁若无人。他的朗读就像是在舞台上的表演。他对现代派的熟悉程度让我自惭形秽又肃然起敬。

他在课间休息后的第二节课总是迟到，有几次竟迟到将近30分钟。他坐回讲台之后会解释一下迟到的原因。他需要利用课间的时间打电话回家去做"心理辅导"。"青春期的孩子太麻烦了。"他抱怨说。他大概不知道，他的课堂上"最老"的学生在这与文学无关的话题上与他也有强烈的同感。

接下来的一个学期，我又选了他的一门名为"现代诗歌"的课。那是英语系学生的必修课，学生成堆，教室严重"超载"。他仍然在课间休息后的第二节课迟到。他的理由仍然维持不变。他的这种"心理辅导"电话一直打到了我选修的他的最后一门课程里（那也是他一生中执教的最后一门课）。

就是在这门可以滥竽充数的"现代诗歌"课上，米勒教授注意到了我的"文学解释力"。他在我那篇细读狄金森一首小诗的论文后面写下了令我趾高气扬的评语："你有非凡的文学解释力。"

再一次回到米勒教授的课堂上已经是三年之后。我在2008年年初选修了他那门名为"文学艺术中的现代主义"的著名课程。他对我有隐隐约约的印象。在第一节课老套的自我介绍之后，他说他记得我以前"好像"选修过他的课。他显然已经忘记了我的"非凡"之处。而我自己也完全没有想到，自己用三十多年时间磨练出来的"文学解释力"将从此给他带来一浪高过一浪的惊喜，陪他走完"通往天堂的最后那一段路程"。

在这门课的第一篇论文中，我分析了庞德的《关于他自己在镜中的面孔》(*On His Own Face in a Glass*)。这是一首仅有九行的小诗。米勒教授在评语中写道："这是一篇极为深刻和精辟的论文……里面充满了漂亮的洞见和观察。"他在评语的最后还提醒我将论文的电子版传给他，因为他要将论文收藏在自己的档案里。

而在这门课的第二篇论文中，我盯上了《洛丽塔》。我关于"私家车"在那部小说中的作用的分析令米勒教授赞叹不已。他热情洋溢的评语这样开始："这是我教这门课以来收到的最好的论文。"我知道这是"非凡"的评语，因为这门课是他的品牌，他已经执教了整整八年。

……就这样，就这样。就这样一直惊喜到了我交给他一生的最后那篇论文。那是名为"20世纪早期美国文学"的研究生课上的论文。我的论文瞄准了那个领域里的珠穆朗玛峰。我剖析"和解"在《押沙龙！押沙龙！》中的"不可能"。完成论文的那天，我在日记中兴奋地写道：我用自己充满警句的论文发现了福克纳的"所有秘密"。我相信米勒教授的评语不会与我的自我感觉相去太远，不会让我感觉特别的惊喜。没有想到，米勒教授还是用评语之前的那句"题外话"给我带来了特别的惊喜："在说任何话之前，我首先要告诉你，我已经提名这篇论文为研究生年度最优论文。"

我还没有来得及向米勒教授暴露我与被他视为生命的文学的"特殊"关系。我一直不希望自己在另一种语言中的写作者身份影响他对我用他的母语完成的写作的判断。（顺便说一件趣事：在最后这门研究生课上有一个像我一样认真勤奋的女学生，她当时已经出版过两本诗集，即将出版第一本小说。她显然在"自我介绍"之前就已经暴露了自己的身份，因为我记得米勒教授在她刚走进教室的时候就称她为"作家"。也就是说，她是那只有八个学生的课堂中"唯一"的作家。不久前，她穿着晚礼服的大幅照片出现在报纸上：她的那第一本小说得到了加拿大众目睽睽的文学奖。她顿时成为文学界的新闻人物。）

事实上，我相信自己是将米勒教授假想成了埋伏在迷宫中心的那头怪兽。我唯一的愿望就是用自己殚精竭虑的写作去征服他，去一次一次地征服他。

对别的教授我都像大家一样以"名"相称，但是，我从来都只是用"姓"再加上"头衔"来称呼米勒教授。一开始这好像是出于对他的尊重和敬畏，后来我怀疑，这种社会生活中的距离已经变成了我自己的一种"变态"的需要。我好像需要用这种距离来考验那"非凡的文学解释力"。我好像需要用这种距离来让我的征服显得更为惊险更为刺激。

现在，我经常责备自己的那种固执的虚荣心。在过去的那些年里，如果我能够主动地去缩短我们之间的距离，比如去他的办公室坐一坐，比如邀请他去咖啡馆坐一坐，比如告诉他我年轻的时候写过一本可以归为"现代派"的小说，比如称他为"安德鲁"，而不是米勒教授……也许我们之间不会突然出现现在这么大的距离。

我最后一次收到米勒教授的邮件是他在2009年9月3日写下的。在邮件中，他提醒注册了"20世纪早期英国文学"课的学生们读完第一节课就要讨论的小说。第二天，他因为心肌梗塞去世的消息抵达了英语系所有师生的邮箱。他只年长我不到五岁。

他对学术精益求精，直到2008年才由世界上顶级的学术出版社罗特利奇（Routledge）出版他的第一部专著《现代主义与主权危机》(*Modernism and the Crisis of Sovereignty*)。而我从他的讣告上得知，他的第二部作品也已经完成，那是关于庞德的专著。

在他的葬礼上，我见到了他总是在课间去进行电话"心理辅导"的那个青春期的孩子——他的身材高挑、长得极为漂亮的女儿。她在她的追忆中动情地说她和父亲之间有一种神秘的联系。她说母亲告诉她，在她出生的时候，第一个抱起她来的就是她的父亲。而在那个没有任何预兆的下午，她的父亲却是突然倒进她的怀里，离开了人世。

9

我有一天跟卡罗尔开玩笑说，我们的"墓志铭"都只需要一个字，而她的那个字与我的那个字正好相反：她的那个字是"忙"。

卡罗尔是我在"别处"见过的最忙的人。她退休已经差不多十年了，还是忙得不可开交，每天都有做不完的事情。如果我想安排与她的见面，她没有一次不需要查询记事本，而查询的结果没有一次不令我扫兴："最近"的一个星期已经没有空白可以容下我的名字。

她有一半的时间为别人忙：每星期一的上午要去医院做义工；每星期四的下午要去照看一个已经瘫痪的朋友；还要定期去看望刚刚去世的一位朋友的家人……她另一半的时间为自己忙：她每学期都在大学里选修一门课（历史、语言或者艺术史），每星期要去一次学校，回家之后还有许多材料要阅读；她还参加了一个每个月要聚会一次的读书小组，每个月要读完一本高深的小说，要写出自己的读书报告……还有，每年春天她绝不会错过蒙特利尔蓝色都市文学节中令她感兴趣的讲座，每年秋天她也不会忘记去麦吉尔大学一年一度的二手书市做两天的义工。

电话不是与卡罗尔联系的最好方式。我按下她的号码之后，通常听到的不是占线的声音就是留言的提示。两者都是她"忙"的标志。好不容易她接到了的电话，有一大半的时间只能长话短说或者"下次再说"，因为她马上就要出门或者家里已经来了客人。

我不敢去想象她在退休前会有多忙。

卡罗尔退休前是蒙特利尔一所英语大学预科的数学老师。她在任教的同时，曾经长期为一个国际组织做义工。她每天都要用大量时间与世界各地的人联系，要将很多伸张正义的信件从邮局寄往世界各地。她有一天给出了那"大量时间"的数学定义："每天十小时，至少十小时。"难怪卡罗尔家里不设电视，她没有时间看电视；难怪卡罗尔没有组织过家庭，她没有时间相夫教子。

卡罗尔出生和成长于澳大利亚的昆士兰州。她的曾祖父是中国人，但是关于这位祖先在中国的生活，流传到她这一代的只有一条信息，就是他离开中国的口岸是"厦门"。卡罗尔以自己的中国血脉而自豪，尽管她的言行和外表已经全无中国的痕迹。唯一能够透出异国情调的是她有点古怪的家姓。那显然是一个汉语的方言词在一座南半球的孤岛上与英语肉搏多年之后留下的印证。

卡罗尔25岁那一年从澳大利亚的昆士兰移民到加拿大的魁北克。这是"第二世界"内部的平移，在政治上应该没有什么意义，可以归于"瞎忙"一类。但是从地理上看，这却是从南半球到北半球的移动。对一个曾祖父来自中国的人来说，这勉强可以附会为"回家"：她流动着中国人血液的身体也许更习惯"六月份是夏天一月份是冬天"这种北半球的直白逻辑。另外,她成长的昆士兰州东北部是冰雪不到地区,寒冷是不是也是卡罗尔的生理需要,她移民的"内因"?当然,从文化上也可以找到这"平移"的一条解释:法语是卡罗尔的一种激情,而蒙特利尔是一座语言的迷宫。作为欧洲历史的一面镜子,两百多年来,英语和法语在这里不断冲撞和融合。

因此,她的生活围绕着三个国家展开:她的出生地,她的居住地以及她的祖居地。对于中国,她最关心的是政治和艺术。不过,因为我的出现,她对中国的文学也多了一份心思(尽管她真正感兴趣的还是以色列和土耳其的文学)。她订阅了三十多年的TLS(《泰晤士报文学增刊》)。最近三年,每次从那里读到关于中国作家用英语写的或被翻译成英语的新书书评,她都要打电话告诉我,哪怕我已经向她"承认"过那些书评经常会让我产生吃酸葡萄的感觉。

卡罗尔一生都"忙"于学习。我从她的简历上看到她十七岁就从昆士兰大学音乐系得到了钢琴演奏的文凭。后来她正式进入昆士兰大学,从那里得到由法国文学和应用数学相结合的本科文凭。抵达蒙特利尔之后,她又分别从英语的康科迪亚(Concordia)大学和法语的蒙特利尔大学得到过"数学教育"和"纯数学"两种数学的硕士学位。她还曾经下过几年的功夫,想学会祖先的语言。可惜这种努力最后以失败而告终。所以,卡罗尔现在只会讲三种语言(英语、法语和西班牙语)。

我是通过贝蒂或者说是通过贝蒂的死才认识卡罗尔的。贝蒂生前多次提起过她有这样一个忙得不可能有时间带我去认识的朋友。只是在贝蒂生命的"庆祝会"上,我才第一次与卡罗尔交谈。那一天,她的细心引起了我的注意。在贝蒂的一个朋友发言之后,她走到人群的前面,提醒大家贝蒂有很深的中国情结。然后,她将我和贝蒂在麦吉尔大学的一位汉语教师介绍给大家。

那之后的三年,我们每年写五六次邮件,通三四次电话,见一两次面。 但是到了2009年,我们的关系发生了"质"的飞跃:我有幸成为了卡罗尔的一个"忙"源,在她每周的安排中占据了"雷打不动"的一格。

从那一年的一月开始,卡罗尔就承担起了我的小说的审读任务。我们的见面定在每个星期五的上午。在随后的整整六个月里,我们只有过一次中断。

雪莉粗放,卡罗尔缜密。雪莉行动不便,卡罗尔活蹦乱跳。性格和身体状况的不同导致了这两位审读者审读风格的对立:雪莉挂一漏万,卡罗尔锱铢必较。注意力高度集中的卡罗尔不仅帮助我全歼了雪莉遗漏的错误,在雪莉"宽容"的地方,她也能挑出不少的"是非"。但是,卡罗尔并不刻板。她有极强的幽默感。在我的语言游戏出格的时候,她经常会用意想不到的玩笑敲响警钟,让我免遭"聪明"之误(可惜那些笑话都受制于英语,无法在这里用汉语与读者分享)。而且,她也有格尔的那种特殊才能,能够说出我想说却说不出的词或者句,善于填补我表达中的漏洞。最令我开心的是,文学和数学是我和卡罗尔共同的双重背景。这种背景使我们有罕见的默契，能够将关于词语的推敲演变成严谨的数学推导。因为卡罗尔，我的"另一种攀援"充满了思想的乐趣，语言的乐趣和发现的乐趣。

我有一天提醒卡罗尔，她其实还多做了一份"义工"：她还在为自己的母语做"义工"。热情奔放的雪莉也是这样的"义工"。我深有感触地告诉卡罗尔，有这么多孝顺体贴的孩子，真是一种"母语"的幸运。而与雪莉的回答一样，卡罗尔说与我讨论写作和语言是一种意想不到的享受。

我们在探讨的间隙，还会用生活中的细节来放松自己的神经。卡罗尔谈起了与她"持不同政见"的弟弟（他是一位建筑师，仍住在昆士兰），而我会谈起已经在伦敦住了20年的姐姐（她是一位商人）。我曾经称她是我"包括性别在内的一切方面的对立物"。有一天，我谈起我姐姐对我的指责。因为我不愿意接听她打断了我的思路的电话，她指责我"自私"。身为"姐姐"的卡罗尔马上有几乎是自动的反应。她说："艺术家当然是自私的，艺术家当然要自私，因为他需要保护自己的灵感，因为灵感是最脆弱的东西。"

还有一件让我非常感动的事情是每次我推荐给卡罗尔读的书，她都会认真读和及时读。通常在下一次见面的时候，我们就会有关于那本书的讨论。另一件让我非常感动的事情是卡罗尔告诉我她"从来"不会扔掉任何的"手迹"。有一天，她向我展示了从移民加拿大以来45年间她收到的"全部"几百封家信。那些信的信封都保存完好。

小说的审读在夏天去罗曼家小住的前一天结束。我将布满了旁注的稿件带到了"驯鹿"湖边。有一天晚餐后,趁罗曼和珍妮特还没有去听关于"医疗改革"的辩论,我给他们读了小说中渲染的那段关于共和党总统的政治笑话,引起了一阵阵欢笑。接着,我们又严肃地讨论了美国两大政党对中美关系的不同态度。

气象预报说那天晚上有流星雨。罗曼和珍妮特去书房听辩论之后,我独自坐到了静谧的"驯鹿"湖边的码头上。我仰望着满天的繁星,那样豪迈的夜空是在蒙特利尔城里看不到的。我回想起六个月来与卡罗尔关于语言的探讨,我没有想到自己这一生中会有能力和体力完成这"另一种攀援"。我也没有想到自己会有如此曲折和如此艰辛的"抵达",就像我没有想到自己会如此松弛地置身于如此纯净的仙境。

突然,一阵接一阵的流星雨让夜空散发出了触手可及的梦幻。那是我第一次看见流星雨。那是我第一次觉得自己离天空竟是那么的近。

"身边的少年"突然的"成人"和剧烈的波动让我的2009年充满了焦虑。而繁重的学习任务和疯狂的"另一种攀援"让我再一次疏离了汉语的写作。加上年初雪莉的离去以及秋天米勒教授的猝死……我被一次次推到了"崩溃的边缘"。但是,"星期五的上午"成了我的避难所,我的急救站。关于语言的探讨和发现一次次拯救了我。从卡罗尔那里骑车回家的路上,我有两次不得不停下来,擦干净蒙住了眼睛的泪水。我流下太多的眼泪,为我的孤独,为我的充实,为我的获救。

夏天短暂的停顿之后,我们又恢复了星期五上午的见面。与目标明确的上半年相比,我们不再需要跟踪叙述的线头,关于语言的探讨更为散漫和随意。那一段时间,我突然迷上了英国作家博吉斯(Anthony Burgess)。我们就他诡谲的语言展开了细致的讨论。我们"星期五的上午"一直持续到我启程去香港的前一个星期。

2009年底,我第一次以异乡人的身份返回故乡。标志着这"身份"的并不是那本有效的通行证,而是我对世界的不同反应:海地地震的震撼就像来自相反的方向,来自我的祖国。我急得如坐针毡,夜不能寐。蒙特利尔是海地人在海外最大的聚居地(蒙特利尔的大多数出租车司机都来自海地)。我已经熟悉和习惯了海地人的笑声和口音,那是我自己的日常生活的一部分。地震的当天,我就给卡罗尔打去了电话,询问蒙特利尔的赈灾情况。另一种反应出现在一个月之后。那一天,我在香港的火车里看到了加拿大险胜美国,赢得冬季奥运会最后一块(男子冰球)金牌的电视报道。我本来对异域的"国球"没有特别的兴趣。但是,我的脸上突然出现了胜利的微笑,而我的身体突然摆动得比车厢还要厉害。令我自己都非常吃惊的这大悲大喜的"本能"反应将我与挤在身边的同胞拉开了距离。"糟了!"我嘟噜了一句。我看到了自己新的"身份"标记。

距离我的上一次"回家"已经四年多了。"家"不仅远离了我的现实,也已经背弃了我的记忆。我称自己是回到"故乡"的"闰土"。我迅速意识到我必须埋头于写作：只有汉语的写作本身能够让我免于幻灭的恐惧，重温"家"的温暖。

而这次"回家"还有更暧昧的一面，因为对我来说，它同时又还是"离开"。我"离开"了"身边的少年"。那是自十二年前同时担任他的"父亲"和"母亲"以来，我第一次离开他那么久和那么远。他仍然是我的"行李"。我在"回家"的路上仍然看不到他的前途。我在跨进"家"门之后仍然不停地回望，回望地球另一侧漫长的寒冬。

在去香港之前，我特意也为卡罗尔买了一本希尼（Seamus Heaney）的随笔集《谁捡到归谁》（*Finders Keepers*）。那是我自己的案头书，而卡罗尔很快也就将它定义为她一生中读到的"最好的书"。我们约定，每星期读完书中的一篇随笔，然后在"星期五的上午"通过邮件交换阅读的心得。我想借助那个爱尔兰的天才来延续我们一年来的语言探险。遗憾的是，我利用"天时地利人和"迅速大规模地回归了汉语的写作，与卡罗尔约定的交流从定期变成了不定期，很快又变成了遥遥无期。

夏天的一个星期五的早上，当骑车接近卡罗尔住处的时候，我远远看见她悠闲地坐在屋门口的台阶上，手里还拿着一片树叶。那是我从来没有看见过的卡罗尔的"不忙"的样子。我想停下来，让她多享受一下悠闲的时光。但是，她看见了我。她站了起来。她马上又要"忙"起来了，为了捍卫她的母语，为了我。

10

今年92岁的科亨先生在夏天的时候总是穿着白色的西裤，显得很老派又很有风度。他的个子很小，个头却很结实。他的脸型很英俊。他银白的胡须和头发总是梳理得很精致。他的目光祥和又刚毅，那标志着他与生活曾经有过不同寻常的交道。他行走的速度与他的生理年龄极不相称。冬天的时候，我曾经看见他从积雪上小跑而过，去追赶刚刚停下的一辆公共汽车。

我是在楼下游泳池旁边的桑拿室里认识他的。也就是说，我们的相识一开始就无遮无挡、无牵无挂。我们很快就进入了话题。他告诉我他是研究欧洲历史的历史学家。而我告诉他我从小就对历史有浓厚的兴趣。我追问他更具体的研究领域。他说他主要研究犹太人经历的大屠杀的历史。对这个领域的无知引起了我对他更大的兴趣。

下一次见面的时候，科亨先生给我带来了一叠他发表在报纸和杂志上的文章以及一些他从来没有发表过的诗作。从他的文章中，我得知他自己就是大屠杀的幸存者和见证人：他有将近两年在集中营生活的经历。这种特殊的经历让我更着迷他"祥和又刚毅"的目光。这种特殊的经历引导我在桑拿室里用历史的眼光去审视他大汗淋漓的身体。

科亨先生动作和思维的敏捷隐瞒了他的生理年龄。而他还用其他的方式来隐瞒自己的生理年龄。87岁生日那天，他告诉我他的生日蛋糕上写着他过的是15岁的生日。将生理年龄中十位与个位相加，得出自己新的年龄，这是科亨先生发明的"返老还童"的快捷方式，这是顽童的游戏。

他的生活极有规律。只要不与教学和研究相冲突，下午4点钟他一定会出现在楼下的游泳池里。他首先游蛙泳，然后游自由泳，最后再游仰泳。他的每一种泳姿都不标准，但是，他却从不克扣每天运动的定量，就像他不克扣每天用于写诗的时间一样。除了游泳之外，他每天还要徒步很长的距离，风雪无阻。

科亨先生说他每天都要写诗。这种执着令我为自己断断续续的"写作者身份"深感愧疚。他的诗作很"老派"。他显然深受荷马史诗的影响，经常为"玫瑰色的"日出或者日落而激动，每一首诗都充满了积极向上的情绪。一位作家曾经断言在"奥斯威辛"之后，诗就不存在了。可是，为什么这个经历过"奥斯威辛"的人还要用诗来陪伴自己的生活？

刚刚过去的这个圣诞节前的一天，我从图书馆出来，注意到科亨先生在前面不远的地方。在我快追上他的时候，他走到了十字路口。这时候，路灯正好变成红色。科亨先生没有停下来等候，而是向右转，沿着马路一丝不苟地走了一段，又一丝不苟地走回到了路口。他像时间一样准确：路灯正好变成了绿色。我们一起横过马路。我问他为什么不愿意等待。他回答说："等待很无聊。"

这很平常的回答在我听来很历史也很哲学。我相信，在集中营度过的那些灾难性的日子早已经耗尽了科亨先生对"等待"的耐心。

我们一起往住处走，同时做一些随意的交谈。快分手的时候，我突然问起科亨先生对我很欣赏的英国历史学家，他的犹太同胞祖特（Tony Judt）的看法。六十岁的祖特不久前刚猝然去世。这位研究欧洲历史的大家曾经是犹太复国主义者和马克思主义者。但是，他最后完全背叛了这两种主义。上纲上线，就是说他既背叛了"革命"又背叛了"传统"（或者"祖先"）。他的所有成熟的著作都是这种背叛的产物。

科亨先生不假思索地回答我的问题："他是一个伟大的历史学家。如果他在我面前，我会脱帽向他致敬。但是，他的许多观点都是错的。特别是他关于犹太民族的观点……那些观点全是错的。"这样的回答显得很老派又很有风度，就像科亨先生夏天的装扮。

每一个裸露在桑拿室里的老人都带来了一段亲身经历的历史：标志着"二战"开始的波兰的沦陷，预示着"二战"结束的对柏林的轰炸，意味着冷战升温的"匈牙利事件"等等。桑拿室里有限的水雾与历史无边无际的烟尘混杂在一起，现实的感叹与历史的意象混杂在一起……这奇妙的混杂令我决定将这12平方米的地方当成在格尔写作课上一篇大作业的"场所"。她要求我们写一个可以从许多角度观看的"公共场所"。我选择的"场所"当然面积最小，但是它却有最大的景深。几年之后，格尔还向我提起过那个她不能随便进入的"公共场所"。《历史裸露的地方》是我为那篇作业选定的题目。

来自匈牙利的兰茨先生是那篇作业中的另一个重要人物。他因为我熟知"纳吉"而对我刮目相看。他告诉我，50年代初在布达佩斯游行的时候，他曾经高举毛泽东的画像。

他称赞我们的"大救星"是一个非常英俊的人。而我告诉他,我就是从那个非常英俊的人那里知道了"纳吉"的存在,当然我还同时知道了中国也存在着"纳吉"。

兰茨先生总是随身带着关于他自己的剪报。他是著名的雕塑家。这座城市有三条主要街道上都安放着他的现实主义的作品(哈佛大学肯尼迪图书馆内的肯尼迪雕像也是他的作品)。

他告诉我他的工作室离唐人街不远。每次见面,他总是用那同一句汉语与我打招呼:"我爱中国人。"这比好像所有人都会的"你好"当然感情充沛得多。然后,他总是要停下来,谈一谈他对生活和艺术的感受。他很健谈。

兰茨先生每天游泳的距离也与他的年龄极不相称。我认识他的时候,他已经83岁了。他每天却仍然要坚持游五六百米的距离。不过,他远没有与他同年的科亨先生那样刻板:只要游泳池里出现了年轻漂亮的女子,他肯定会中断自称是从不马虎的锻炼,迫不及待地游过去,迫不及待地向对方暴露自己的身份。"我是大艺术家。"他总是这样自我暴露,特别是将"大"字发得很饱满,听上去好像夹带着充足的唾沫。他不仅自己从不会放弃游泳池里的任何一次"艳遇",还多次鼓励我说人生苦短,见到年轻漂亮的女子,一定要勇敢地游上前去,绝不要放过。我沮丧地提醒他,我的视力不好,在游泳池里什么都看不见。对我来说,游泳和审美是一对矛盾。

有一天,兰茨先生又在游泳池里与一个刚从突尼斯来这里学法国文学的年轻女子攀谈起来。我独自上岸，先坐到了桑拿室里。没过多久，兰茨先生也进来了。他对我做了一个赞赏的手势，显然对刚才的攀谈非常满意。但是，他的神色突然又变得忧郁起来。他在桑拿室的角落里坐下，先是一声不吭，后来又滔滔不绝。他说起了他去世多年的妻子。他说她是世界上最漂亮的女人。"没有人能够比得上她。"他这么说着，竟流下了眼泪。

2006年的一天，我在一层的大厅里遇见兰茨先生。他坐在沙发上，看上去非常虚弱。我在他身旁坐下后，他告诉我，他的胰腺癌已经到了晚期。我知道他得癌症的事。他一开始若无其事，每天上午继续到一家购物中心去画人物肖像。我没有想到他的病情发展得这样快。他说他不想死。我拉着他的手安慰他说他不会死。我还提醒说他是艺术家，"艺术家不会死。"我很冲动地说。兰茨先生显然很高兴我这样哄他。但是，他马上又抱怨说他正在接受的化疗让他感觉身体非常虚弱，甚至都没有一点力气去做运动了。他说他想马上停止化疗。他说他不想这样虚弱地活着。

两个月之后，我从一份扔在我房门口的英语报纸上读到了兰茨先生的讣告。

11

九年过去了，"身边的少年"已经长大成了一个很少在身边的年轻人。他已经能够用在这座城市里通用的两种语言料理自己的学习和生活。他已经不很（或者"很不"）愿意与我交流。我知道,他也经历过了许多异域的迷宫。有一段时间,他甚至完全迷失了方向,不仅不知道将来要学什么,甚至对学习本身都没有兴趣,什么都不想学。那时候我有一种担心,担心他会成为我永远的"行李"。

我不知道他是否还记得那个抵达的夜晚,是否还记得他对我的深深的信任和依赖。我自己关于那个夜晚的记忆让我自己非常难受。我从来没有想象过"身边的少年"会完全迷失方向。为了确保这"没有想象过"的正确,我意识到自己必须再一次决定他的"出发"。我没有太大把握地将一本柯布西埃(Le Corbusier)的传记放到了他的桌上:他居然读了,还很喜欢。我同样是没有太大把握地将一盒怀特(Frank Lloyd Wright)的传记片顶入了录像机的插缝:他居然看了,还不止看了一遍。

他现在是大学建筑系的学生。一个学期过去之后,他仍然说他做了一个"正确的选择"。

在那第一个学期里,他的建筑史课的老师竟指定小说《看不见的城市》为那门课的两本必读书之一。这让我觉得新奇又兴奋。"身边的少年"告诉我,他的老师推荐的版本正好是我用的版本。我不可能将自己多年前在伦敦购买的那本书借给他,因为那上面满载着我的"观感",它是我的至爱,不忍由他人染指。我说我会买一本新书送给他,作为对他"正确的选择"的奖励。他欣然接受我为他"出钱",他说谢谢。接着,我跟他走到了他的房间门口,说出了我其实更想说的话。"那是一本永远读不透的书。"我说,"如果你有需要和兴趣的话,我随时都愿意与就书中的细节展开讨论。"这位建筑系一年级的学生知道我多年来为那部作品下过怎样的苦功。但是,他什么话也没有说。他用不信任的目光打量了我一阵,然后,还算文雅地关上了他的房门。

他拒绝我为他"出力"。这拒绝是生活中的又一个路标:它告诉我,他已经不再是我的"行李"。

而我仍然背负着那另一件"行李"。我仍然在用我钟情的汉语写作,仍然在我攀援过三十多年的那座高山上攀援。整个2010年,除了有三个月时间用于细读《尤利西斯》,最后以"全优"成绩完成自己的第一个洋学位的学习之外,我的大部分时间都奉献给了自己的母语。我夜以继日,在异域的迷宫里迎来了这九年之中汉语写作的"第三次浪潮"。这其中最大的高潮是我耗时将近五个月用汉语重写了自己已经用英语写过的故事,完成了自《遗弃》(也就是22年)以来的第一部长篇小说。这是一种罕见的写作经验,因为两种语言逼近故事的方式完全不同。通过这种罕见的经验,汉语再一次给了我强烈的震撼:它就像是天启和神谕,既让我享受到"天人合一"的酣畅和自由,又让我一贯的谨慎和节制更具质感和尊严。这种感受在我写作《看不见的城市》"观感"(那是我的"第二次浪潮"中的高潮)的时候也曾经出现。我终于清醒又骄傲地意识到,不管能用另一种语言在学术和创造上走多远,我永远都不会舍弃自己汉语写作者的身份。

另外,我还完成了关于"七十年代"的随笔。那段很长的"回忆"发表于《今天》杂志2010年秋季号上,它是我这"第三次浪潮"中的初潮。而几分钟之后，我还将完成关于"别处的生活"的更长的随笔。我相信这新的"高潮"会将我的"第三次浪潮"延续更长一段时间。

布罗茨基在领取他的诺贝尔文学奖（1987年）前一个月曾经在维也纳做过一次题为《我们称之为"流亡"的境遇》的演讲。他用阴郁的口气谈论那些离开自己的祖国和母语的写作者的困境。他说那种离开的唯一好处是能让写作者体会到人的"卑微"。而我自己在离开"祖国和母语"之前的一个月，曾经在深圳的杂志上发表过一次访谈。访谈碰巧就以《面对卑微的生命》为题，好像我对"别处的生活"已经做好了充分的思想准备。但是，实践的经验告诉我，不管在思想上准备得多么充分，这种"抵达"总是一次冒险，一次朝向迷宫的出发，一次"无法抵达"：因为几乎所有关于目的地的想象都是错误的。

这就是生活。这就是生活中的"抵达之谜"。

人物随笔

晚安，克娜蒂娅！

两年前那个夏日的黄昏，从皇家山散步回来，我特意绕到小区最靠马路那一栋楼的背面：从那里的平台上可以看到小区花园的全貌。我很想知道令邻居们怨声载道的小区升级工程将小区花园升级成了什么样子。已经倚靠在护栏边的那位邻居听到脚步声，转过脸来，对我笑了笑。

又是她！前一年的夏天，我与这位以前从来没有遇见过的邻居也曾经在这里相遇，也是差不多同样的时辰。当时，她也是倚靠在护栏边，在欣赏着花园水池里的那两只野鸭子。过去那几年，总是会有一对野鸭子在春夏之交飞到小区花园的水池边。公鸭在母鸭下蛋之后就飞走了，而母鸭会在水池边孵出小鸭子，并且抚养它们长大、训练它们飞翔。直到孩子们一个接着一个飞走之后，鸭妈妈才最后飞走……但是，那两只野鸭子情况特殊：那是鸭妈妈和她最后的孩子。邻居激动地指着水池说，那是一个残疾的孩子：它右侧的翅膀不能完全张开，一直都飞不起来。离正常飞离的时间过去将近三个星期了，鸭妈妈还在耐心地陪伴着这个残疾的孩子。她会一直等到野生动物保护协会的专家来将它的孩子接走之后再离开。

我问她是不是还记得我们去年的见面。她的反应说明她记得非常清楚。她的反应是一连串的抱怨。她抱怨利欲熏心的业主不应该对小区进行如此愚蠢的升级,尤其是不应该将花园里的水池填平。"还记得那些可爱的野鸭子吗?"她说,"它们再也不会飞到这里来了。"

我顺势问她会不会考虑搬走。我知道已经有不少的邻居因为对小区的升级强烈不满而选择了"逃离"。她的回答让我感觉有点夸张。她说她太老了,不想再搬家了。我马上想到与我住同一栋的那位八十二岁的老太太两天前都愤然搬走了。我选定的参考系让眼前的邻居得意地笑了起来。她让我猜她的年龄。看着她头上的墨镜、脚上的波鞋,看着她紧身的运动衫和健美裤,还有她结实挺拔的身躯,还有她清晰洪亮的声音……我毫不犹豫地就猜出了她的年龄。我猜她比那位八十二岁的邻居至少应该年轻七八岁。

我的猜测引起了邻居的一阵大笑。她告诉我,她出生于1922年,三个月前已经过了九十三岁的生日。

这怎么可能?!这怎么可能?!我一脸的惊诧并没有让她感觉惊诧。她说有一次去医院打预防针,所有的护士都坚持说她搞错了自己的年龄。她说有一次她在路上帮助一位脊椎已经有点弯曲的老人,结果发现那位老人比她自己年轻十五岁……她说她生活中这种荒唐的事情实在是太多了。她得意地说。从她得意的表情和语气,我能够强烈地感受到她对生活超级的乐观。我相信这超级的乐观就是她长寿的秘诀。她先是用笑声表示对我的认同。接着,她用有点认真的语气揭开了这秘诀之后更深的秘密:"知道吗?生活里没有任何事情值得去认真对待。"这应该是我在半个世纪的人生经历里听到过的最激进的"人生箴言"。我忍不住想拥抱她一下,就像拥抱我同样幽默和顽皮的外婆。

两天后的一个中午,从图书馆出来不久,我又遇见了她。在一起回小区的路上,我知道了她叫"克娜蒂娅",我知道了她是爱沙尼亚人,我知道了她在第二次世界大战之后就来到了加拿大。我还知道了她每天清早起来要去墓地里喂松鼠。我还知道了她是蒙特利尔冰球队的铁杆球迷。她的步伐十分敏捷,她的思路异常活跃。紧跟上她的步伐和思路对我是一件有难度的事情。

在最后那个十字路口等绿灯的时候,克娜蒂娅突然谈到了她从前的住处,接着又自然地谈起了她从前的生活。她说她结过两次婚。比她大九岁的第一任丈夫在他们共同生活将近二十年之后撒手人寰。她在花甲之年第二次当上新娘。这一次,她吸取教训,用逆向思维挑选夫婿。没有想到,在共同生活了二十三年之后,年轻八岁的第二任丈夫还是先她而去。"你看,两种模式都不管用。"她用顽皮的口气说。"所以,你对男人彻底失望了。"我也调侃着说。"是啊。"她继续用顽皮的口气说,"还是自己一个人过靠得住。"

那天分手的时候,我暴露了自己的"作家"身份。克娜蒂娅非常兴奋,回应说她也写过自己的故事。她给我留下了电话号码,希望我抽空到她那里去点评她的写作。

如果知道自己将要读到的是什么样的故事,我肯定不会拖三个星期才走进她的客厅。那整洁和舒适的客厅让我自然地想到了钟点工。夸奖了两句之后，我问她的钟点工每隔多少天过来一次。这一次，她的回答不仅让我感觉惊诧还让我感觉羞愧。她说她没有请过钟点工。她说她的生活靠的是百分之百的自理。从客厅的布置、从茶几上的摆设、从她烤制的糕点和她调配的美酒都可以知道她"自理"的是很有质量的生活。"自理"这样的生活与"自理"我自己的那种生活根本就不是同一个级别。"自理"能力在四十多年年龄差距下的这种悬殊让我感觉极为羞愧。

我们在她的书桌兼餐桌边坐下。桌面上井井有条地摆放着的信件、剪报等等也可以作为克娜蒂娅生活质量的标志。她拿起那张画着表格和填满数字的纸，告诉我那是蒙特利尔冰球队这个赛季开始以来全部的比赛结果。她说每一场比赛之后，她都会亲手登记球队新的比分、积分和排名，尽管这是她订阅的报纸上都有的内容。这不是"认真"吗？这不是有悖于她长寿的秘诀吗？事实上，我很快还发现了她的另一种"认真"。她显然是一个从来都不会去"算计"的人，但是在交谈的过程中，她却在不停地"计算"：比如我说出我的年龄之后，她马上就会计算出我出生的年份。比如我说我每天跑三十分钟。她马上就根据我前面提到的我五分钟跑一公里的速度计算出我每天跑六公里。这说明她的大脑对词语和数字都非常敏感。我相信这也是她长寿的秘诀。

接着，她从一个文件夹里拿出一份早已经请人打印好的故事和两张特意为我复印的地图。她在那张爱沙尼亚的地图上标出了她生活过的所有城市，而在那张欧洲大陆的地图上标出了与她的故事密切相关的那些地名。她的故事是关于个人命运的故事，也是关于人类历史的故事……1944年9月，苏联红军大举反攻进入爱沙尼亚的时候，她挤上最后一班客轮逃离了自己的祖国。这是故事的起点。接下来，就是那个22岁的年轻女子在分崩离析的欧洲大陆上长达一年的逃亡：有一天，她爬上了一辆挤满难民的火车的车顶；有一天，她挤进了一辆载满溃退的德国士兵的卡车……而更多的时候，她都是混杂在陌生的难民里，在凋敝的公路上或者焦灼的田野里盲目地行走……有好几次，一觉醒来，同行的人都不知去向了，她要独自过河入林才能遇上一队新的难民。有一天，她已经到了饥不择食的地步，在黑夜里敲开了一家农户的门。善良的农户在她休息片刻之后，给她端上来一只刚刚烤熟的猫。她吓得重新冲进了黑暗之中，随后的好几天都不再有任何的食欲；有一天，她独自走近了一座已经没有看守的集中营。铁丝网后面那些穿着同样囚衣的男人用饥饿的目光打量了她一阵之后，突然冲了出来，冲了过来。她惊呆了。她肯定自己马上将要遭受蹂躏的厄运。没有想到那最早冲过来的人，并没有将她按倒在地，而是一把夺走了她手里的那块面包。接着，他的难友们也全部挤在他的身边，争抢了起来。令那些男人如狼似虎的原来不是"女人"，而是女人手里的一块"面包"……

克娜蒂娅一边按时间的顺序复述她的故事，一边在地图上勾画她逃亡的路线。她最后终于冲破重重封锁，进入了盟军的占领区。在布鲁塞尔的难民营滞留到战争正式结束之后，她选择返回到已经被肢解的德国。因为熟悉英、德、俄等多种语言，她很快被联合国录用，参与了战后难民的安置工作。她翻出文件夹里面的一个笔记本，里面有她当时生活的许多记录（包括来自各国的同事之间的留言）。从她穿着军装的那些威风凛凛的写真已经无法想象她在逃亡路上经历的那些磨难。

在联合国工作期间，她从爱沙尼亚人办的报纸上的寻人启事栏里得到了她母亲和姐姐的消息。在她挤上最后一班客轮从南部逃离爱沙尼亚的同时，她们从北部乘小船漂洋过海，安全逃到了瑞典。这劫后余生的消息当然是一种福音，但是，它却无法改变克娜蒂娅一家已经被历史摧毁的事实：德军进入爱沙尼亚不久，她18岁的弟弟就被强征入伍，并随即开赴前线。一年之后，她们就收到了从列宁格勒附近转回来的他的遗物。而在逃离爱沙尼亚半个世纪之后重返家乡，克娜蒂娅才知道一直在当地的小学担任校长的父亲后来被苏联红军带走，最后死在西伯利亚的集中营里。

克娜蒂娅真实的故事让我们成为了朋友，而我虚构的故事为我们的友谊奠定了更夯实的根基。去年八月底，从她订阅的英文报纸上看到我的访谈之后，克娜蒂娅马上就去书店买了"深圳人"系列小说的英译本。她对我的小说人物有中肯的评价。她成了我在西方世界里最热心的读者之一。十月底准备回中国的前一天，我打电话向她辞行。她要我马上去她那里一下，为她新买的两本"深圳人"签名。她告诉我那是她准备送给一位住在斯德哥尔摩和一位住在多伦多的朋友的圣诞礼物。

我马上就过去了。签好名之后,我又与她交谈了一阵。这一次,我们的交谈不是面向过去,而是面向未来。她说她的电视现在从早到晚都开着,她说她不想错过美国大选中的任何消息。我知道克娜蒂娅对那位同性的候选人的态度是不温不热,而对那位异性的候选人,她的态度却是如火如荼,只能用"恨之入骨"和"不共戴天"这样的词语来形容。她对大选的结果充满了忧虑,她不想她的"仇人"获胜。我不知道应该怎样给她降温。分别的时候,她祝我的中国之行一帆风顺,而我祝她在十一月八日的晚上能够睡得安稳。

十一月八日中午,我特意从深圳赶到香港,希望在那里看到关于美国大选结果的全景报道。我的长篇小说《希拉里、密和、我》正在"年度十大好书"的评选过程之中,我隐隐觉得这部小说的命运与美国大选的结果会有一点神秘的联系。这是我特别关注这次大选的"隐私"之一。而更大的"隐私"当然就是克娜蒂娅。第二天中午离开酒店的时候,克娜蒂娅的"仇人"已经在佛罗里达州胜出。根据最近这三十年对美国政治的观察,我很清楚这意味着什么。那时候已经是北美十一月九日的凌晨了。我有点想给远在地球另一侧的邻居打一个电话,我想劝她关掉电视、蒙头大睡。我想对她说:"晚安,克娜蒂娅!"我想对她说:"你已经不再需要'认真对待'任何事情了。"

我至今也不知道克娜蒂娅是如何度过那个无人入睡的夜

晚的。我只知道她无法接受的结果并没有伤及她的健康,也没有影响她的生活。她照样清早起来去墓地里喂松鼠。她照样喝着自己调的美酒、吃着自己做的美食。上个星期五,为了准备这篇文章,我又特意去与她交谈了一下。离开的时候,她兴奋地告诉我,她的九十五岁生日快到了。她说她已经买好了生日那天的冰球票。我不知道她的球队那天会有什么样表现。但是我知道,我能够在她生日的时候将她带到中国的读者面前。这应该是她从来没有得到过的生日礼物吧。

父亲的"遗嘱"

75年之后,艾历克斯仍然清楚地记得父亲的"遗嘱"。当然,他也清楚地记得围绕着那急促又低沉的"遗嘱"所发生的一切:已经进入梦境的街道突然被密集的马达声和叫喊声惊醒。这是他从来没有经历过的喧嚣。接踵而至的是粗暴的敲击声和破碎声。整个布鲁塞尔犹太人聚集区的所有门户都被敲开了。在他们的家门被敲开的一刹那,父亲用急促又低沉的声音敦促道:"躲起来!躲起来!躲起来!"这一次,已经步入青春期的少年没有逆反。他躲进了地下室里那个只有孩子能够想到也只有孩子能够挤入的"缝隙"。就这样,他完全从父母的视野里消失了。就这样,他的父母也完全从他的视野里消失了。接下来,他听到了搜捕者越来越近的脚步声。接下来,他看到了从"缝隙"的边缘来回掠过的手电的光柱。再接下来,他感觉到搜捕者的脚步声好像越来越远。随后,他经历了他从来没有经历过的寂静……

年仅14岁的艾历克斯当然不可能知道那急促又低沉的敦促竟会是父亲的"遗嘱"。这也许是人类历史上最简短又最紧迫的"遗嘱"。作为唯一的执行人和受惠者,成功的"立即执行"使艾历克斯从这字面上没有任何含金量的"遗嘱"

里获得了无价的回报：他活了下来，而且一直活到了75年之后的今天。最近的一次中风让他的左手不停地颤抖，也让他的步伐变得有点迟缓。但是，他的思路还是非常稳健，他的记忆也还是非常清晰。毫无疑问，他还在继续享受父亲的"遗嘱"带来的实惠。毫无疑问，他还将继续享受父亲的"遗嘱"带来的实惠。

回想起来，我们过去将近十六年里所有的交谈都是建立在偶遇的基础之上的，或者说都是即兴的。不过，因为已经产生对他进行非虚构的冲动，最近两个月的这三次偶遇都被我迅速转变成了刻意的采访。三次偶遇都发生在楼下的大堂里。艾历克斯的脸上总是会出现惊喜的表情。他也还是会像以前那样长时间地抓紧我的手。但是，他已经不愿意像从前那样一直站着说话了。寒暄之后，他会示意我与他一起坐到大堂门边的沙发上。而我马上就会乘机进入"工作"状况。这让我感觉到假"私"济"公"的尴尬。令我吃惊的是，艾历克斯对此并不介意。更令我吃惊的是，75年的时间跨度完全没有给他设置任何障碍。他的回答清晰、透明、鲜活，就好像他是在谈论刚刚经历过的日常生活。

第二天趁天还没亮，艾历克斯就逃离了德军以为已经被清零的犹太人聚集区。在随后的几个星期里，他在布鲁塞尔的街头鼠窜，直到最后被警察抓住。这一次，他是用机智的谎言躲过了关于身份的盘问，结果，他没有被送往关押犹太人的集中营，而是被送进了收留少年难民的孤儿院。战争结束之后的一天，他那位在第一次世界大战结束之际就已经明智地移民加拿大的伯伯突然出现在孤儿院的门口。他是专门回来寻找自己已经失联的亲人的。这个他从来没有见过的侄儿是他唯一的收获。

1995年夏天，在从阿姆斯特丹到巴黎的途中，我曾经在布鲁塞尔短暂停留。因为至今对城市中心广场一带的街道还有依稀的印象，每次跟随艾历克斯的记忆重返他的故乡，我的心中都会油然升起"在场"的亲切感。我尤其会忍不住将他与那座城市里最具传奇色彩的童星相比。那个伫立在广场边的一条小街上冲着慕名而来的游客们撒尿的孩子早已经成为世界和平的象征。在不同版本的传奇中，他的"杯水"都具有神奇的功效，足以扑灭的远不止"车薪"，而是绵延经年的战火。我不知道艾历克斯对这种神功做何感想。在布鲁塞尔街头鼠窜的日子里，他应该不知道在城市的多少角落里留下过自己的"杯水"，而历史的进程却没有因此发生逆转。让他饱尝国恨家仇的魔鬼最后要靠盟军和红军真枪实弹的夹击才得以降服，或者说那邪恶的战火需要正义的"洪水"去扑灭。毫无疑问，现实与传奇之间显然存在着巨大的差距。

艾历克斯是大楼里与我交谈得最早的邻居。我们的第一次交谈发生在我刚住进来之后的一个夜晚。距离现在居然已经将近十六年了。我首先看到的是一只狗，接着才看到跟在它身后的艾历克斯。他主动与我寒暄。他称那只体态雍容华贵的狗是他的"女儿"。我们开始的问答不过是色调平淡的套话。而当知道我来自中国之后，交谈立刻就改变了颜色，变成了令人亢奋的"红色"。我们先是逆中国历史的长河而行，从轰轰烈烈的经济腾飞谈到轰轰烈烈的"十年动乱",从轰轰烈烈的抗美援朝谈到轰轰烈烈的土地改革,从轰轰烈烈的解放战争谈到轰轰烈烈的万里长征……后来我们甚至又谈到了那辆驶向芬兰车站的列车和那个"徘徊在欧洲大陆上的幽灵"。这时候,艾历克斯显得非常激动。他说他一直相信共产主义是人类最崇高的理想。但是,他马上又说,成为一名真正的共产主义者却是世界上最难做到的事情。他不相信有任何人做成了这件事情。他的悲观结论再一次肯定了现实与传奇之间的差距。

很难想象这是发生在一个充满寒意的初春之夜的交谈。很难想象这是发生在不同民族的两个陌生人之间的交谈。很难想象这是发生在21世纪的交谈。很难想象这是发生在一个福利资本主义国家里的交谈。就是在这"红色"的第一次交谈里,我第一次听艾历克斯提到了他的父亲。他是一个思想激进的矿工。他经常带着年幼的孩子去参加他们充满激情的聚会。在聚会的时候,艾历克斯像所有参加者一样戴着红领巾,高唱《国际歌》……这些记忆犹新的意象对我有更深的触动。我告诉艾历克斯,我们生长在不同的年代和不同的国度,可是我们的童年却有许多的相似之处。

哪怕是最粗心的读者也应该能够从上面这两段提到的细节里看到艾历克斯与《白求恩的孩子们》的联系。是的,早在十年之前,艾历克斯就已经进入我的虚构世界。他是小说叙述者那位名叫"鲍勃"的可爱邻居的生活原型。鲍勃在小说的引文部分就已经出现。他更是小说的第二个故事(《一只狗》）和第二十七个故事（《一堂汉语课》）里的主人公。小说第二个故事从鲍勃的"女儿"去世半年之后的地方开始，而其中的大部分内容却是叙述者关于他们四年前的那"第一次交谈"的回忆。那是与我和艾历克斯之间的第一次交谈颜色相同、内容相近的交谈。在交谈的一开始，鲍勃就将他对中国最初的激情归功于他"儿童时代的偶像"。那实际上也是叙述者本人儿童时代的偶像。他第一次意识到生长在不同年代和不同国度的生命可能因为共同的偶像而拥有相似的童年记忆。他也第一次意识到"白求恩的孩子们"并不仅仅是局限于中国大陆的历史范畴，而是波及世界的精神现象。

　　长篇小说《白求恩的孩子们》由32个盘根错节的故事组成。其中所有故事的题目都以单数的量词开始（如《一个女孩》《一个幽灵》等）。这单数的量词实际上包括两个所指：一个是表面的所指，一个是深层的所指。以《一只狗》为例，它表面的所指当然是被鲍勃当成"女儿"的那只狗，而它深层的所指却是被鲍勃视为"一只迷路的狗"的亲生儿子。因此，它实际上是一篇以"父子关系"为主题的作品。

　　父子关系也无疑是艾历克斯一生的主题。这首先当然是因为父亲的"遗嘱"。我经常想，不知道到底是从什么时候开始，艾历克斯才真正听懂了那急促又低沉的声音，或者说听出了那声音背后的绝望和奢望。那是对生命的绝望和对生命的奢望。我想也许只有从自己成为父亲的那一刻开始他才能够渐渐听懂和听出。那一刻应该是艾历克斯关于父子关系思考的又一个转折点。因为他有好几次就像以他为原型的鲍勃那样抱怨起了令他十分沮丧的儿子。从那些扑朔迷离的抱怨里我大概能够揣摩出困扰着他们父子关系的问题。我有时候甚至想，他对儿子的那种罕见的溺爱也许就是他的儿子最后让他感觉十分沮丧的原因。这一切似乎又都可以追溯到父亲的"遗嘱"。如果他的父亲不是以那样传奇又那样荒谬的方式离他而去，他或许会成为一个严厉的父亲，他的儿子或许会因此而成为一个令他骄傲的儿子。想到这里，我似乎又触碰到了现实与传奇之间的差距。

最后的午餐

这张点菜单上的字迹已经相当模糊了。不过我还是紧贴着台灯的灯泡，辨认出了上面的全部信息：餐馆的名称是"渝信工体店"；餐馆的地址是"北京市朝阳区工体北路幸福一村西里甲5号"；餐台的号码是"第25号台"；就餐的人数是"2人"；下单的时间是"2016年10月31日11点45分39秒"；点要的菜名是"夫妻肺片、重庆辣子鸡、清炒丝瓜、干锅有机花菜"，主食是"两碗米饭"……2017年4月30日凌晨，我第一次噙着泪水从2016年最后一次回国的票据里翻出这张点菜单。我一定会写的这篇文章的题目顿时就浮现在我的眼前。但是，我没有马上将文章写出来。我写不出来。我一直都写不出来……我想这或许是因为那个正午离我太近，近到连服务员最后那一声"菜都上齐了"的确认都好像依然缭绕在我的耳边；我想又或许是因为它离我太远，远到就餐者还在用虚拟的语气谈论那两场令整个世界都忐忑不安的选举。现在，整整九个月已经过去了，一种罕见的沉静突然出现在我心灵的深处。我终于有勇气将这个我一直不愿接受的题目存入电脑，还有这张已经模糊不清的点菜单上的关键信息。

坐在我对面的是一位与我有三种共同语言的法国女士。"林雅翎"是她著名的汉名，"Sylvie Gentil"是她著名的原名。我只是在最初的两次邮件里用"林雅翎女士"称呼过她。后来在所有的场合下，我都统称她为"Sylvie"（西尔维）。很可能就因为这样，我一直没有去想过她为什么会有一个与原名没有任何语音和语义关联的汉名。我知道，她不少的朋友都称她为"小林"。这肯定是来自八十年代的称呼，也就是来自她与北京最初的接触和与汉语最早的交往。但是，她能够让时间在这里停顿，这就是她的魅力。我相信，她不少的朋友现在谈论起她的时候还是称她为"小林"，就像他们三十多年前在北京的一条现在已经不复存在的胡同的尽头相遇。

这是我乘坐加拿大航空公司的班机从多伦多抵达北京之后的第三天。这也是我在2016年的第三次抵达和最后一次抵达。而她当天晚上将乘坐法国航空公司的班机从北京飞往巴黎。那也是她那一年的第三次回家和最后一次回家。我们当然都不可能知道那离她一生中的最后一次回家已经只有一步之遥。

长期朝夕相处的北京也同样是她的家。就像以前一样，我们首先还是约定在她位于幸福一村西里联宝公寓内的家里碰面。我为她带去了我们上次见面之后出版的长篇小说《希拉里、密和、我》。我们当然也都不可能知道她这次是最后一次从我的手里接过我的作品。但是这部作品自己好像已有感觉。它与她建立起了一种特殊的关系：我在五月初那次抵达北京的第二天,《作家》杂志已经将刊登小说全文的样刊寄到了她家里。紧接着,出版社又将小说的清样寄到了她家里:她在北京的家成为了这部作品进入世界的必经之路。另一个更为奇妙的细节发生在她看到样刊和清样之前的两个月。当时我在伦敦,她在巴黎。我在电话里谈起了刚刚完成的长篇小说。她问我小说的题目是什么。我想给她留下一个惊喜,故意没有直接告诉她。但是我告诉她那是一个有点奇怪的名字,它由两个人名和一个人称代词构成。没有想到,她接下来的那一句话竟是:"那个人称代词一定是'我'。"

就像以前一样,我们事先只是说定要一起午餐,却并没有说好午餐的地点。照例在客厅里坐下交谈一阵文学之后,她开始做出门的准备。我们的话题这时候才接上地气:"我们去哪里?"我提醒她要穿足衣服,因为我刚才已经有所体会:室外不仅气温很低,还正在刮着大风。正因为这样,我也建议不要走远。这时候,她提到了联宝公寓的隔壁就有一家很大的川菜馆。我马上肯定那就是我们应该去的地方。我们当然也都不可能知道这会是我们"最后的午餐"。

入座之后,她从容地点上了烟。毫无疑问,点菜的难题又交给了我。我知道她不会点菜,也不需要会点菜,因为她的生活中有一位点菜的超级高手。我在2013年底阎连科做东的一次饭局上见识过她丈夫马丁的点菜功夫。他将厚厚的一本菜谱从头到尾翻了两遍之后,问了在座两位首次共餐的客人(一位蒙古学者和我)的忌口和偏好,然后迅速点出了一桌从口味、分量、搭配、价格甚至上菜的先后次序都考虑周全的佳肴。有几个外国人敢于在中餐馆如此耀武扬威？！又有几个中国人能够在中餐馆如此得心应手？！

我的生活中没有点菜的高手，但是这长期的空白却并没有助长我点菜的水平。我的水平至今还徘徊在"不浪费就好"的道德底线。好在我每次总可以找到同样的借口：我们在餐馆里坐下来的目的不是为了"吃"，而是为了"谈"。这一天，我们交谈的范围还是很广。但是我们谈得最多的还是欧洲大陆上接连不断的恐怖袭击，她的祖国和加拿大的邻国即将举行的大选，以及英国脱欧之后的未来（她的妹妹和我的姐姐都住在英国，那个国家的前途与我们的关系似乎同样"厉害"）。2016年的确是一个自始至终都令整个世界忐忑不安的年份。而我们在表达担忧的同时都说了一些偏激的话，比如这个世界已经不适合居住或者不值得留恋。我们当然也都不可能知道这些说法其实就有可能是不祥之兆。

我们也谈到了积极的方面：比如《深圳人》英文版受到的欢迎。她兴奋地说，英语世界的积极反响一定会对法语世界有所触动；又比如她正在翻译的那部随笔集进展的顺利。那是一部包括八位中国作家关于"过去"的记忆的随笔集。我的《外婆的〈长恨歌〉》也将包括在内。她提到了翻译那篇作品的难度，比如我一笔带过的背景肯定会让法国的读者感觉突兀，而加上足够的解释又肯定会破坏作品的节奏。我期待着这个难题的合理解决。我期待着自己的作品顺利进入普鲁斯特的语言世界。

更重要的是，我们还回忆起了我们的上一次见面。那是带给我很大惊喜和很深感触的见面。它发生在5月9日，也就是我2016年第一次回国后的第六天。这一次因为剧作家过士行、李静和我的一位英国朋友也要参加，我们事先约好了最后要去的餐厅：位于三里屯北小街上的"一坐一忘"。我如约在将近11点的时候赶到联宝公寓。没有想到门刚打开，主人就告诉我Pascale（芭丝卡）来北京了，现在就在她家里。这是大惊喜！四天前我过来取样刊和清样的时候，她完全就没有提及Pascale会来北京的事。前一天在确认这一次见面时间的邮件里她也只字没提。她是故意想让我得到大惊喜。我与Pascale已经整整21年没有见过面了。我们的上一次见面是在1995年5月的巴黎。那时候，这位大家公认普通话水平足以胜任中央台播音任务的巴黎女孩是我们长沙著名的洋媳妇。这特殊的身份不仅让她的汉语水平更添异彩（据说她对长沙话也能够明察秋毫，所以我们这些长沙同乡都绝不敢当面说她的坏话），还让她对我个人的认识再往前推了23年。那一天，坐在巴黎郊外一座公寓楼的房间里，面对着窗外壮丽的落日，话题不知怎么就转到了我的童年。紧接着，我在1973年出演的那场独幕"闹剧"果然又被提到。大家的欢笑让我尴尬得面红耳赤。而Pascale的童年经历听起来就像是纯真的童话故事。她说她随父亲去咖啡馆的时候，经常在那个固定的角落里看到萨特的身影。

在前往三里屯北小街的路上，我既在交谈之中，又在交谈之外。那个在交谈之外的"我"深有感触地盯着身边这一对最要好的朋友。突然，她们又变成了那一对在八十年代的北京街头引人注目的巴黎女孩。她们对中国充满了激情，她们也对文学充满了激情。有一天，她们在杂志上读到一篇题为《红高粱》的小说，这两种激情迅速交汇成一种更大的激情。结果当代中国文学开始走进法兰西，开始吸引法兰西……三十年过去了，她们中的一个仍然在坚守着阵地，让更多的当代中国文学作品在普鲁斯特的语言世界里获得了新的生命；而她们中的另一个后来转向第二战场，让一部又一部当代中国的电影和戏剧作品在具有深厚电影和戏剧传统的国度赢得了观众的尊重。

那一天在"一坐一忘"餐厅里，我们三个坐在一排，我坐在Pascale和Sylvie之间。这特殊的场景让我突然觉得自己与Sylvie的第一次见面事实上也可能发生在1995年5月的巴黎，而不是在17年之后的北京。我想这种推后的理由可能就是因为我还没有写出令她激动的作品，比如《白求恩的孩子们》这样的作品。这当然是天意。但是我没有想到天意也会是如此的功利。而且在17年之后的北京，我们的走近经过的也不是最简单和最直接的路线。那是2012年5月17日。那一天，我在建国饭店大堂的咖啡厅里接受英文《中国日报》记者的采访。谈到《白求恩的孩子们》，我顺便提到希望它能够很快有各种语言的译本。有心的记者回应说她曾经在会议上遇见过两位从事当代中国文学的翻译。她马上找到了"林雅翎女士"和"李莎女士"（意大利语）的邮箱。当天下午，我就分别给两个邮箱发去了内容完全相同的简短邮件。邮件提了一句她们"也许听说过的"我自己，又提了一句她们"也许没有听说过的"《白求恩的孩子们》,最后又提了一句我马上要去上海参加五本新书同时上市的活动,希望返回北京之后有机会见面交谈。两段在我的文学道路上不可或缺的友谊就如此拐弯抹角地开始了。

现在我已经找不到Sylvie的第一份邮件。我清楚地记得邮件是以"林雅翎"落款。我也隐约地记得她当时不在北京。她当然听说过我,而且她对《白求恩的孩子们》也很好奇。我还记得她给我留下了家里的电话以及手机的号码。我的第二份邮件写于2012年6月27日。邮件的内容显示我们之前已经有过电话联系,而且已经确定在6月29日下午见面。最有象征意义的是:邮件的附件是《白求恩的孩子们》的第一部分。那当然是应她的要求附上的。两天之后,我们在工体西路南端西侧(法国文化中心对面)的木茶咖啡馆的平台上见面。地点是她选定的。我虽然从来没有进过那个咖啡馆,却对周边的环境并不陌生,因为我的一位姨外婆(我外婆最小的妹妹)就住在与咖啡馆相邻的工体西里小区,从咖啡馆的平台上都能够看到她的住处。而正如Sylvie在电话里告诉我的,那里离她家里很近,她可以走路过来。那是我们的第一次见面。那是《白求恩的孩子们》一段没有终点的旅行的起点。

我直到四个半月之后才第一次听到Sylvie对这部作品的反应。而且,还是从我第一次见到的一位大名鼎鼎的人物那里听到。更离奇的是,还是在台北桃园机场接机口的附近听到。那是2012年11月14日下午4点钟左右。我们从香港过来的会议代表首先抵达，而从北京过来的会议代表稍晚抵达。我们等到他们之后一起前往市区。那是我第一次看见阎连科。而他看见我之后说的第一句话就是："你知道我的法语翻译有多么推崇《白求恩的孩子们》吗？！"（大意）这不仅是来自普鲁斯特的语言世界里的佳音，还是用我备感亲切的河南口音（我父亲的口音）传递的佳音。没有想到野心和乡愁竟会在一座孤岛上产生如此奇妙的共鸣。

从与Sylvie的第一次见面，我已经看清了她对语言和文学的激情。她的推崇不会让我感觉特别意外。我知道她读过也喜欢我送给她的所有作品（包括她从杂志上读到的《希拉里、密和、我》）。她有一天告诉我，《空巢》里面的许多细节让她想起自己的母亲。她有一天告诉我，法国的读者会很着迷《十二月三十一日》。她有一天告诉我："你的写法是我们法国最优秀的作家的写法。"她有一天告诉我："你知道吗，翻译你的作品，我怀疑的是自己的法语。"

就在第一次听到她关于《白求恩的孩子们》的反应之后不久的一天，我突然收到她一份措辞有点着急的邮件，让我马上将《白求恩的孩子们》后面的部分也传给她。我至今也不清楚她那一天为什么会急于要看到后面的部分。我知道她手头有许多已经签好合同的翻译项目等待完成，所以从来没有奢望她会有时间来光顾我那部还无人认领的作品。有一段时间我甚至想说服Pascale来承担它的翻译任务。没有想到，在2014年秋天里的一天，我们在她家的客厅里聊天的时候，Sylvie突然告诉我，她的翻译早已经开始。她用的是一种理所当然的语气，好像那本来就是她的工作，好像那并没有必要让我知道。我大吃一惊。一个靠翻译吃饭的人怎么会去翻译一部还没有翻译合同（也就是还不能保证她有饭可吃）的作品？直到这时候，我才真正理解了阎连科对我说那第一句话的分量。也是从这时候开始，《白求恩的孩子们》进入了一段新的生命之旅。2016年夏天，Sylvie曾经将一部分译稿以及她向法国出版社写的推荐传给我。我们当然也都不可能知道在短短的九个月之后，这份译稿就将变成一份遗稿。

也就是从这时候开始，她好像变得比我自己更关心我的文学状况。我也是通过她才获得了关于自己的一些利好消息。有一天，她告诉我，法国有越来越多的人在注意我了。在接下来见面的时候，她很快从网络上找到了一篇关于我的作品的法语介绍。我们都在等待转机的到来，而且我们都认为它即将到来。这是我们最后的那些邮件里两大主要内容之一。而另一个主要内容就是那一段时间在欧洲频繁发生的恐怖袭击。现在想来非常奇怪，那几次恐怖袭击发生的时候，她都在欧洲。我的邮件里频繁地出现一些内容相似的问句："意大利的事对你的生活有影响吗？""南部的事对你的生活有影响吗？""柏林的事对你的生活有影响吗？"她总是马上就传来报平安的回复，同时也会认同我对世界的失望。我当然不可能知道真正能够影响到她生活的恐怖袭击其实并不是来自身体的外部，而是来自身体的内部。不，那不是对生活的影响，那是对生命的威胁。可是，她自己为什么对此会毫无感觉？

她最后的邮件于2017年1月10日凌晨3点38分进入我的邮件。我最后的邮件于2017年3月20日晚上9点54分完成发送。我最后的邮件只有一句简单的英语和《深圳人》英文版获奖消息的链接。我们一直都是用汉语通邮。不过，每一份邮件又都是用法语的问候开始。而在这最后的邮件里，我突然连问候都改成了"Hello"。我能够从这里看出自己的绝望……可是这绝望并没有引来它仍在盼望的回复。这时候，我才真正感觉情况不妙。我开始给她中国的家里打电话，一次一次都没有人接听。我又给她中国的手机打电话，也同样没有人接听。我也试过她法国的手机，还是没有人接听。当时我正在核对《白求恩的孩子们》的英译稿，每天身体都极度疲惫、心理都高度紧张。但是我继续加大工作的强度。我以为与词的纠缠可以抵制与Sylvie"失联"引起的绝望。

现在，还是让我们再重新回到2017年4月29日的晚上吧。在文学节工作人员的催促之下，我的活动终于结束了。接着，我被工作人员带到文学节的书店。一些读者已经在那里排起了队，等候我的签名。刚结束的活动让大家的情绪都很亢奋。有两位读者在签名之后还追问了"刚才没有来得及问"的问题。这致使本来应该很快就能结束的签名持续了将近一个小时。2017年里的另一大魔幻就出现于这一段充满虚荣的时间。首先是第一位签名的读者。她报出的名字让我浑身一紧。我不相信我的听觉，让她再一个一个字母报一遍。我还是不相信我的听觉，伸出左手，让她在我的手心上写出她刚才依次报出的全部字母。眼见为实！是的，她的名字就是Sylvie。

我一边签名一边对她说，我的法语翻译也是这个名字。我甚至提到我们已经"失联"一段时间了，所以她的出现对我就像是一个隐喻，一个报平安的隐喻。大概又过了三四位读者，一位女士也希望我能够写上她的名字。她报出的名字又让我浑身一紧。我不安地向她伸出左手。是的，她说是的，就是那样写的。最后签名的是一位中年男人。他问我能不能也签上他妻子的名字。他说她刚才也参加了我的活动，非常欣赏。他接着又露出有点不好意思的表情，解释说她现在在酒店的餐厅里排队，因为他们还没有吃晚餐。我其实已经不需要再写出下面的这个句子了：是的，他妻子的名字也是Sylvie。

那是"蒙特利尔的深圳之夜"，但是在回家的路上，我不仅感觉不到深圳初夏的湿热，反而感觉到一阵又一阵固执的寒意，好像蒙特利尔正在遭受"倒春寒"的袭击。甚至坐进公共汽车之后，我的感觉还是那样不好。我用身体紧紧地贴住座位。我将双手紧紧地合在一起，合在胸前。我想这样也许能够保住自己的体温。我想这样也许能够让手心上的名字察觉不到那固执的寒意。

回到家里，我匆匆打开电脑，进入邮箱。出现在眼前的是Pascale发来的费解的邮件："小林，Sylvie走了。"将近半个世纪以来，我第一次对母语感觉如此地陌生。我一遍一遍地重复这简短的语句，却还是无法理解其中唯一的那个动词。

我至今也难以接受"蒙特利尔的深圳之夜"以这样的方式结束。给Pascale的回复0点16分发送。我提到了刚才在文学节书店里与"Sylvie"的离奇相遇，我提醒她节哀。然后，我噙着泪水翻出了这张点菜单。这篇文章的题目顿时浮现在我的眼前。我开始与国内的朋友和媒体联系。我想表达,我需要版面。但是最后,我还是选择了沉默。因为我知道在纪念活动中应该去谈论的是逝者已有的成就,而不是逝者未竟的事业:我担心我的表达会改变气氛,甚至让逝者难以安息。

是的,逝者著名的原名将不能以《白求恩的孩子们》法语译者的身份进入未来的历史,这无疑是这一段文学奇缘的巨大遗憾。另一个与此相关的遗憾是我们一直以为有一天我们会一起匆匆从巴黎的街头走过,走进一家著名出版社的大门。离这个"以为"最近的一次是 2016 年 2 月底和 3 月初的那两个星期。她在巴黎,我在伦敦。她已经将《白求恩的孩子们》推荐给萨伊出版社(她刚为他们完成了莫言《红高粱家族》的翻译),正在等他们的回应。她一直没有等到他们的回应。

每上一道菜,服务员就会用圆珠笔将那一道菜名划掉。全部菜名都被划掉之后,服务员用例行公事的语气大声说:"菜都上齐了!"我和 Sylvie 会心一笑,继续我们关于未来的话题。现在,那些歪歪斜斜的短线比点菜单上的任何信息都要清晰,好像是继续在向我发出"终结"的暗示。而另一个细节却明显是对这种暗示的抵制。我通常留下的是结账单,这一次却留下而且只留下了点菜单。这首先意味着我无法知道这顿午餐结束的准确时间,这更让我感觉它好像不是最后的午餐。

我记得我们在凛冽的寒风里道别,就在联宝公寓的门口。我祝她一路顺风。她说将来一段的生活会有点乱。因为马丁已经回德国工作去了,她将来每年会在欧洲待更长的时间。不过,她说三月份应该会回到北京。我说那时候我也有可能回来。我说这家餐馆不错,我们下次就还是到这里来午餐。当然说不定我们很快就会听到关于《白求恩的孩子们》的好消息,我们都这样期待。那样的话,我们下一次见面的时间就会提前,地点就会改变。我们一直盼望着将来在普鲁斯特的语言世界里的见面。

然后,她看着我坐进了出租车。保留的出租车票锁定了出租车起步的时间。那是2016年10月31日的"13点59分"。我们当然也都不可能知道那就是我们永别的瞬间。

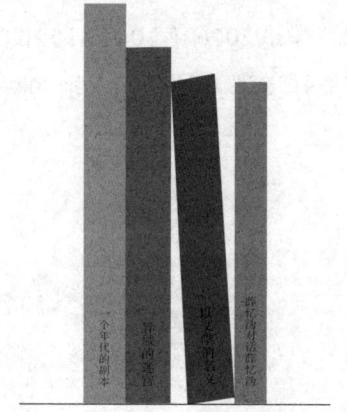

散原老人的"少作"

外婆的老外公与陈宝箴、陈三立父子交往颇深。据《湖南人物志》记载，光绪三年，陈宝箴在湘主持营务的时候，请他住在家中，"课其次子三畏等人"，前后一共两年。这其间，他经常与陈家父子诗酒唱酬，并多次单独与陈三立出游湖湘名胜。光绪二十一年，陈宝箴升任湖南巡抚之后，委托他主持开采常宁水口山矿，随后又主持湖南矿务总局，他因此成为湖南采矿业的先驱。他经营有方，赢利斐然。有口皆碑的业绩据说在戊戌变法失败之后，还为陈宝箴起到了"雪谤"的作用。

早就耳闻这位祖先有诗文传世。可是直到九十年代后期，我才有幸在湖南省图书馆的孤本库中一睹布满灰尘的实物：共有晚清时刊行的《珠泉草庐文录》《珠泉草庐诗钞》以及民国年间由后人编辑的《珠泉草庐诗后集》和《珠泉草庐师友录》等四种。最让我兴奋的是这最后一种，因为里面收集了大量晚清名士的文墨，如陈家父子的诗文、书札，湘绮老人的诗文、书札，王先谦、皮锡瑞等人的诗文等。从这些作品可以看到我的这位祖先与晚清文化界的交集。

这些作品大都绝迹于现有的各种文史资料。其中卷二首篇的《珠泉草庐记》我非常喜欢。它应该是我读到过的散原老人最早的文章。

文章的按语这样写道:"光绪十一年,公归自陇上。明年,葺圆亭。浚池种树,有终焉之志。先生因撰文以赠。"陈三立正好是光绪十二年的进士。从保留在书中卷七的"散原精舍书札"中可以知道,陈三立是当年下半年进京"归试"的。这篇《珠泉草庐记》应该是他当年高中(去声)之前的作品。此时,将来的散原老人还只是一位才华横溢的"待业青年"。而我的这位祖先称赞他"诗文高出一代而拙于书"。从这篇优雅的短文,我们可以窥见散原老人年轻时代的思想和文风。现将全文抄录如下:

天下恶乎而之乱耶?曰游士乱之。游士恶乎而之乱耶?游士者,天下之巨蠹,而乱之首也。三代之盛,士不失职,咸安其业,饬辟雍而娴礼乐,泽诗书而歌先王,百官万民,备得其理,故学校明而风俗美。及其衰也,上失其政,下丧其守,而游士萌芽其间,走利趋便,以干当世,始或苟餍其富贵室家之欲耳,而气蠢蠢焉,而风靡靡焉。一世之士,奔命尽气,狂逞浮游,迷不知止。极于穷饿流死而不悔,侨于巧伪诈变而不恤。倾扰四民,诖误纲纪。而举世良博醇庞之俗,替焉澌尽,而祸变阶焉。自三代汉唐以来,大乱之生未有不伺伏渐渍于游士之心者也。然则治游士奈何?曰布政以安之,饰道以靖之,二者而已。政者,君相之事也;道者,儒生之守也。昔严广隐于披裘,仲长统志在一邱,二君皆当时雄杰。扰攘竞功名之会,万物之气嚣然不宁,乃欲以其廉静寡欲之身风示海内,阴移一世之人心而靖其气,非世士之所识也。余友廖君荪垓,通敏善识议,才智足以为世用。世之需廖君方甚深无穷,顾幡然退居于所谓珠泉草庐者,莳花娱钓,养生尽年,日率诸子耕读其中,有终焉之志。廖君居湖湘之间,寇乱兴,乡人出死力,与兵诛灭,勋位爵禄,烂然宇内矣。而游士浮动之气,觊觎奔走之风,亦浸盛焉,不可不察也。今廖君遐欢玄览,萧然无营,谪愿外之非,务反本之业,以督其躬,以课其子弟,其可谓守道之士。道者,导也。有道以自镇其心,因而导人,人之心以俱镇也。乡鄙之中,四境之内,挹珠泉之余清,缅廖君之高致。相与黜浮毗,奖纯素,弦歌倘伴。重去其乡,挽俗尚之流失,遏乱萌于无形,顾非廖君之隆指耶?廖君明机权而审于世变。得余言,当益充然自信而无疑也。

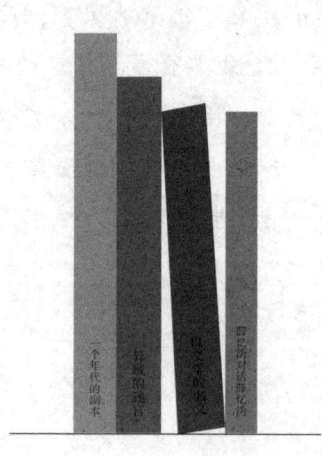

外婆的《长恨歌》

首先是一字不漏的《琵琶行》,紧接着是一字不漏的《长恨歌》。这复活节之夜短短十五分钟的国际长途制造了信息时代的"奇闻"。电话的两端连接着北美最古老的城市和中国最年轻的城市。倾听者有备而来,在自己的眼前摊开了一本《唐诗三百首》。他虽然拥有"文学博士"的虚衔,却只能依稀记住家喻户晓的那少数的名句。而远在地球另一侧的背诵者仅仅在儿童时代读过五年的私塾,一生中最高的社会角色是"家庭妇女"。她用不着做任何的准备,接过电话就开始背诵,一字不漏地背诵出了这"三百首"中最长的两篇。准确地说,她是在唱诵,而不是在背诵。她唱诵的节奏和顿挫令远去的世俗(《琵琶行》)和历史(《长恨歌》)栩栩如生。这美不胜收的音乐一定会感动总是希望得到朴实的"老妪"认同的白乐天的在天之灵。世界上还有哪一位诗人敢去奢望自己的作品在一千多年之后还能被"老妪"一字不漏地唱诵出来呢?"你还想听什么,《醉翁亭记》《滕王阁序》……?"唱诵者有点忘乎所以,她显然忘记了自己的下一个生日将是她的第九十三个生日。

我的外婆出生在桂花飘香的季节。因此,她的弟妹们都天然地叫她"桂姐"。与同年代的大多数中国女性相比，我的外婆有优越的"早年"。她的母亲出生于望族又多才多艺（她的外祖父是历史名人，与陈宝箴、陈三立父子过从甚密，有不少往来诗文书信传世）；她的父亲是德高望重的乡绅，宁静淡泊又知书达理。她十六岁出嫁，嫁到了一个不错的人家。她的丈夫厚道老实，终生偏爱体育和英语。他从大学经济系毕业以后，做过乡村教师，又在国民政府的"行政院"以及人民政府的铸造厂做过小职员，"四清"开始之后回原籍务农，改革开放开始不久过世，与同年代的大多数中国女性相比，我的外婆有卑贱的"中年"。她在"土改"时被"扫地出门"，一度被驱赶到在猪圈里过夜。她曾经与家破人亡的妹妹一起在乡间乞讨，接受昔日的女工用废纸包裹着偷偷递过来的米饭。她在"文革"期间曾经被吊在悬梁上拷打。她因为自己无法选择的"出身"成为了地方上长达二十年的"专政对象"，被剥夺了最基本的"人权"，去县城看望自己的女儿都需要生产队领导的审批。与同年代的大多数中国女性类似，我的外婆有正常的"晚年"。她拉扯大的五个孩子都各有所终：三个退休，两个下岗。她带养过的第三代也都各得其所，有的甚至远在天涯海角。而她不作指望的第四代也都开始各行其是，其中的一半已经听不懂她用来唱诵的语言。

　　从"优越"经"卑贱"到"正常"的一生中，我的外婆有丰富的游历。她曾经随丈夫住在"风雨飘摇"的南京和"超英赶美"的沈阳；她曾经随长子住在"拨乱反正"的太原和"改革开放"的北京；她曾经随女儿住在"三中全会"的长沙和"南方谈话"的深圳。虽然她不停地回到做小孩子和做小媳妇的家乡,到目前为止,她一生之中却有一半的时间生活在"别处"。在地理上,她最北到过太阳岛,最南到了罗湖桥。

"博闻""强记"以及对"不幸"的豁达和对"屈辱"的宽容使我的外婆成了故事的宝库。她有讲不完的故事。她有"农运"的故事:"农会"组织的对她父亲的"声讨会"一开始就变成了"表彰会"。大会最后在欢迎她父亲加入农会的口号声中结束。她有"革命"的故事:那天早上她与一个表弟在大宅院的门口游戏。突然,她注意到了一个奇怪的小土堆。她从小土堆里翻出了一封信。信是写给她父亲的。信的内容是希望这位"贤明的"乡绅能够为正从那里过路的中国工农红军提供一些粮食。信的落款人是"彭德怀"。她还有"土匪"的故事:有一年,她的大弟弟被土匪绑架了。她的父母不得不四处集资。她将自己陪嫁的首饰全部送回了娘家。她还有"学者"的故事:她的小弟弟在初中阶段有一个很有意思的朋友,他发誓长大以后要研究"零"。后来这个聪明的孩子却并没有成为数学家:他多跨了一步,跨进了"美的历程",他的名字叫"李泽厚"。

上大学以后,我一直与我的外婆保持着密切的联系。有一段时间,我们甚至有频繁的书信往来。就像她的日常语言一样,我的外婆的书面文字之中也闪烁着她的聪颖和幽默。有一次,她在信里提到她饱经沧桑的大妹妹(这个智力超群,学业优异,前途应该无量的女性虽然有机会读完初中,最终却还是难免成为了"包办婚姻"的牺牲品。她婚后一直都生活在农村。"天翻地覆"使她成为有四个未成年的孩子的寡妇,开始在社会的最底层残喘。但是,她却一直嗜阅读为性命,至今都如饥似渴。她奇迹般地穿过了所有的磨难,正在接近她的第九十一个生日。她是这个家族中第二位能够唱诵许多古代作品的"九十老妪"。更重要的是,这"九十老妪"同样喜爱现代的作品。不久前的一天,她在县城书店里看见的一套《沈从文文集》竟令她流连忘返)。我的外婆在信中提到她这位妹妹的耳朵已经听不大见了,同时她又提到她自己的问题是眼睛看不大清楚了。紧接着,她聪明地将科学(算术)和文学(成语)结合在一起,感叹说,她们两个"老废物"要"加在一起"才能够称得上是"耳聪目明"。

现在,我住在地球的另外一侧。这是我与我的外婆相距最远的时候。我偶尔会给她打一个电话。在她九十二岁生日前的一次电话中,我的外婆谈到她刚刚在深圳接受的一次体检。她说体检的结果是什么病都没有,"连性病都没有。"她顽皮地补充说,挖苦体检名目的繁杂和夸张。而这一次,在听完她的唱诵之后,我告诉她,我听说有一个女子当年就是因为欣赏那追求她的人能够背诵出一首《长恨歌》就断然许下了终身。我的外婆反应敏捷,"要这样,我可以找多少如意郎啊。"她有点得意地说。

我很早就知道我的外婆有极好的记忆。她记得包括四十五年前的邻居家孩子在内的"所有人"的生日。她总是能够轻易找到我不记得放在哪里的东西。同样,我很早就知道我的外婆有古文的"功底"。她在做家务的时候总是"念念有词"。二十年前的一天,她一边缝被套一边唱诵,我问她正唱诵着什么。她回答说"《左传》"。她的回答被我变成了广告词。向人介绍我的外婆时,除了恭维她曾经赏心悦目的外表,我总是用"会背《左传》"来炫耀她经久不衰的"内秀"。但是,直到两天前听完她的《长恨歌》,我才被她的记忆和"功底"彻底征服。她的记忆竟然如此之强悍,她的"功底"竟然如此之深厚,在这个"单项"上,她很可能已经成为了"中国之最"(也就是当然的"世界之最")。

这一次,是我的外婆对文天祥《正气歌》的"考证"引起了我对她的进一步的发掘。一个月之前,她质疑"鸡栖凤凰食"以及"阴阳不能贼"两句中的最后的字,因为它们与她对诗作的理解有点冲突。她在电话里居然一字不漏地将作品唱诵了出来,这令我目瞪口呆。我向她解释"食"和"贼"两个字并没有错,是她对这两句诗的理解出了错。她的理解显然是受了她的方言的误导(她唱诵用的是湖南宁乡的方言)。我的外婆接受了我的解释之后,感叹自己才疏学浅。又感叹自己有我这样的孙辈能够为她答疑解惑,她说她"非常幸运"。她的"钉子精神"会让人不敢相信她很快将要过自己的第九十三个生日。我激动地纠正她说,有她这样好学的外婆是"我的幸运"。

对我的外婆来说,《长恨歌》不仅仅是陶冶情操的文学作品,还是补益身心的灵丹妙药。它是她的"定心丸":她躺在手术台上等待做白内障手术的时候,突然有了"回看血泪相和流"的恐惧。于是,她开始唱诵《长恨歌》。医疗技术的发达令她惊叹。她夸张地说，她还没有唱完，手术就已经完成了。它又是她的"安眠药"：每次"孤灯挑尽未成眠"之后，她总是用唱诵来抵制黑夜带来的惶恐和寂寞，并且能够成功地找回睡意。它还是她的"兴奋剂"：在生命之中那些阴暗的日子里，她没有任何来自外界的有形的支持，只能与刻存在硬盘（大脑）上的《长恨歌》共度患难和凄凉。"玉容寂寞泪阑干"的时候，她就用唱诵来抗"抑郁"，用唱诵来防消沉。如果我的外婆真有什么"长寿的秘诀"的话，唱诵对爱情和生命充满悲悯的《长恨歌》就是她长寿的秘诀。

只受过基本的私塾教育却到如此的高龄还能够一字不漏地唱诵出"唐诗三百首"中最长的诗篇的外婆激起了我的许多好奇和疑问。中国社会的传统教育到底有没有积极的意义？接受传统教育的女性在革命的社会可不可能获得理性的待遇？记忆力与生命力会不会有什么物质上的联系？童年的记忆到底能够牢固到什么样的程度？文本的质地会怎样影响记忆的质量？以及为什么文学的生命力如此悠长？

我的外婆只是一个极寻常的女人。但是，这"极寻常的"女人却不寻常地经历了许多的磨难。更不寻常的是，我的外婆从来没有对他人和命运发泄过不满和怨恨。这是她的"柔弱"的表现。这更是她的"坚强"的表现。她唱诵的《长恨歌》就像她讲述的故事一样，从容而沉静。在清晰地收藏着《长恨歌》的心灵里，我的外婆没有给污浊的"怨恨"留下任何的位置。她的心灵是她的世界里最和谐的地方。这和谐也许来自古代文字的魅力，这和谐也许来自她与生俱来的芳香。

（后记：我外婆于她九十七岁生日前夕离开人世。她直到离世的前两个月还能流畅地背诵《长恨歌》等古代诗篇。另外，外婆也许还是另一个单项上的"中国之最"：她一共有两个在中国文化界出名的外孙。我的表哥陈侗是一位出色的艺术家和出版家。2010年，他因为在中国致力于出版阿兰·罗伯-格里耶的作品而获得法国政府颁发的"艺术骑士勋章"。）

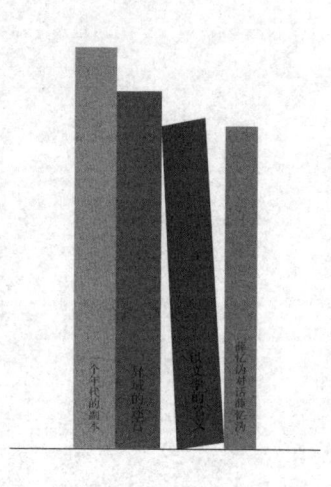

生死之间的"桂姐"

她刚刚被从小睡中惊醒……也许是因为我走近的脚步声,也许是因为我很低的说话声。她的每一个白昼就是由这无数次的小睡和惊醒构成的。我将她扶起来。她的头发蓬乱。她的目光呆滞。与我一年前那次见到的样子相比,她好像发生了质变。她问我,她自己这是在哪里。负责照顾她的亲戚告诉我,她每次惊醒之后都会有这同样的疑问。

我在她的床边坐下。我将脸贴近她的脸。我问她"我是谁"。这是所有来到她跟前的人都会要问的首要问题。这是对她的考核。如果她的回答迅速又正确,她的身边马上就会荡漾起一阵对生命力的惊叹。

她用呆滞的目光审视了我一阵。她摇了摇头。

我很清楚这不再是她的幽默。两年前,面对同样的问题,她有完全相同的"反应"。但是,当我哀叹了一声之后,我的名字竟立刻从她的嘴里蹦了出来。顽皮又诡秘的表情出现在她的脸上,她为自己的幽默得意,她为自己幽默地骗过了我而得意。

这一次,她的摇头意味着放弃。她真的没有认出我来……她真的已经认不出我来。

我不想放弃。我觊觎着感官之外的认知能力。我说出了我母亲的名字,"你知道她是谁吗?"我问道。她用不屑的目光看了我一眼,她说她当然知道,她知道那是她女儿。"我是她的儿子。"我接着说。她诧异地看着我,然后将信将疑地喊出了我的名字。她的目光里充满了对名不副实的疑惑。

再过两个月,我的外婆将越过她的第九十七个生日。她的兄弟姊妹都称她为"桂姐",因为她出生在桂花盛开的季节。四年前,她在长途电话里为我一字不漏地背诵出《长恨歌》等一批唐诗之后,我激动地写下了《外婆的〈长恨歌〉》。那篇随笔通过《读者》杂志让桂花的芬芳飘向了广大的读者。而两年前,在她九十五岁生日的当天,《南方都市报》刊出了我的短文《最平凡的"中国之最"》,"桂姐"又一次变成了"公众人物"。

她现在仍然能够背诵出《长恨歌》和《琵琶行》。但是,她的背诵已经不如两年前那样流畅,其中会掺杂着一两处错乱和两三处停顿。我惊叹那些错乱和停顿。那是晃动在生与死之间的蜃景。

背诵恢复了她的精致。我将她扶到轮椅上,将她推到门口的院子中央。清新的空气和温热的阳光让她的精致更加显眼。这精致是她与生俱来的美,也是她生命力的标签。

我们断断续续地拉着家常。她的反应有时候极为敏捷,有时候非常迟钝。有一次,她甚至停下来,充满疑惑地看着我……她又不知道我是谁了。我又需要重复刚才的游戏,让她通过她的女儿来确认我的身份。

家常继续下去。我提起我在北京见到了一位很少见到的表姨。外婆的反应令我慌张，她竟问起了表姨的妈妈，问我是否也见到了她。我怀疑她又一次错乱了。"她妈妈是谁？"我故意问道。外婆的回答快捷又准确。"她妈妈是我姐姐。"她肯定地说。也就是说，她并没有错乱。这让我有点费解了。"你不记得你姐姐已经过世多年了吗？！"我着急地说。

外婆突然就不说话了。我知道是我的话触动了她。她在想生的温馨还是在想死的神秘？负责照顾她的亲戚安慰我说，到了外婆这种年纪的人已经没有喜怒哀乐了。这种说法低估了外婆的生命力。从我们的交谈一开始，我就一直拉着外婆的手。我能够从她手的表情（它的颤抖）感觉到外婆对我刚才那句话的反应。我后悔自己将死亡带进了我们的交谈。

在沉默了一段时间之后，外婆突然说："我想回房间里去。我很伤心。"

我为她的伤心而伤心。我将她推回到房间里，将她扶到了床铺上。"为什么这么多人都不在了？！"她在慢慢躺下去的时候自言自语地说。然后，她侧过身体面对着墙，伤心地闭上了眼睛。我不知道接踵而至的黑暗能不能平抑她内心深处的伤感。

两天之后，我又一次来到她的跟前。她还是没有认出我来。她还是需要通过"推理"才能够说出我的名字。她当然也不记得我两天前曾经到过这里。她对时间和地点好像已经没有感知。

我告诉她，我刚去过"月塘"。那是她的祖屋，她出生和成长的地方。

　　这标记她生命源头的地名没有从她的记忆中脱落。她的目光突然充满了活力。"你真有意思，"她说，"你去那里干什么？！那里什么都没有了。"说着，她好像陷入了深深的回忆。

　　我给她看我从"月塘"外残存的土墙上剥下来的泥土。我让她用手去触摸她儿童时代的气息。"那是一座很大的房子，"她激动地说，"它的周围的确是有一堵很高的土墙。"她的触摸与我的触摸当然完全不同。她的触摸能够触动她最深和最后的记忆。

　　我不知道"现在"对我外婆意味着什么。她在这个世界上的时间肯定已经不多了。但是，她有过非凡的生命力。很多年之后，这生命力会让我将她虚构出来。她会沿着我的记忆和想象进入一个盘根错节的故事，一直回她的祖屋，回到她的源头……她会通过我的虚构重新开始她平凡又特殊的人生。

　　我盼望着那个时刻。我盼望着用精致的母语再现外婆精致的身影。我盼望着在我的虚构中，外婆能够重新认出我来，并且用温情的声音重新喊出我的名字——那是她为我取的名字。

浸泡在菌油里的乡愁

还剩下五天，充满传奇色彩的2012年就要过去了。当我乘坐的加拿大航空公司AC016号班机在这一天的黄昏飞近多伦多机场的时候，我意识到自己正在飞近一个完全不同的冬天。是的，这是我将要在加拿大度过的第十个冬天；是的，我应该早已经习惯了加拿大的冬天……但是，我意识到这将是完全不同的冬天。它不是第十个，它是第一个：它是我有生以来第一个"没有"外婆的冬天。这"没有"已经在我敏感的生命中留下了许多印迹。这"没有"还将令我已经习以为常的异域的冬天弥漫着"乡愁"的忧郁。

在这个充满传奇色彩的年份里，"故乡"以不可思议的方式接近了我：我一共有七本书（包括台版的《白求恩的孩子们》）进入了"故乡"的图书市场。与"没有"外婆相反，这是创造力的爆发和延续，这是生机勃勃的"有"。我生活的方向被这突如其来的"有"改变了。我从外语世界里的漂泊者变成了母语世界里的安居者。母语改变了我生活的方向。我知道这是不可逆的转向。十年前，我带着对写作强烈的野心离开了"故乡"；十年后，我的作品迈着自信的步伐回到了"故乡"。我知道，汉语写作从此将成为我终生不变的方向。

为什么外婆要选择在我如此入世的年份里去世？或者，为什么她不可逆转的"没有"会与我同样不可逆转的"有"并列？这是我永远也无法获得答案的问题。更神奇的是，外婆离去的那一刻正是我完成"深圳人"系列小说《出租车司机》的那一刻。为什么外婆会选择我耗时十六年的文学工程完成的时刻离去？这也是我永远无法获得答案的问题。在外婆的弥留之际，短文《生死之间的"桂姐"》通过《读者》杂志进入了亲友们的视野。那是我为在96岁的生日会上仍然能够一字不漏地背诵出《长恨歌》等古代诗文的外婆写下的最后一段文字。外婆的弟妹们称她为"桂姐"，因为她出生在桂花飘香的季节。外婆也选择在桂花飘香的季节与她生活过将近97年的世界告别。天然的外婆是我"故乡"的版图上最迷人的风景。

这风景让我的"乡愁"带上了特殊的气息。在《外婆的〈长恨歌〉》里，我因外婆非凡的记忆力称她是背诵古典诗文的"中国之最"。那顶级的桂冠事实上只是吸引读者注意的虚名。真正令我受惠的还是外婆的厨艺。外婆曾经与我们同住二十多年，她的厨艺就是我们的"家常便饭"。而除了"家常便饭"之外，外婆还会做其他的东西，比如甜酒，比如腐乳。90年代初，我自己也曾经在外婆的指导下做出过地道纯正的甜酒。

当然，最让我着迷的还是外婆做的菌油。从前每到桂花飘香的月份，外婆就会开始收集和清洗大大小小的玻璃器皿。她的忙碌提前刺激了我们的胃口。我们知道，入冬之后，外婆做的菌油又会上桌，那是我们饭桌上最迷人的风景。

初冬的寒意进一步刺激了我们的胃口。连续几天，外婆会在天还不亮就出门。她要去集市上挑选最好的寒菌。她不想也不会错过最好的"时令"。在集市上的挑选和还价相对于回家后的清洗根本算不了什么。清洗是制作菌油过程中最费力也最费时的工序。没有极端的认真和耐心，寒菌中的沙土就不可能彻底清除干净。而只要哪怕夹带着一丁点沙土，菌油就会败坏食用者的口感和制作者的名声。接下来，外婆要将净洁的寒菌煮上一滚，这既是对寒菌最后的清洗，也能够防止寒菌在随后的煎熬过程中迅速枯干。接着就是煎熬的工序了。外婆将煮开的寒菌捞出来放入冷油锅里。锅里的油开始冒泡之后，满屋子里就会弥漫起菌油诱人的香味。

等煎熬好的菌油冷却下来，外婆会将它们分装在早已准备好的那些玻璃器皿里。她早已经有了主意，哪一瓶要托人带到北京，哪一瓶要托人带到广州，哪一瓶要托人带到伦敦……最小的那一瓶当然留给了她自己。

很小的时候，我不知道如何称呼饭桌上最迷人的风景。我用脆弱的童音称它为"黑的东西"。我还记得自己第一次尝到"黑的东西"时的奇妙感觉：那样香，那样软，那样爽……那感觉是一颗种子，它注定要在随后的岁月里成长为一棵盘根错节的大树。我现在知道，那大树的名字就叫"乡愁"。

那时候，我住在长沙市历史上著名的周南女校（杨开慧、向警予、蔡畅、丁玲等历史人物的母校）的校园里。浩劫正在摧毁我们的文化和文明……但是学校周围的街道并没有遭受厄运，而校园里的回廊、庭院和假山还依然散发着那些巾帼英雄们熟悉的魅力。我的生活中依然充满了恬静的童趣以及"黑的东西"带来的那种奇妙感觉。

是的，外婆做的菌油让我的"乡愁"带上了特殊的香味。那缠绕在神经末梢上的香味从那个遥远而动荡的年代起一直陪伴着我。它陪伴我走过了异域漫长而寂寞的日子；它也陪伴我走过了有生以来第一个"没有"外婆的冬天。

在第一个"没有"外婆的冬天过去之后，我又回到了"故乡"。在一个潮湿的夜晚，我走进周南老校门朝向的北正街。那是我童年阶段每天都要往返的街道。但是，城市改建的工程已经进入最后的阶段了：街道两旁的建筑已经全被拆除了，街道上堆满了泥土和瓦砾……我站在黑色的废墟中，想起了外婆做的菌油。我对那奇妙的口感充满了感激。我知道，那奇妙的口感能够帮我守住故土，就像令我痴迷的母语的写作。

城市随笔

"我"的唐人街

有多少人知道，在我们生活的这个星球上，除了面积为九百六十万平方公里的中国之外还存在着另一个"中国"？这个面积只有十七点八三平方公里（也就是不足中国面积百万分之二）的"中国"是位于蒙特利尔岛西南部的一座人口刚过四万两千的市镇。2002年之后，这座以法裔居民占绝对优势的市镇并入所谓的"大蒙特利尔地区"。从此，历史可以将关于蒙特利尔与中国的关系追溯到十七世纪六十年代的中期。十七世纪六十年代中期的一天，一支由法国探险家引领的船队驶入了圣劳伦（译自英语的话，应该是"圣劳伦斯"，以下均从法语）河中部一段水流湍急的狭窄航道。欣喜若狂的探险家以为自己发现了从北美通往中国的捷径（更夸张的说法是他以为自己已经抵达了中国）。这错觉为这一次探险画上了句号。探险家骄傲地登上航道北侧的陆地，依照自己母语里的"中国"（La Chine）将它命名为"Lachine"，并成为那里的第一位业主。

我在八十年代的中期就从一部原版《美国文学史》里知道了这个"中国"的存在，因为它是我当时非常着迷的1976年诺贝尔文学奖得主索尔·贝娄的出生地。索尔·贝娄的父母

1913年从圣彼得堡移居到位于圣劳伦河畔的"中国"。两年之后,这位与威廉·福克纳并列的"二十世纪最伟大的美国作家"在这里出生。他在这里度过了自己一大半清苦的童年时代,直到九岁的时候才随家人一起偷渡到美国。现在,当地的图书馆就以自己这位最出名的儿子的名字命名。这个"中国"的存在是我20世纪末决定移居蒙特利尔的主要动力之一。

事实上,这个由法国探险家命名的"中国"直到今天也没有多少中国人居住。它与"我"的唐人街也可以说是没有任何关系。1886年,也就是由法国探险家命名的"中国"在蒙特利尔岛的版图上出现两百二十年之后,随着连接加拿大东西部的太平洋铁路(这应该是加拿大历史上最大的基本建设工程)的竣工,一批华人劳工选择到几乎看不到自己同胞的东部定居,蒙特利尔的唐人街才熙熙攘攘地出现在老港(也就是蒙特利尔旧城区)的北部边缘。这里距离蒙特利尔岛西南角上那个至今都清清冷冷的"中国"大约有十五公里。

根据1901年的人口普查结果,当时有一千二百余人在蒙特利尔的唐人街定居。这个数字在随后的二十年时间里缓慢增长,在1921年达到了一千七百余人。但是,因为加拿大政府在1923年通过臭名昭著的"华人移民法案",不仅禁止华人入境,也限制境内华人的权益(如不给华人选举权,征收华人人头税等等),唐人街四十年来自然的发展受到了法律的抑制。将1941年的人口普查结果与1921年的结果相比较会发现:蒙特利尔唐人街的居民人数在二十年里不仅没有增加，反而还略有减少。尽管，唐人街的居民人数这时候与蒙特利尔实际的华人居民人数已经不是同一个概念，这个比较还是足以反映"华人移民法案"以后蒙特利尔唐人街发展的停滞。

第二次世界大战之后，蒙特利尔新的商业区在唐人街以北的圣凯瑟琳大街一带兴旺起来，被夹挤在新旧城区之间的唐人街因为土地投机和内部不和等新旧问题，规模继续萎缩。六十年代中后期，尽管"华人移民法案"被联邦废除，魁北克却又出现了新的问题：要求独立的分离主义运动不断壮大，呈蒸蒸日上之势。这是笼罩在唐人街前程上新的阴霾。蒙特利尔是世界上仅有的双语大都市。"存在于语言的夹缝之中"是这座城市的特殊生态，也是这座城市的唐人街无法逃脱的命运。1977年，标志着分离主义运动最高成就的《法语宪章》（也就是著名的"101法案"）在省议会获得通过。法案确立了法语在整个魁北克社会（尤其是华人非常关注的教育和商业领域）的统治地位。蒙特利尔的唐人街遇到了世界上其他城市的唐人街不会遭遇的特殊的"身份危机"。

1923年的"华人移民法案"和1977年的"101法案"给蒙特利尔的唐人街带来的是将近六十年的徘徊和萧条。八十年代初期，复兴的曙光缓缓出现。这既得益于当时蒙特利尔的市政府及市长本人的远见和激情，也得益于中国大陆刚刚起步的改革开放和已经在世界范围内显露头角的全球化浪潮。用当时的流行语，也就是既得益于小环境，又得益于大环境。1985年，蒙特利尔与位于黄埔江边的"东方明珠"

结为友好城市。作为这一盛事的见证,圣劳伦街与唐人街重叠部分的两端出现了由双方市政府出资合建的两座长为十八米、宽为十二米的中式牌楼。这一组牌楼现在应该算是蒙特利尔唐人街最重要的标志性建筑了。1986年,蒙特利尔市政府又同意从唐人街有限的空间里辟出一块空地,建成其中唯一的一座公园。这大概只有三百平方米大小的"中山公园"无疑是全世界众多的同名公园中最小的一座,但是这并没有妨碍它成为蒙特利尔唐人街显著的地标。1992年,另一座标志性建筑在唐人街面向蒙特利尔老城区一侧的一个街口落脚。那是一家顶部角楼的颜色和形状都直接照搬故宫的"假日酒店"。它应该是全世界最具中国特色的"假日酒店"。2001年,创建八十年来历经沧桑、漂泊不定的"华人医院"在唐人街东南的新址永久落脚。这全世界唐人街里唯一的"华人医院"也无疑是蒙特利尔唐人街的一大特色。

1986年,加拿大政府开放"投资移民"。这一顺应全球化时代要求的开放政策首先引来了香港投资者。与一百年前从西海岸迁移过来的华人劳工和七十年代末期开始从越南逃出来的华裔难民不同,这第三次华人移民浪潮带来的是具有雄厚经济实力和良好教育背景的新型的华人。他们抵达新大陆之后的第一件事就是购房和置业。拥挤的唐人街对他们已经没有什么吸引力了。他们与稍后几年随着更大一波华人移民浪潮而来的中国大陆技术移民和投资移民一起在蒙特利尔岛外的南岸、蒙特利尔市中心康克迪亚大学的周边、蒙特利尔岛内偏北的圣劳伦地区以及蒙特利尔岛内的西部等处形成了一个个新的华人聚集区。根据最新的人口普查结果,在"大蒙特利尔地区"生活的华人已经超过十万。

像在世界许多大都市里的华人一样,这十万华人交往的范围基本还是以自己或者父母的出生地为界限:来自大陆的人还是与来自大陆的人在一起,来自香港的人还是与来自香港的人在一起,来自台湾的人还是与来自台湾的人在一起,来自越南的人还是与来自越南的人在一起……哪怕是建立在普世价值理念上的大学里,留学生们的圈子也通常保持着这种地域的分别。在华人交往的过程中,"地域"是比"阶级"更具决定作用的力量,这是我这些年来的一个观察,也是令我百思不得其解的一个观察:比如从香港来的投资移民会更习惯也更愿意与从香港来的技术移民或者甚至"难民"交往,而不是与来自大陆或者越南的投资移民交往。这到底是地理上实际的"边界"导致的结果,还是这种"边界"存在的原因?……我住在皇家山公园的附近,与蒙特利尔最大的公墓隔街相望。在公墓里散步的时候,我经常会从华人的墓区经过。看到"两岸三地"的逝者能够和谐地安息在一起,我不免会对生死之别有一层特殊的嗟叹。为什么只有到了"去"的时候,"来"的地方才变得不那么重要?

唐人街"复兴"的结果同样是具有反讽意味的:现在,最大的华人超市已经不在唐人街上了,最好的中国餐馆也已经不在唐人街了……这应该是世界各地的唐人街都共同经历过和正在经历着的命运。现在,世界各地的唐人街在很大的程度上都只是一个历史的遗迹、一个文化的象征、一个旅游的景点……当然,在中国人民的传统节日,这里还依然是最能感受节日气氛的地方;而一旦爆发与中国的历史和现状相关的政治纠纷和冲突,这里也是除"虚拟空间"之外最适合表达诉求的场所。

我在蒙特利尔已经生活将近十五年了。这是全球化时代的黄金时代。与唐人街"复兴"的反讽相匹配,这段时间里中国人生活剧变的影响也在不断突破唐人街传统的边界,几乎渗透到了这座具有特殊魅力的双语大都市的每一个角落。现在,这里所有银行的自动柜员机上除了两种官方语言的提示之外,还出现了汉语的提示;现在,这里所有的大学不仅依赖数量庞大的中国学生的支撑,还出现了以中国商人的名字命名的奖学金甚至研究中心;现在,这里最大的机场每天都有中国国际航空公司来自北京和去往北京的直飞航班,而加拿大航空公司马上就要开通每天来自上海和去往上海的直飞航班;现在,位于市中心康克迪亚大学一带的街道上,中国面孔已经是基本面,普通话已经是主旋律……还有,离我住处三公里处那家购物中心里的那一处面积近三千平方米的铺面,原来是一家英法语特价新书的大卖场,七年前却变成了蒙特利尔生意最为兴隆的华人超市之一,而购物中心的马路对面其实早已经有另一家生意也十分兴隆的华人超市。

最初在蒙特利尔的华人劳工大都靠开洗衣店为生。根据历史的记载,大约在中国国内发生辛亥革命的前后,蒙特利尔市内的华人洗衣店就已经有上千家之多。而我首先是通过邻居们的口述历史获知华人洗衣店的故事的。跟着家人去洗衣店是许多当地老人美好的童年记忆。他们都记得那些洗衣店的店主们的认真、和善与古怪。他们都记得他们不仅会用他们听不懂的语言惹逗他们，还总是会为他们准备好吃的糖果。他们都记得那时候他们都知道只要在自己的家门口挖一个洞一直挖到地球的另一侧，他们就到了那些洗衣店店主们原来的家……正是这种童年的记忆让邻居中的许多老人在大半个世纪之后都兴致勃勃地乘着飞机进入过中国，而他们记忆中绝大多数的洗衣店店主大概都再也没有回过自己原来的家了。

一个多世纪已经过去，开店仍然是蒙特利尔华人最经典的谋生手段。现在，他们开的是很小的便利店。这些便利店散布在城市的许多路口和所有地铁站内，可以说是由唐人街传统的生活模式伸延出来的一道华人生活的特殊景观。而与这一特殊景观并列的还有其他的华人生活景观：随着教育程度的提高，越来越多的华人开始能够进入主流社会，在政府、企业、医院和学校找到工作；也有越来越多的华人以投资者的面目出现，前不怕狼，后顾无忧，根本就不需要工作。加拿大是一个将"多元化"写进了宪法的国家。这里的华人生活本身现在也呈现出了"多元化"的姿态。

特别值得注意的是，在蒙特利尔从事艺术活动的华人也越来越多了，而且他们的成就也正在引起主流社会的关注和敬意。以我深入其中的文学为例，加拿大今年最重要的作品无疑是邓敏灵（Madeleine Thien）的《不要说我们一无所有》（*Don't Say We Have Nothing*）。这部纯中国题材的小说获得了包括布克奖在内许多奖项的提名，最后也拿下了包括总督奖在内的加拿大最高的两个文学大奖。近年来一直居住在蒙特利尔的邓敏灵2001年出版的第一部作品就受到了门罗等人的高度称赞。她无疑是最近这十多年来加拿大最重要的作家之一。邓敏灵的父亲是来自马来西亚的华人，母亲是来自香港的华人。她自己虽然不谙汉语，却有着丰富的中国生活经验和深切的中国情结，作品也多用中国题材。我自己的"深圳人"系列作品英译本《深圳人》(*Shenzheners*)今年九月在蒙特利尔出版之后，也引起了文学界的热情关注。蒙特利尔最大的英文报纸以《薛忆沩：蒙特利尔的中国文学秘密》(*Xue Yiwei: Montreal's Chinese Literary Secret*)为题，用几乎一个整版的篇幅刊出对我的专访。而十月底在温哥华的国际作家节上，我与邓敏灵和新西兰作家安娜·斯梅尔(Anna Smaill)的对谈不仅门票提前销售一空，而且反响也非常热烈。蒙特利尔是出产过列奥纳多·科恩这种二十世纪文化巨星的城市，电影、文学、音乐、美术等领域的世界级大师可以说是络绎不绝。能够在这里的文化地图上留下自己的痕迹无疑是华人社会地位提高的标志。

2001年四月，我第一次走进蒙特利尔唐人街的时候第一次看到了这里最早的定居者对自己选择的城市的译名。以广东四邑方言为准的译名"满地可"比我熟悉的来自普通话的译名也许要年长将近一个世纪。它显然充满了强烈的主观意念和感情色彩，反映出唐人街最早的定居者对这座城市的期待和幻想。我不知道当反华和排华的气焰在加拿大甚嚣尘上的年代,在华人的生活几乎是"满地都不可"的年代,有多少同胞会注意到这种要用语言来承载的期待和幻想是多么地荒唐。

那一次,我只在蒙特利尔待了一个星期就离开了。九个半月之后,到2002年的二月,我才再一次从天而降,在这座城市里定居下来。这时候的世界已经与我第一次到来的时候完全不同了,因为人类的历史已经进入了后"9·11"时代……不管怎样,蒙特利尔的唐人街从此就成了"我"的唐人街。我在那里的汇丰银行开了我在加拿大生活中的第一个账号,我在那里的建荣超市买了我在加拿大生活中的第一瓶酱油、第一盒豆腐、第一把葱……但是,我必须强调,将蒙特利尔的唐人街称为"我"的唐人街并不仅因为它是我"日常生活"的一部分,而是因为它更是我"精神生活"的一部分,或者说是因为它与我纠缠在文学之中的生命状态保持着一种令我惊叹不已的神秘联系。

为什么我会选择到蒙特利尔来定居是我现在经常会被问及的问题。因为我写过两部与白求恩有关的作品,有不少的读者和学者相信我的选择也与白求恩的生活有深刻的联系。蒙特利尔是白求恩在这个世界上最后生活过的城市。这也许应该算是蒙特利尔对来自大陆的中国移民的一层特殊语义。白求恩在这里一共生活过八年。那是充满激情的八年:政治的激情和爱的激情。接着,他在中国的大地上用自己生命中最后的那十八个月将这两种激情凝结成了更为"高尚"和"纯粹"的精神力量,永垂不朽的精神力量。

在写作与白求恩有关的作品的时候,我查阅过大量的档案材料。我曾经注意到白求恩的一个通信地址就在离现在唐人街西部边界大概三百米远的位置。我当时就想过,他一定是进出过蒙特利尔的唐人街的,他甚至应该在那里的洗衣店洗过衣,在那里的中餐馆里用过餐……这些当然都不重要,重要的是,蒙特利尔的唐人街在这个最后将成为两代中国人精神之父的伟大人物"不远万里"的决策过程中是否发挥过特殊的作用?这是蒙特利尔的唐人街留给我的一个特殊的谜。这也许是一个永远找不到答案的特殊的谜。

2004年春天的一天,站在圣劳伦街边打量着"我"的唐人街南端的牌楼,我突然发现了世界上所有唐人街的诗意:

已经不再需要说出你所在的城市
因为你的历史超越了所有的专有名词
在任何城市　你都是同一块著名的化石

现在在网络上能够找到的我唯一的诗作这样开始。接下来的两段,复杂的思绪向读者呈现这块著名的化石上的符号最后是如何被破译成一份"菜谱"的过程。在我看来,这份"菜谱"就是唐人街"浪迹天涯的传奇"以及唐人街"从不同的国家获得的永久身份"。

这首题为《唐人街》的诗作放大了唐人街的共性,而我马上就要结束的这篇文章却是在用特殊的方式呈现一座特殊城市里的特殊的唐人街。它无疑是我一生中进出最多的唐人街。它无疑是与我的生命和使命联系最为密切的唐人街。它无疑是"我"的唐人街。

对我来说,它是一块特殊的化石,一块活的化石。

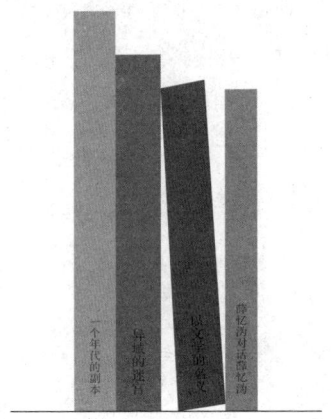

走进上海的早晨

从吸入的第一口新鲜空气就足以推想这一整天的酷热。我在酒店门口犹豫了一下……但是,我没有后退。我没有后退。线路在凌晨那一次惊醒的时候就已经确定:沿延安中路东行至第一个十字路口,然后左转沿石门一路北行至下一个丁字路口,横过斑马线,进入大沽路,再朝东行大约六十米,右转进入目的地。

目的地是一个半月前的意外发现。那是我第一次从蒙特利尔直飞上海后的第二天清早。黑白颠倒的感觉不知怎么就将我带到了大沽路菜市场的入口。刚走下进场的阶梯,五官居然立刻各就其位:抚弄着菜叶上的水滴,呼吸着空气里的生机,观察着摊贩们的举止,品味着顾客们的神情,倾听着络绎不绝的方言……时差顿时烟消云散。我好像已经在上海生活很多年了,而不是刚刚来自它位于加拿大的"友好城市",仅仅是这座城市里的匆匆过客。

特别是那络绎不绝的方言!那鲜活无比的方言!我从来都相信,方言不仅是任何一座城市里最突出的"地标",也是任何一座城市最纯洁的"天性"。每次回到祖国,我最大的愿望就是听到各种各样的方言。而每次来到一座熟悉或者陌生的城市,我总是会去寻找方言最活跃的地段和场所。一旦找到,不仅会有强烈的"成就感",也会有强烈的"存在感"。可是,随着城市化进程地不断加速,方言正在以不可思议的速度从所有城市的所有公共空间里退却。我的这种寻找变得越来越困难了。甚至在我的故乡城市长沙,都已经不怎么能够听到与1949年10月1日从天安门城楼上传出的庄严宣告("中国人民从此站起来了!")非常相近的乡音……与很多有心人一样,我也相信,我们伟大的祖国现在已经到要"救救方言"的时候了。

像上一次那样绕菜市场走了两圈,也像上一次那样任五官全面开放。但是,"人不能两次走进同一条河流",我马上就注意到了这两次进入的许多不同。上一次,我是在漫无目的的行走中意外地来到了菜市场的入口,而这一次,它已经是我明确的目的地;上一次,我是在走"进"菜市场之后才感觉自己好像变成了一个当地人,而这一次,我在走"向"它的时候就已经有当地人的感觉。更重要的,上一次,我是在抵达祖国的第二天走进的,而这一次,却是在又一次即将离开的前一天……这些年来,过频的抵达和离开让我的身有点疲惫了,让我的心有点厌倦了。这疲惫和厌倦也许就是我越来越羡慕甚至越来越嫉妒方言的原因。它居然一直与"原配"的疆域纠缠得那么融洽,厮守得那么默契,依恋得那么痴迷。它居然总是那样从容、那样安稳、那样自信。

我带着淡淡的伤感离开菜市场。而大沽路口那些卖早点的店铺和买早点的顾客又让这伤感带上了一丝悔意。我后悔没有提醒朋友在订酒店的时候应该不"包早餐"。那样，我更会像当地人一样在街边的小店用舌尖去品味上海的早晨。作为补偿，在横过石门一路之后，我决定不从原路返回，而是从面对大沽路的小区穿过。我相信这样的路线会让我看到更多的世态人情……右转左转再左转再左转再右转再右转，地气缭绕的曲径果然将我带回到了酒店的门口。

吃过无聊的自助早餐，我重新走进上海的早晨。与刚才相反，我首先沿延安中路西行至十字路口，然后从延安中路高架桥下横过进入茂名南路。位于巨鹿路上的目的地在这次回国之前就已经确定。不过，已经被不断刺激的好奇让我决定绕行而不是直达。所以我没有在路口右转，而是横过巨鹿路，继续南行。没走出几步，看见一辆接送顾客的小巴在前方的公交汽车站停了下来。三位老人从车上下来。他们一位提着购物袋，两位拖着购物车。他们意犹未尽，继续站在路边旁若无人地用方言大声交谈。这怡然自得的场面为我确定了一个特别的节目。下一次到上海的时候，我一定要像这些老人一样，坐着接送顾客的小巴去逛一个更加"当地"的市场。

继续向南。继续全神贯注。在接近长乐路口的地方，对面那家名为"滴水洞"的湖南餐馆当然会激起我的亲情。我是昨天乘坐最早的那班高铁从长沙赶往上海的，到现在差不多只是过去了一整天。而我在回加拿大之前突然绕道长沙，是为了重温四十五年前的一次火车旅行，我记忆中的第一次火车旅行。那是1971年春节的前夕。母亲带着我和姐姐在长沙火车站上车，去与在"五七干校"劳动的父亲团聚。那天下着大雪。我们在衡山站下车的时候已经完全天黑。我们在车站附近的一家旅店过夜。第二天清早，我们先乘汽车到衡东县，再换乘汽车到草市镇。然后，我们在父亲的带领下乘小舟渡过米河，再踏着厚厚的积雪前往营地……我记得所有的这一切。我还记得在离我们过夜的那家招待所不远的那家供销社里，我让母亲为我买了我一生中买的第一本书。那本从一个著名成长故事改编过来的连环画以《我要读书》为题。这显然是与当时的"社会存在"不太和谐的题目。而它成为我一生中买的第一本书对我这个以书为生的人似乎有宿命的意义。

我紧张地将目光收回来，好像是不想被乡愁带到更远的地方。但是，身边那座既民国又洋气的建筑却让我的思路更加跳跃。建筑正面关于"优秀历史建筑"的介绍说明它是三十年代初由"英国侨民"建造的剧院。"英国"和"侨民"对我都是敏感的词汇，因为我们家的血缘在二十世纪九十年代初就已经伸延至英国，而我自己现在也已经变成了英联邦国家的侨民。还有，我从少年时代开始就已经是莎士比亚的铁粉。与英语相关的剧院必定引起我的兴趣。我兴奋地抚摸着兰心大戏院的大门，想象着三十年代的英国侨民穿过夜上海的繁华走进这座用伦敦著名剧院的名字来命名的"异域的迷宫"的心情和表情……语言是文学的祖国。我好像听到了麦克白斯在戏院舞台上激情的独白："Tomorrow, and tomorrow, and tomorrow"。这揪心的幻觉提醒我真实的明天又是一个"离开"的日子。这些年来，太多的抵达和离开……太多的无法抵达和无法离开……我的确已经有点疲惫和厌倦了。

消沉的思绪让我不知道应该继续向南还是转而沿长乐路东行。犹豫之中，与兰心大戏院成对角线方向的那座建筑引起了我的注意。于是，横过长乐路又横过茂名南路，走进那座标有"锦江旅游"字样的大楼。

没有想到，从旋转门一进去就已经是正式的办公区域。我不好意思马上退出，只好尴尬地侧身面对着入口旁边的资料架，假装在挑选资料。很快，摆放在资料架最低层的那三本题为《斯德哥尔摩》的宣传册进入了我的视线。怎么会有这样的巧合？！在离开长沙的前一天晚上，我刚收到来自斯德哥尔摩的邮件，得知《空巢》的瑞典文版已经印好，很快就会在那里上市。我突然好像明白了这座建筑吸引我进入的原因。于是，假戏真做，拿起一本宣传册。可笑的是，这只是一本介绍斯德哥尔摩的名品店的宣传册，从头翻到尾，我没有发现一丝文学的气息。我调侃了一下自己原来只将斯德哥尔摩视为文学的圣殿，没有想到它同样也是购物的天堂。我接着又想，有能力购买指南中那些名品的中国游客是不大可能有兴趣购买一本译成瑞典文的中国小说的。也就是说，这本"斯德哥尔摩奢华指南"其实与我没有什么关系！不过我还是决定收藏一本：作为自己第一部瑞典文译本即将上市的纪念，作为自己在上海的早晨与斯德哥尔摩相遇的纪念。

继续南行一小段，出现在身边的大花园和花园北端的老建筑引起了我的好奇，于是从敞开的侧门走进去。走到老建筑的跟前，看到了"花园饭店"的标志，想着自然不会再出现走进刚才那座办公楼时的尴尬了，就从容地走了进去。但是，刚进到大堂，我还是感觉到一种特别的尴尬：怎么回事，怎么住客与住客之间，住客与员工之间，以及员工与员工之间的交谈都使用的是同一种语言，同一种外语？这一次，语言带给我的不是浓烈的美感，而是隐隐的不安。尽管大家都轻声细语，尽管大家都彬彬有礼，这意想不到的语境还是令我很不自在。我没有再往里走了。我突然想起了斯皮尔伯格的《太阳帝国》。那是一部聚焦太平洋战争爆发之后英国侨民在上海的特殊经历的影片。那些曾经颇有优越感的侨民被日军从租界驱赶到了"集中营"里，一夜之间就失去了包括"自由"在内的一切。我很想知道，在那一段特殊的历史里，我眼前的这家饭店为谁拥有，作何用途；还有我刚刚经过的那家曾经属于英国侨民的剧院在沦陷的上海扮演着什么样的角色。

  绕花园里的喷水池转了一圈之后，还是从进来的那个侧门出去，还是沿茂名南路南行。气温仍在上升，情绪却继续低落。但是，在茂名南路与淮海中路交叉的路口，奇迹却突然从天而降：一个年轻女子的背影顷刻间将我带进了亢奋的状态。那么美的身材，那么美的姿态，尤其是那么美的专注。她那么专注，噪音和酷热对她完全没有影响。我激动地走近她。我激动地审视她。我激动地将手伸向了她……可是，就在指尖几乎触到她裸露的臂膀的一刹那，我将手收了回来。

是的,我突然意识到不应该惊动她。让她继续她的倾听或者表白吧!这个正在使用公用电话的年轻女子。让她继续如此公开地挑战或者侵犯我的"特权"吧!这些年来,我经常告诉采访我的记者,在中国的城市里,我拥有一种"特权",那就是全部的公用电话归我"独家"使用。我的钱包里总是夹着一张全国通用的IC电话卡,它让我与所有的城市建立起了一种共同的关系:我仍然是一个公用电话的使用者。我甚至可能是神州大地上唯一幸存的公用电话的使用者。而根据我的直接经验,上海是全中国公用电话布局最为周密、保存最为完善的城市。2012年5月第一次抵达上海的时候,我就充满敬意地注意到了这一点。现在,北京、广州和深圳等其他城市的公用电话已经全线崩溃(我这次在北京街头就只找到一个可以接通的电话),而上海的公用电话仍然全部畅通。而且,我注意到在上海每天还有专人为公用电话亭做清洁。在我看来,城市管理中的这一细节不仅是上海的特色,也是上海的奢侈。

我的确没有想到自己的"独家"神话会在上海的早晨被一个年轻的女子打破。我更没有想到,神话的破灭不但没有让我失落,反而让我亢奋。这是我第一次看到以公用电话为题材的城市雕塑。我相信,只有在公用电话保存得如此完善的上海,我才会看到这样的城市雕塑。我想起了自己二十多年前写下的那篇题为《走进爱丁堡的黄昏》的小说。小说中的主人公"幻想着一种往回走的生活":从现在出发,走过全部的历史，走过所有的喧嚣……"一直走回森林，走回纯净的天空和大地"。我相信，这个年轻的女子已经拥有了那纯净的天空和大地。艺术家对从前的眷恋令我感动。在生活节奏快到近乎失控的时代，只有艺术还能够为我们保存对从前的眷念。

　　这时候，前方那个真实的公用电话亭进入了我的视线。它伫立在淮海中路旁边，离年轻的女子仅仅大约二十来米。这生活与艺术的对立重新勾起了我对两者关系的困惑：到底是艺术来源于生活，还是生活来源于艺术？我没有深陷进这困惑之中。我决定从艺术走向生活：我走过去，我走进去，我拿起电话筒，我插入IC卡，我按下深圳的区号和一个座机的号码……"空巢"中的母亲很快就接起了电话。她问我昨天晚上在大众书局做的活动进行得怎么样。我说很好。她问我现在是不是已经有酷热的感觉（她刚才从电视里看到了关于上海这些天持续高温的报道）。我说还好。接着我告诉她，起来之后我一直都在外面走，上海的早晨真是很有意思。说到这里，我顺口许诺将来一定要带她再来上海看看。话音未落，淡淡的伤感又从心底渗出。最近几次看见母亲，有不少的迹象都在提醒我，属于她的将来已经不会太长……我真不知道这简单的许诺是否真能够兑现。我知道母亲至今只到过一次上海。那是在1966年11月的中旬，她作为"革命教师"代表之一被她任教的周南中学（杨开慧和向警予等人的母校）派往上海考察当地的"革命形势"。重大的责任没有让她忘记自己幼小的孩子。她带回了一个精致的饼干桶。那个一直与我们生活了三十年的饼干桶不仅让我在两岁半的时候就已经对上海有了感觉,也让对上海的感觉成为了我一生中最初的记忆。我很高兴母亲又提起了那个饼干桶。这引诱我想去挖出她唯一一次上海之行的更多记忆。她想了想,说她只记得她们一行当时是住在淮海中路上的一个里弄里。这又是多么神奇的巧合啊!我现在也正好是站在淮海中路上,与母亲的记忆相隔将近五十一年。

从公用电话亭出来,我朝那个依然全神贯注的年轻女子挥了挥手,然后沿淮海中路西行至下一个路口,右转进入陕西南路,北行至下一个路口,左转横过马路进入长乐路,西行至下一个路口,右转横过马路沿襄阳北路北行至巨鹿路。无意中看到了巨鹿路菜市场,忍不住又进去转了一圈,然后直奔我的目的地。

"巨鹿路675号"(《收获》杂志所在地)曾经是令我神魂颠倒的地址。对它的想象和向往发端于二十世纪七十年代的末期。而2012年5月19日,经过三十多年的等待,我终于以意想不到却又命中注定的方式第一次走进了那个地址。那一天,上海三家出版社在那里联合主办了我同时出版的五本新书的发布会。那是我一生中的第一次"新书发布会",它拉开了我随后五年来高潮迭起的文学活动的序幕。

但是又经过了整整四年,又经过了一连串偶然的事件,我才对那个地址里的宿命气息有了更彻底的感知。去年在上海参加书展的时候,我偶然决定去和平饭店(沙逊大厦)看看。在里面逛着逛着,我偶然走上一段很不起眼的楼梯,进到了陈列店史又兼卖纪念品的房间。在那里转了一圈之后,我偶然看到了书架上的那一套"城市行走书系"。它小巧的开本、精美的制作和双语的解说引起了我的兴趣。我偶然决定买下其中那一本《上海邬达克建筑地图》。回到蒙特利尔之后的第一个星期一,老朋友卡罗尔从医院做义工回来,路过我的住处,我偶然将书借给了她。再次见面的时候,她偶然提及书中一幢建筑的主人死后葬在了蒙特利尔。这细节令我好奇。我请卡罗尔为我找到是哪一幢建筑。她翻动着书页,翻着翻着翻到了书的第130页。我惊呆了。出现在我眼前的竟是我在新书发布会之后接受采访的花园。

我相继读完了两种语言的解说。它们并不完全对应。比如关于主人最后的归属汉语的解说里就没有提及。当然,两个版本都介绍了整幢建筑与罗马神话中丘比特和普绪克爱情故事之间的关系以及逆光矗立在"爱神"花园水池中央的普绪克雕像经"浩劫"而幸存的传奇。

我不可能想到从少年时代起就令我神魂颠倒的地址后来会成为我文学生涯中的重要路标,我也不可能想到这路标的源头深藏着一段浪漫又传奇的故事,我更不可能想到这故事里的主人公最后会终结于我现在生活的异域。从我住处的阳台上,可以眺望蒙特利尔最大的墓地。我猜想,有一天我能够在那里找到"巨鹿路675号"的起源。

所以,我走近了这另一个目的地。保安问我来干什么。我不能说是来"敬神",只能说是来"找人"。我说出的那一连串名字足以证明我进入这个地址的合法性。保安说他们不会这么早来上班,看样子是要将我拒之门外。我只好改迂回包抄为正面进攻,问他能不能让我去办公楼后面的花园看看。保安好像是没有遇见过这样的请求又好像是有点吃惊我对环境的熟悉,没有给出答复。我将他的沉默解释成他放弃了他的世俗权力。

　　时隔五年两个月零四天,我又回到了普绪克的视线之中。这位在神话里为寻找自己的"爱神"而历尽千辛万苦的少女!我开始在想是不是应该让她知道自己为什么会重新回到这里或者自己走了多远才重新回到了这里……可是,在我们的目光相互接触的一刹那,我知道什么都不需要说了。她已经知道了所有的这一切,因为这一切都源于"爱",因为她就是"爱"。

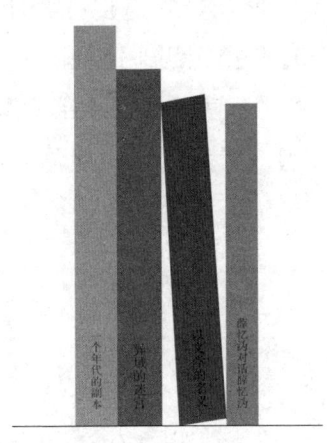

访谈作品

面对卑微的生命

（2002年1月，一个周末的下午，我们如约在深圳书城边上的那个汽车站见面。然后我们横过天桥，走进一家酒吧，找到一个光线黯淡的角落坐了下来。这个地方几乎听不见背景音乐。一对男女坐在不远的地方。服务员不时地走过来往杯子里加一点白水。谈话就这样进行。）

薛忆沩，你能首先谈谈最近的生活吗？

从1997年7月以来，我每天的绝大部分时间都给了我的儿子。我既当他的父亲，又当他的母亲，还经常要兼职做他的同伴。以前他去上学之后，我还能够得以"稍息"。最近，他不去学校了，我不得不做更多的兼职，兼职做他的老师和同学。所以，最近连"稍息"的机会也没有了。

这听起来好像并不是怨言。

是呵，生活其实就是命运。卑微的命运。它应该早在基因图谱中就已经确定下来了。我只是在身心极度疲惫的情况之下才会对这种生活发泄一下不满。更何况，这种生活还有积极的一面，它给我提供了一个可重复使用的借口：我总是用它来拒绝嘈杂和肤浅的应酬和会议。"哎呀，不行呵，我儿子……"这样简单的半句话让我推掉过无数的"局"，各种各样的"局"。从这个意义上说，我的儿子为我的生活减了负。

你刚才说他现在不去学校了？

是的，从去年6月开始他就没有上学了。没想到这么快，都已经七个月了。

这是你的安排，还是他自己的选择？

是他自己的选择。有一天，他从学校回来之后对我说："爸爸，我不想去学校了。"我对学校的教育早有不满，所以没有多问原因就纵容了他的想法。事实上，我开始以为他只是一时冲动，过几天就会反悔。没有想到他根本就没有反悔的意思。这样，一场全面的复辟开始了：我这个大学老师开始对自己的儿子施行"私塾"教育……这种教育的优点是可以去粗取精。他有更多的时间去读闲书了，也有更多的时间去做运动和练钢琴。他还在学小提琴。一年前的一天，他也是突然对我说他想学小提琴。他的目光那样肯定。他的语气那样认真，我也感到无法拒绝。我就为他去找了一个老师。因为已经有钢琴的基础，他的小提琴进步神速，不到一年的时间，老师就让他练起了拉波隆贝斯库的《叙事曲》和维尼奥夫斯基的《传奇曲》。这些好像是考五级的曲目。

但是，我听说他从来没有去考过级。

是的，他从来就没有考过级。他已经学过很多年的钢琴，水平已经不低，也从来没有考过级。我认为考级是这个时代的闹剧之一。我听说不少考过了很高级别的孩子其实根本就不喜欢音乐，他们家里除了那些考级的曲目之外也听不到其他的音乐。而我儿子的房间是充满音乐的房间，他读书和休息的时候也总是有大师在为他伴奏。有一天，他走到我的书桌旁，煞有介事地对我说："爸爸，不知道为什么，我这个人就是喜欢音乐。"我并没有太当真。但是，我觉得"喜欢"比什么都重要。我们这个时代试图把一切都"量化"。这大概也是一个"现代化的陷阱"吧。你知道，体制内的作家都是有"级别"的。对写作进行量化，字数就可能会成为考核的一个目标。像我这种奉行古典主义原则的人，总是讲究叙述的节制，恐怕永远都只能蒙受"初级"的羞辱。

可是你的儿子已经很"高级"了，这应该是一种安慰。看来，你的"私塾"教育真是富有成效。

我想"私塾"教育最值得夸耀的并不是这些可见的成绩，

而是那些不可见的影响。比如,他可以自由自在和无拘无束地思想,他不必为自己的淘气和"迟钝"而蒙受老师的呵斥,他更不必为我这种从来不与老师拉关系的家长而遭受老师的冷遇。还有,他没有考试了,这太重要了。这几天,全市的小学都在进行期末考试,他以前的那些同学们每天都要为背诵课文花费许多时间吧,而他却在家里一遍又一遍悠闲地欣赏着阿什肯那齐演奏的拉赫马尼诺夫的钢琴全集。你看他多么开心。我认为,小学应该取消一切形式的考试。我们都称孩子是"祖国的花朵"。小学阶段的考试就是成年人对这些"花朵"的践踏。语言学在研究认知能力的时候发现,大概在十二岁左右,人的认知方式会发生重大的变化。在十二岁之前,人具备"习得"的天赋。这个阶段,我们不应该用成人的方法来对待孩子获取知识的过程。我们不应该促使他们去"懂得"所学的东西。成年人总是抱怨孩子们不懂事,其实孩子们就应该"不懂事"。

再谈谈你对大学教育的看法吧。

我已经有六年在大学任教的经历。每年我都给刚从中学上来的学生们上写作课。天呵,他们的美感和想象力都到哪里去了?中小学语文教育强加给了他们一种对自己的个性或者说对人性不负责任的写作习惯。我知道他们每个人都能够应付高考,但是他们中相当多的一部分人既没有写作的诚意,又没有对语言和生活的敬意。还有就是"扩招"的问题。最开始，我的班上只有二十个学生，现在一个班上有八十个学生。这是大学里的"人口爆炸"。八十个人的写作课怎么上呵？不久前，我读到一个美国人写的一本书。里面谈到美国的人口增长对大学的影响，他注意到了"instruct"（指导）与"educate"（教育）之间的区别。他认为，"教育"的一个重要特征是学生与教师之间的交流。对于数量庞大的学生，你顶多可以去"指导"一下他们，而不可能充满情怀地去"教育"他们。汉语中的"教育"这个词本来也是充满人文关怀的，但是，现在的大学教育已经没有这种情怀了。

你显然已经厌倦了你现在的工作。

是的。我越来越厌倦了。

但是，你仍然保持着清醒的头脑。也许你的那位同事应该修正一下他的说法。

是的，我还知道厌倦，这说明我的智商目前还处在正常的范围之内。我是一个非常宽厚的老师，大概这座城市里的不少学生和他们的家长都会有这样的印象。我从来没有对我的学生进行过考试，这是我的教师生涯中值得炫耀的"业绩"。我从来不想给学生太大的压力。相反，我认为，学生应该给教师压力，应该经常向教师提出富有挑战性的问题，令教师的大脑亢奋，令教师的思想得到磨炼。一个得不到学生挑战的教师是一个不幸的教师。

你是《遗弃》的作者,你放弃现在的工作一点也不会让我感到奇怪。

遗弃公职恐怕是《遗弃》作者命中注定的下场。

遗弃公职之后,你将靠什么为生呢?

我也许会去当一名家庭教师。你看,换汤不换药,一辈子都离不开这"传道授业解惑"的行当。要知道,我可以开中学阶段的所有课程,当然我最愿意教的还是数学。每次接触到数学的时候,我总是有一种强烈的快感。这种感觉是"纯天然"的。我有时候可能会为自己开设的课程开出非常贪婪的价格,有时候又可能会施行一些"义务教育"……这一定会扰乱市场秩序吧。还有,如果将来允许办家庭大学,我就会去办一所。为了保证教学质量,我绝不会"扩招"。

我们还是先不要谈那些遥远的事情。现在,我想知道,你教了一年的"私塾",是不是也有点厌倦了?

当然也经常会有这样的时候。但是,我的儿子比我的学生们大方得多,他经常挑战我,这令我非常快乐。比如,不久前有一次下钢琴课之后,我表扬他的钢琴老师说:"这位老师真有水平。我发现过的你的那些问题他都发现了,他强调的正是我强调过或者想要强调的。"我的话激起了他这样的回应:"这可能正好说明他没有水平呢?!"我高兴地把他了抱起来,高度评价了他的幽默感。儿子对我的挑战是对我最好的回报之一。

你把孩子当成一个独立的个体。

是的。在面对问题的时候,我们经常会有一些讨论。我会很认真地去欣赏他的看法和说法。有时候,我们甚至会在一起做一些淘气的想象。他是一个有趣的孩子:有点诗意,有点思想,有点幽默。这很适合我的"朋友"概念,尽管在小学老师的眼中,他是一个"差生",我愿意与他做朋友。我不希望他被成人社会过早地加工成我的"敌人"。

是呵,几乎所有人都在同一个框架里想问题。所以,像你这样摆脱出来很不容易。

我发现过一个很有趣的现象,那些对自己的孩子寄予无限希望的家长,大多数都是在教育制度中比较失败的家长。而那些自己在这种教育中比较成功的家长,对孩子的要求反而不是那么苛刻。当然了,我们现在的欲望或者行为都跟我们的记忆有关。就好像吃饭为什么会令我们那么高兴呢?至少部分原因是我们有饥饿的记忆。期待成了对历史的一种清算，或者是一种控诉吧。争取你过去没有的东西当然好像是对的。这是一种生活的逻辑。恐怕只有宗教才能够推翻生活的逻辑。

不过薛忆沩，像你这样一个人，似乎并没有借助宗教的力量，却也能够游离在许多"生活的逻辑"之外。你的生活态度是怎样形成的呢？

这对我自己可能都是一个秘密。有一次，我的一位同事对我说，导致我现在这种生活态度的原因只可能有两个，要不就是我出身高贵，要不就是我曾经遭受过重大的挫折。当然，我的出身并不高贵，这是不可改变的事实。那么按照他的逻辑，我就应该是受过重大挫折吧……其实，这种态度与那种天赋的恐惧感也应该有很大的关系。我在很小的时候，在还"不省人事"的时候，就对"死亡"有奇特而强烈的恐惧。这种恐惧伤害着我的身体，触动着我的心灵，影响着我对世界的看法。这种伤害、触动和影响在我的文学中留下了深刻的印迹。我的所有作品都涉及到死亡。在我的作品中，死亡和爱情是两条纠缠不休的线索。

还有另外的秘密吗？

还有就是那种天赋的负疚感。我的父亲曾经是一家中型国营工厂的领导。小时候,我经常与他一起坐着工厂里唯一的北京吉普出入工厂的大门。这种特权给我的心灵带来了巨大的折磨。从车窗后面打量着上下班的人流,我脆弱的内心马上会被强烈的负疚感抓住。我会尽量将身体蜷缩在后座的角落里,将头尽可能地低下去,就像是一部欧洲电影里对生活异常困惑的孩子。我至今对各种各样的特权都充满了反感,这种反感导致了我对权力本身的怀疑。那是1974年,那时候我还只有十岁。

对死亡的恐惧和对特权的负疚导致了你对卑微的发现……

除了这两种心理的过程之外,应该还有来自科学的影响。具体地说是天文学。我的一个朋友说所有的人在走进社会之前,都应该学一下天文学。我很同意这种说法。天文学让我们敬畏"无限"的威力和神秘。正确的人生态度应该建立在这种对"无限"的敬畏之上。与光年相比,人生只是一个抓不住的瞬息;与天体的分量相比,人体只是看不见的尘埃。在宇宙的发展史上,整个人类都只是微不足道的品种,全部的人类历史都只是微不足道的喧嚣和骚动。

因此,"卑微"成了你的一个关键词。

是的,卑微是生命的本质。所以,人生的态度也应该是卑微的。我经常问自己为什么会成为这个时代的"异类"。一个重要的原因大概就是我这种卑微的感觉与这个时代的精神不合拍。你看,"我们"动不动就"赢了"。这是一个趾高气扬的时代。我经常听到外国人说中国人很势利。其实,势利是多么荒谬啊,它背离了生命卑微的本质。设想一下,如果上帝有一台电脑,我们就不过是它生死簿里的一个文件名,是随时都可能被它"删除"的。哪怕上帝对我们足够耐心,与无限的宇宙相比,我们也只是瞬息和尘埃。势利是多么荒谬啊。

让我们再谈一下卑微感的来源吧。

不同的人会从不同的角度体会生命的卑微。"死亡"是我的角度。我在很小的年龄就对死亡有极度的敏感,就对生命的脆弱有很深的感悟。上帝给予我的所有的优越都无法让我偏离关于生命的这种"正见"。"爱情"是卑微感的另一个重要来源。我们总是觉得不配自己所爱恋的人。这是爱情忧郁的基调。我们也总是发现已经得到的爱情与我们想得到的爱情之间有不可思议的距离。"完美"就像"无限"一样,不是有限的生命可以占有的。

也许你的神经类型与其他人不同吧。

你在寻找生理学上的解释。要知道,这是我不愿意接受的解释。有时候，我很担心我的儿子会继承这种特殊的神经类型。我希望他用不同的方式去感受事物。

意识到生命的卑微，人应该会有不同的活法。

一个能够领悟"无限"之实和"有限"之虚的人应该会活得清淡一点、幽默一点、率性一点、利他一点。利他是我极力推崇的个人主义的一个重要特征。我推崇的个人主义是带有强烈理想主义特征的个人主义。

谈谈你的经历吧。你是什么时候来深圳的？

最早是在1987年的7月，然后是一段漂浮不定的日子，基本安定下来的时候已经到了1990年的3月。不过，1993年9月我又离开深圳去广州读书，完成了我的语言学博士学位。那次离开的目的比较明确，就是想将来拿到学位后能够进入深圳大学任教。当然，语言学是我很早就非常着迷的学科，这次离开因此仍然带有理想主义的色彩。1996年2月，我开始在深圳大学试教。同年秋天，我如愿以偿，正式成为深圳大学文学院（当时还是中文系）的教师。这不仅意味着我终于在深圳获得了合理的身份，也为我的"重返"创造了条件。

你是不是觉得不能适应嘈杂的社会，才想躲到相对安静的高校里去呢？

实际上，我是一个有清晰的社会生活头脑以及很强社会生活能力的人。我能够应付很多的场面，也很善于与人沟通。但是同时，我又非常厌倦肤浅的社会生活。每次在社会生活中如鱼得水的时候，我都会有荒诞的感觉，都会在心里暗暗嘲笑和挖苦自己。

当初为什么会来深圳呢？

部分原因是我的父亲已经在深圳"下海"。另一部分原因是我对当时中国社会出现的变化有准确的判断。也就是说，我的选择有人类学和社会学的双重背景。在1988年7月到1989年1月之间，也就是我24岁那一年中间的六个月，我完成了两部长篇小说。一部是现在好像尽人皆知的《遗弃》（最初它的名字是《业余哲学家》，知道这一点的人可能不多）。去年在芝加哥举行的全美亚洲研究协会的大会上已经出现了关于它的研究论文。另一部就是《遥远的San Francisco》。最后改名为《一个影子的告别》。1998年秋天，香港《二十一世纪》杂志上曾经发表过艾晓明教授关于它的评论。《遗弃》探讨社会生活对精神世界的侵犯，其中的关键词是"混乱"；而《一个影子的告别》探讨社会动荡引起的个人处境的危机，其中的关键词是"告别"。"告别"意味着我们正在远离我们"本来"的生活。"告别"也是一种"遗弃"。关于当时的未来，也就是关于现在和今天，两部小说都是预言性的，两部小说的情绪又都极为悲观。

你最开始是学理工的……

我十七岁那一年考上北京航空学院，在六系（计算机科学与工程系）学习。那时候学计算机这个专业的感觉跟现在应该非常不同。我在大学学习四年，真正能够触摸到键盘的时间只是毕业前最后的那几个星期。那时候我们是将程序写在程序纸上，交到计算机房的窗口里面，由机房的人制成一大沓卡片递出来。我们需要去检查卡片上的小孔是否正确，就像佛罗里达州的公务员筛选美国总统选举的选票一样。然后，我们再将通过了检查的卡片从窗口递进去，由机房的工作人员为我们上机。对于当时那些计算机专业的学生，唯一能够向他们打开的只有那样一个由建筑材料构成的"窗口"。

你在大学阶段不再是一个好学生了。

我在大学阶段是一个极为反叛的学生。1983年11月，我甚至有过一次"逃跑"的经历。我记得那是一个傍晚，我神情沮丧地从王府井新华书店出来，直接去北京火车站，买了当天回长沙的车票……这是一个太长的故事，先搁置起来吧。我记得班主任有一次对我说："薛忆沩，你如果能用十分之一的时间来学习专业，就会有很好的成绩。"尽管我对自己的能力有清楚的认识，知道即使自己用全部的时间来学习，专业的成绩也不可能很好，班主任的鼓励还是让我有点得意。当时我的大部分时间都用在苦思冥想和走街串巷上了。我骑着破烂的自行车走遍了北京的大街小巷。八十年代初的北京跟现在的北京是完全不同的北京。那已经是不复存在的"北京"，它只幸存于我们的记忆之中。我庆幸自己当时没有舍得为学业花费那"十分之一"的时间。我庆幸自己的吝啬。否则，我不仅仍然是电脑方面的白痴，还可能对"北京"也完全无知。

我们无法改变自己的过去。

这大概就是"青春无悔"的意思。我那时候有不少激进的举动。比如考试的时候，总喜欢提前交卷。有一次考高等数学，我留下最后一道三十分的题没有做就交卷走了。我记得当时监考老师好心地提醒我说，你只做了七十分的题目就能够保证自己及格吗？！我说我能够保证。后来，我真的及格了。我在大学阶段只有两次不及格的经历，都属于"事在人为"。考"电路原理"的时候，我只在考场坐了四十分钟就走了，因为我怕耽误了回家的火车。那是寒假前的最后一门考试，我当时故意订了离考试结束的时间很近的那一趟车票。那一次我的确没有及格。还有就是我从来都憎恶作弊。每次考试的时候，教室的前几排座位都没有人坐，而我总是勇敢地坐在第一排。我知道挤在后面几排是很容易作弊的。

我也知道许多同学不将作弊当回事……不过，关于作弊这件事，我认为不妨为它正一下名。我那些经常作弊的同学中有不少是成绩很好的。他们现在可能都成了专业上的精英，都在为社会做贡献。而我这个遵纪守法的学生却是一个专业上的白痴，一个"多余的人"。

这是一个有意思的结论。

另外，我在大学阶段已经对无聊的集体活动表现出了极度的反感。记得1984年10月的国庆游行和随后的集体舞晚会吗？就是有学生举出"小平你好"的标语的那一次。当时我们全班同学都在由北京高校学生组成的那一段游行队伍里。我是唯一的缺席者。我记得我们的指导员在劝我参加游行和集体舞练习时说："薛忆沩，这是具有历史意义的活动啊。"在集体中，我总是感到极端的孤独，孤独到甚至会出现明显的病理反应。反而在独处的时候，我感觉平静和充实。我对集体的意识和无意识都极为恐惧。这种恐惧大概也是我不再看报纸和电视的原因。这导致了我的"孤陋寡闻"。我在深圳大学一位同事的弟弟是中央电视台著名的主持人，是几乎所有中国人都知道的人物。一天在办公室里大家提到他如雷贯耳的名字，我居然着急地问他是谁，暴露了我极度的无知，闹了大笑话。

很多人都知道你对电视和报纸的这种"不"嗜好。

一张报纸或者一台电视机其实就代表着一个庞大的集体。新闻是这个世界上最短命的东西。我越来越不愿意自己的生活受新闻的影响。我是简约主义者，遵循一些古老的准则。那些准则好像是来自几何学，或者近一点，来自法国的唯理论。我总是在寻找我的生活可以简化到什么程度，比如我的食物可以少到什么程度，我的房子可以小到什么程度，我的职称可以低到什么程度……我的生活似乎是经过复杂的数学论证得来的。这种论证是我关于生命卑微本质认识的一种延伸。当然，在许多"正常"的人看来，这种对生活不断的反省是一种"病态"。

这种"病态"有更早的征兆吗？

其实我的"病变"发生在中学阶段。我是儿童心理学理想的病例呢。我本来一直是一个品学兼优的孩子，大概在十一届三中全会之后不久，也就是十五岁左右，我突然就开始反叛了。在家里，我与父亲就许多重大问题发生争执。在学校，我不再将大多数老师的陈词滥调放在眼里。我还辞去了我的班长职务，我还拒绝写入团申请书，拒绝"向组织靠拢"。但是同时，我却以不可思议的狂热向知识靠拢。那时候，爱因斯坦是我的偶像。因此，康德也尾随他进入了我的视野。我最早读到康德的时候刚满十四岁。我读到的是商务印书馆很早的版本。你看我有多么幸运：远在法定年龄之前，就知道了"物自体"的存在和不可知。这种不可知的绝对存在让我对生命的卑微有了进一步的认识。再往后两年,萨特的死给一代中国人送来了"存在主义"。我永远不会忘记从1980年第5期《外国文艺》杂志上读到萨特《存在主义是一种人道主义》一文时的激动。那次阅读对我个人的"选择"产生了重大影响。我母亲对我完全放纵。我还在高中阶段,她就同意我订阅《哲学译丛》和《自然辩证法》一类的刊物。她对我的放纵一下子就将我的世界从空间上推到了苏格兰,从时间上推到了古希腊。我从此就不再是中国中部一座省会城市里的一个品学兼优的中学生了。我开始"生活在别处"。

大学毕业以后呢?

我被分配到位于株洲(距离长沙五十公里)的南方动力机械公司。我一开始并没有服从分配,而是通过家里的关系进入了位于长沙的湖南电子研究所,在那里的销售部工作。但是经过多方努力,南方动力机械公司仍然不肯让步。半年之后,我不得不服从分配,去那里报到。报到的当天,我就向人事处的负责人提出了调离的要求。当时那家没有什么活力的国营企业里有许多年轻人,特别是那些来自广东的年轻人,都在要求调离。那是一些探到了时代脉搏的年轻人。但是,单位以"国家的规定"和"公司的章程"断然拒绝我们的要求。在经过五个月毫无成效的努力之后,有一天我平静地走进我所在的工艺研究所领导的办公室。我递给他们一份声明,声明我将在那间办公室里为我的调离开始绝食。注意,这是

1986年。当时我只有二十二岁。我在声明的后面写出了我家里的电话号码，我让我的领导们通知我的父母亲做好来那里收尸的准备。你知道公司领导多长时间就妥协了吗？二十分钟。仅仅二十分钟。当人事处长气喘吁吁地跑过来劝我"想开一点"的时候，我的眼泪一下子就流了下来。我不是为自己的胜利而流泪，我是在为"权力"的脆弱而流泪，为那些"国家规定"和"公司章程"的荒谬而流泪。胳膊拧过了大腿……当天下午我就被通知去办理调动手续。接着不久，其他那些年轻人的调离申请也都被批准了。他们中间不少人后来都成为了改革开放的"弄潮儿"。几年之后，他们还有人打电话来向我这个"敢死队员"表示感激。他们相信没有我当时的"壮举"，他们的一生可能就会葬送在国营企业里。你看，个人主义还真有利他的功用呢。

这样你就回到了长沙。

是的。我到了湖南省政协属下的湖南经济建设促进会工作。那是一家没有明确职能的官僚机构。它名义上的作用是帮助各县市发展地方经济，而实际上，它不仅对地方经济起不到任何作用，还会增加地方上的负担。有一天，我随机构的领导去考察一家据说账面上只剩下200元的小工厂。我们在那里装模作样地"考察"了一通之后，就被领进了工厂食堂里的包房。款待我们的饭菜非常丰盛，甚至还开了几瓶不错的白酒。而从房间的窗口，我可以看见那些目光呆滞的工人。他们的饭盆里是食堂提供的最粗糙的饭菜。那个时刻,我觉得自己就是一个罪人。我知道,机构领导的那些假话和空话根本就帮不了那家工厂。我知道,我们那一通吃喝之后,工厂马上就要关门,工人们马上就要失业……我至今憎恶大吃大喝,大概跟那一次"犯罪"的经历有密切的关系。

这时候,你进入了自己的文学状态……

是的。1988年8月在文学界很受关注的《作家》杂志头条发表了我的中篇处女作。那是对我的激励。接着,我写下了一部用很主观的语气评说中国哲学史的"哲学书"。那当然是一部永远也不可示人的浅薄之作。但是那种写作的经验以及那一年迷惘的生活给了我巨大的灵感。1988年7月我完成了一部题为《业余哲学家》的长篇小说。考虑到市场的效应,我最后将小说更名为《遗弃》。真诚的文学状态让我再也无法忍受官僚机构的虚伪了。1988年12月我向单位请了长假。我终于冲破体制的罗网,像《遗弃》里的主人公一样,成了一名"自愿失业者"。这种自由不仅让我可以更激情地投身于文学创作,还让我能够独立地体验随后那一段惊心动魄的历史和生活。1989年春节前夕,我的第二部长篇小说完成。小说最初的名字是《遥远的San Francisco》,后来因为无数的波折,我将它更名为《一个影子的告别》。这当然是一个更贴切的名字。接着,《遗弃》出版了。

那是1989年的4月，那是《遗弃》的第一次出版……

是的。那是一次自费出版。金钱果然带来了效率。否则，《遗弃》的传奇就不会在中国文学的版图上出现了。《遗弃》的写作和出版过程对我的神经是一次巨大的考验。我是一个为文学活着，也想靠文学活着的人，但是我的写作却不能成为我的生活来源。怎么办？是遗弃文学，还是遗弃生活？我怀着深深的敬畏接受了自己的命运……现在，这部小说已经成为中国文学版图里的"传奇"，有头脑的人应该完全清楚，它的重版如果没有可观的经济效益，至少也不会有太大的经济风险。可是，负责重版的出版社并不这么看。在开印的前一天，他们居然提出要勾销合同中注明的版税。生存还是毁灭？我又遇到了哈姆莱特提出的终极问题。我又一次为文学向苛刻的命运低头……当然，远离利益对我的写作本身有巨大的好处。它让我本来就很纯粹和自由的写作从此可以更加纯粹和自由。

关于《遗弃》，最近还有什么"利好"消息吗？

我从《遗弃》完成的那一天开始就确信它是一部会走得很远的作品。现在，知道它和谈论它的人越来越多了。不久前英文《中国日报》对它做过大篇幅的评介，它现在甚至有了国外的研究者。

再谈谈《一个影子的告别》吧。

1989年春节前的那一天清早,我五点钟就起了床,因为我知道我姐姐马上就要从广州回来,我想赶在她回来之前完成那一次持续了将近半个月的写作的冲刺。我奋笔疾书。大概在七点半左右,我姐姐开始有点不耐烦了。她不停地敲击我的房门,我没有理睬她。她对我的固执非常不满,在门口说了很多难听的话,我还是没有理睬她。我一直写到将近九点钟才放下笔……我写完的就是《一个影子的告别》(当时名为《遥远的San Francisco》)。

二十四岁真的是你生活中的一个关键的年份。

是呵。我当时狂热地相信,如果我的那两部长篇小说不能堂而皇之地出版,我的二十四岁就不会过去。因此,我将自己的二十五岁生日锁定在《一个影子的告别》出版的那一天。也许那时候我已经五十二岁了……这又是我需要虔诚地感谢命运的一个理由,它要让我将更年期当成青春期来过。这样的享受不是每个人都能够尝到的。

经过一个复杂的年份,90年代出现了。

我在文学上最初的突破应该是九十年代初的事情。当时我在国内的一些名牌文学杂志上发表了作品,而且在台湾也颇有点运气。我第一篇寄到那边的小说《一九八九年十二月三十一日》就被作为"小说精选"刊登在《联合文学》之上。紧接着,我又得到了《联合报》的小说奖,就是王小波的《黄金时代》得奖的那一届。那是我们这两个"工科男"之间的"文学缘"。我得奖的小说是一篇在大陆没有任何人愿意刊登的看上去很平淡的作品。我得到的奖金好像是当时大陆能给那篇小说开出的稿费的300倍。

你好像因此停止了写作。

那是我1988年8月进入文学状态以来的第一次休眠。一共有差不多六年。我有点睡过头了。等想重新拿起笔来的时候,我发现写作竟是那样地吃力。我应该感谢《天涯》杂志和《湖南文学》杂志,他们的欢迎帮助我慢慢地苏醒过来。

现在你仍然在写作吗?

我又有差不多十八个月没有写作了。我的最后一次较大的写作行动爆发在2000年8月:我用七天的时间完成了后来人们在《收获》杂志上读到的《一九九九年十二月三十一日》。

在这段没有写作的时间里,你做了一些什么呢?

主要还是带孩子,前面已经说过。我这个人向往自由,所以不喜欢任何级别的权力。我认为有权力的人是不自由的。一个人想跟上时代就会想方设法去保住一点权力。其实做时代的落伍者有许多的快感。落伍者可能会保存下一些最精致的趣味。

如果就人与人的关系来讲,父亲的权力,这大概也是你唯一的权力……

是的。不过,我同样非常不喜欢这种权力。但是,我必须行使它,以权力的名义告诉我的儿子什么是对,什么是错。这就是所谓的责任吧。荒唐的责任。为什么拥有权力的一方总是对的,而没有权力的一方总是错的呢?如果有一天,我的儿子把墨水泼到书上,我会认为这不对,会指责他。可是,他或许认为这是一件很有趣的事情呢?如果真是这样,他又有什么错呢?我们已经是腐朽的成年人了,我们不懂得欣赏孩子们的世界。因此,我在指责之后,很快就会感到内疚。这恐怕是我非常值得肯定的地方:我是一个会感到内疚的父亲。

阅读也是你现在生活中的一项重要内容吧。

当然。从来都是。这18个月里,我几乎每天都拿出一定的时间来研读莎士比亚。他那样令我敬畏。我经常对人说凭着对他的敬畏我就可以放弃自己的写作。他总是给我带来惊奇。我读完了他的全部重要作品。我希望将来有时间能够将这些作品用现代汉语翻译一遍。另外，我还读波德莱尔。不过我的法语阅读比英语要慢得多。

你好像还懂得其他的语言。

对文学的好奇激起我对语言的热情。不过，我的德语、西班牙语和意大利语的水平完全不能够满足我对这三种语言的文学成就的贪欲。比如，我只能够从西班牙语中读博尔赫斯的短诗和小品文。我多么想用它去读帕斯的那些深奥而又迷人的长篇大论呵。很遗憾，我做不到。

你对语言有很深的感情。

桑塔格在一篇纪念德语作家卡内蒂的文章中宣称，拥有一种语言就是拥有一块疆域。所以，一个对语言有感情的人，不应该是一个狭隘的民族主义者，他拥有的广阔的疆域应该使他博爱。他应该是一个"语言"的捍卫者，而不仅仅是某个"语种"的守护神，正如他的写作应该维护最普遍、最抽象的人性，而不仅仅是某个人或者某个集团的狭隘利益一样。

你的求知好像不着边际。

是呵，现在的学科分类方式对我形同虚设。我喜欢一切不实用的学科。读完莎士比亚以后，我接下来读的很可能是一本《高等代数》。我一直想写一篇以一个古老的数学家族如伯努利家族为背景的言情小说。我好像觉得自己到这个世界上来的目的就是不停地学习。

在你看来，什么是好的文学？

好的文学就是用优雅的语言显现心灵的孤独、历史的荒诞以及生活的无奈的文学。它的智慧应该带有悲观主义的味道，而它的气质则一定具有强烈的理想主义色彩。它就是这样一种矛盾的机体。所以，痛苦是这种文学的本质。从这个角度看，鲁迅的文学就是好的文学。

不同的人从事写作可能有不同的原因，你为什么要写作？

一个简单的理由是，当我想写的东西突然闯入我的大脑之后，我的大脑就像一台被病毒侵害的电脑，它会不顾时间地点不停地重复那些内容：一个细节、一段对话、一种表情……这样持续一段时间，我就会失眠、乏力、食欲不振等等。而一旦我将那些内容写下来，以上的症状就会立刻消除。有人说写作是一种治疗。我的治疗过程大概就是这样的。这应该属于"神经内科"吧。

目前，在用汉语写作的小说家中，你认为谁最值得称道。

我还是要说残雪。她在创作和批评两个领域都"魔高一丈"。尤其是她还有一种令人感动的敬业精神，对文学和写作极为虔诚，也极为勤奋。另外，残雪仅仅受过小学的教育，她的成就也算是对我们的教育制度的一种挖苦吧。

好吧，我们还是回到你自己。薛忆沩，你是在什么样的家庭环境中长大的？

前面好像已经说过，我的父亲曾经是一家国营工厂的领导。我的母亲则是一所中学的老师。我的父母从来都非常放纵我。我母亲放纵我是因为她了解我，而我父亲放纵我是因为他不了解我。你知道，我还有一个姐姐。我曾经称她与我是"包括性别在内的一切方面的对立物"。如果把我今天说的话全部反过来说一遍，这次访谈就成了你与她之间的对话。她现在是英国公民，她一度在西方金融机构的重要职位上工作，经常有机会见到社会名流、豪商巨贾和各国政要。她还有一个相对稳定的家庭，一男一女两个可爱的孩子……根据这个时代的标准，她当然是一个成功人士。她的成功大概也是对中国教育制度的一种挖苦，因为她从小到大，学习成绩都很一般，她高考的数学成绩好像只有五分（满分是一百分）。另外你知道吗，我其实应该去申请一项吉尼斯纪录。我从1992年10月起几乎每天都接到我姐姐从英国打来的长途电话。我很厌倦这种频繁又空洞的联系。

这样的家庭对你有什么影响呢？

影响主要是心理方面的。家庭成员之间生活方式的对立对心理会有许多消极的影响。如果一方特别敏感，对他的伤害就会更大一点。

心理是一个复杂的话题，还是谈谈"身体"吧。你是一个特别喜欢运动的人。

是的，我把运动看成是个人生活的一个重要组成部分。因此，我比较喜欢个人的项目。夏天我的主要运动是游泳，现在每天都游一千米。我的儿子去年也有一次连续游了一千二百米的纪录。他也喜欢运动。冬天的主要运动是长跑。每年的元旦清晨，我都有一次象征性的长跑。前年我从设计院沿深南路跑到了沙河口。去年我从设计院跑到了深圳大学的北门，应该有二十五公里吧。今年的元旦，我从设计院跑到世界之窗，大概也有二十公里。另外，我还有徒步的嗜好。这是一九八九年七月以后养成的。那时候，我会在清早起床，坐上长途汽车到五十公里以外的一个城市，然后往回走一整天，走回长沙。现在，我经常从深圳大学走回深圳市区。最近的一次是在去年的12月24日。那一天，我带着我的儿子从深圳大学出发沿着滨海大道南侧的小路走到上沙后转上深南大道一直走到了上海宾馆。这是我的儿子第一次加入我的徒步。

你周围的人如何看待你的这种嗜好呢？

几年前，当我第一次与我的一些同事们谈起我的这种嗜好时，他们都说我是"疯子"。现在，他们中间的一些人好像也"疯"了。

你做运动有什么功利的目的吗？

我不怕死亡，但是我恐惧衰老。运动肯定有延缓衰老的功效。另外，运动也有美学的功能，会让身体变得好看一点。

你在深圳大学教的是写作课，但是有一次你说你的课的主要内容是谈"情"说"爱"。

是的。我总是希望能够将学生从实用和功利的死角里拉扯出来，总是向他们讲述内心生活的重要，讲述"情"的重要，"爱"的重要。我是一个唯"心"主义者。我相信"心灵"是生命的意义和基础。

爱情可以说是"心灵"的节日。

这是一种很迷人的说法。我一直认为人的生活其实是两个魔术师斗法之后留下来的败局。一个是代表死亡的魔术师"时间"，一个是代表生命的魔术师"爱情"。虽然时间是最终的胜利者，爱情的抗争却给人类的失败带来了诗意。

可以具体一点吗？

爱情把人带到神话的境界。每个人都会因为爱情而变得与众不同。在爱的絮语中，句子四通八达，词语左右逢源，幽默驱逐了陈词滥调。有人说爱情是逢场作戏。这是怎样的一种境界呵！生活变成了绵延不断的表演，而凡人变成了神出鬼没的艺人。

在你看来，爱情是一种天赐。

是的，爱情是上帝的绝密。它是命中注定的，同时又总是显得那样不可思议。

好，我们还是不要去好奇上帝的绝密了……你能够预想一下你将来的生活吗？

两个版本的《遗弃》都是这样开始的："两年以后……"也就是说，《遗弃》的主人公在这部小说开始之前两年就已经"消失"。我非常羡慕他。我不可能像他那样一走了之。

我至少还会需要像现在这样生活六年,一直到我的儿子抵达法定年龄。然后,我要过十年自己的生活,读完想读的书,写尽想写的事。然后,我想到一个偏远的地方,比如湖南和贵州交界的山区去做一名小学教师。

然后呢?

然后就安安静静地坐着,"不讲小话,不做小动作",耐心地等待着上帝的"删除"。

薛忆沩,你跟深圳的关系似乎就是你从家里到学校,又从学校到家里。这座城市好像就是你不断来回穿越的一条通道。有一天,你会穿过之后就不再回头了吗?我的意思是,你会离开这座城市吗?

这是一个关于"家园"的问题。我从来对地理上的"家园"感情淡漠。我的家园是和语言联系在一起的。一个伟大的作家可以把我拐骗到一个遥远的地方去。而一部伟大的作品可以让我在任何地方安顿下来。因此,离开这座城市对我并不是一个困难的选择。但是,一座城市总可能有它神秘的魅力,能够以一种特殊的方式令人眷恋。比如它可能浓缩成为一个你不需要记在通信簿中的电话号码。于是,通过中国电信铺设的一条细小的通道,不管你在哪里,你总是可以不断地回到这座城市对你来说最敏感的部位上来。你就这样通过不断的"回来"证明你灵魂的归属，证明你的无法离开。

你的话越来越神秘了。

这是一个危险的信号。看来，我们应该结束我们的这次对话了。

（后记：这是我接受的第一次正式采访。采访最初的大纲由《深圳特区报》记者王绍培提供。）

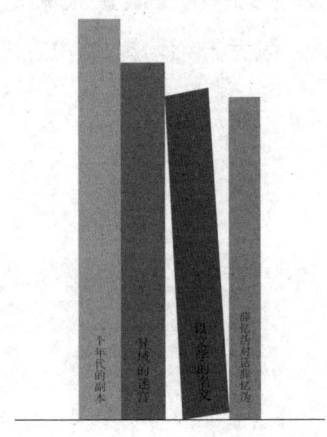

在"文学的祖国"里执着生根

弃理从文　开启"迷人"的文学之路

北京航空学院（北京航空航天大学的前身）是国内知名的高校，更为许多男生所向往，计算机在当时也是新锐又热门的专业，为什么你本科毕业之后没有在所学的理工方向深造，而是转向文学创作，后来还攻读英美文学的硕士学位和语言学的博士学位？促使你弃理从文，最终走向文学之路的契机是什么？或者说，是什么触动了你年轻的心灵，驱使你下决心转向文学的呢？

促使我走向文学之路的契机应该是中国大陆始于1978年底的思想解放运动。它的大背景是"文化大革命"的结束，而它的"主旋律"是以存在主义为旗帜的西方哲学思潮。我的基础教育横跨整个七十年代。七十年代无疑是我个人成长期中最关键的阶段。在关于七十年代的随笔《一个年代的副本》里，我谈到了"死亡"和"语言"对我的成长造成的深刻影响。在那场思想解放运动到来的时候，我已经是一个早熟、敏感和好学的少年；我已经在博览群书和放眼世界；我已经完成了我在知识上的原始积累……1980年5月，当来自世界各地的仰慕者在巴黎街头为萨特送葬的壮观场面通过家里那台黑白电视机12英时的屏幕投射进我心灵窗口的时候，我立刻被"精神"的魅力强烈地触动。从此，"不朽"的文学成为我生命的追求，"神圣"的写作成为我生活的意义。

当时在高中阶段要进行文理分科，你为什么没有想到要学习文科？

我一直是文理兼优的学生，而当时的中国社会又有重理轻文的强烈偏向。我几乎没有看到过一个理科成绩优秀的学生仅仅是因为喜爱而去选择学习文科。我也没有能够脱俗。现在想来，这种选择对我其实就是宿命：一方面，它延长和深化了我个体生命的困惑；另一方面，它延长和深化了我的数学训练。要知道，个体生命的困惑是我第一部长篇小说《遗弃》的心理基础，也是我全部作品的主题；而数学训练培养了我对语言和叙述逻辑特殊的敏感和美感。物理和化学同样对我有很深的帮助。物理将我引向事物的复杂性：光的波粒二象性和测不准原理等物理规律都深刻地影响了我对生命和世界的看法，而奇妙的化学反应和精致的化学结构式也为我将来的叙述设置了很高的标准。

大学二年级，你在北京航空学院图书馆的期刊阅览室里读完马尔克斯的《没有人给他回信的上校》,感动得"第一次"为文学作品流下眼泪。而三十二年以后,在这位对中国当代文学产生过非凡影响的文学大师离开人世的时刻,你对他孤独的人生和作品做出了精到而动情的解读。你的《献给孤独的挽歌》一文在2014年4月25日传遍了中国,感动了无数热爱文学的读者。发表这篇长文的媒体在编者按中感叹说:"中国作家总算对马尔克斯有了一个交代"。现在回看自己的文学道路,你怎样评价十八岁的那次阅读对你的影响?是否可以说,是马尔克斯开启了你的文学之门?

　　阅读对写作者具有决定性的作用。据说福克纳当年从欧洲旅行回来的路上一直在阅读被美国法庭定为禁书的《尤利西斯》。乔伊斯的"意识流"让这位长年生活于美国南部的天才顿开茅塞。而马尔克斯本人也是在读到福克纳和卡夫卡之后才顿悟了小说的奥秘,找到了自己的写作风格。"影响"是关于写作者的一个重大问题。我的情况有点奇怪。对我影响最大的是哲学,尤其是关于存在与时间的哲学。在以前的访谈中,我多次提到过1976年(也就是十二岁那年)的夏天,我无意中在列宁的《唯物主义和经验批判主义》一书中读到了赫拉克利特的那句名言。那是我一生中与真理最宿命和最震撼的相遇。我后来多次强调:"我的写作是十二岁那一次阅读留下的伤痕。"忧郁的情绪从此再也没有离开过我。六年之后,那忧郁的情绪又被《没有人给他回信的上校》推向了更深的部位。那是我与真理的另一次宿命又震撼的相遇。

就像《等待戈多》一样，那也是一部关于等待的作品，等待得令人窒息的作品。它将读者带向什么都没有发生（或者说什么都不可能发生）的结局，带向绝对的虚无。生命和时间因此都变得毫无意义了……这就是孤独的极限。我的写作关注个体的内心世界，我的人物都在遭受着孤独的煎熬，现在想来，这一切与十八岁的那一次阅读当然也应该有很大的关系。

你的处女作是中篇小说《睡星》吗？是什么时候发表的？这篇作品在多大程度上坚定了你走上文学之路的信心？现在回头看，你如何评价这篇处女作？

"处女作"这个概念已经越来越不为人重视了，就像"处女"这种生命状态一样。《睡星》发表于1988年第8期的《作家》杂志，而且是头条。在那之前，我只在不起眼的报纸上发表过一些短小的作品。《睡星》是1986年1月写成的。在随后两年多的时间里，因为种种的原因，它被一家一家的杂志拒绝，有两次甚至都已经到了最后的一关，到了发稿的前夕。这种令人气馁的经历成了我随后文学道路上的"常态"。它也是我现在还经常要面对的"新常态"。是述平的信传来了我文学道路上的第一份捷报。与《作家》杂志关系密切的述平是我在大学阶段就已经结识的朋友。他也是"弃理从文"的典型。他大学阶段学的也是计算机。后来写诗、写小说，最后成了中国著名的电影编剧，是张艺谋电影《有话好好说》

和多部姜文电影作品的编剧。而《睡星》的责任编辑是当时在国内非常活跃的作家洪峰。我记得述平在信中还转来洪峰的断言，说我"将来是要写大作品的"。这种来自名家又放眼未来的断言对一个刚刚有机会发表作品的写作者当然是一种很大的鼓励。

《睡星》的发表奠定了我与《作家》杂志迄今已近三十年的美满"姻缘"。最近这些年里，《作家》杂志对我的写作尤其是我的"重写"给予了极富胆识的支持。它发表了所有我希望它能发表的"重写"作品。而通过《作家》的发表，所有这些作品也都引起了中国文学界的关注，创造了一个接一个的惊喜。

现在我很少谈论《睡星》了，也没有将它收在任何一本小说集中，也肯定不会对它进行"重写"。它是我试图"遗弃"和"遗忘"的幼稚的作品。不过现在细想起来，这幼稚的作品与我后来那些成熟的作品也还是具有一定程度的家族相似：它表现的是个人的抗争和挣扎，同时它又充满了理想主义的诗意。

第一部小说集的出版对你今后的创作产生了怎样的影响？

我于2002年2月正式移居加拿大。之后有将近三年半的时间没有踏上祖国的大地。2005年夏天第一次回国的前夕，中山大学的林岗教授建议我将已经发表的小说结集出版。当时，我在域外的生活已经基本安定下来，而我出国之后的第一部作品《通往天堂的最后那一段路程》在前一年发表之后又引起了热烈的关注。它将"薛忆沩"这个符号重新激活，带回到了中国文学的视野之中。林岗是我当年在深圳大学的同事，也是我最近这20年来交流最多最深的朋友。在《我的长跑教练》一文中，我粗略地谈论过我们的相识和相知。能够有这样一位心怀高贵的精神向往、对世事有超凡的洞悉，同时又充满人情味的朋友，当然是我文学生命的幸运。从友谊之初，林岗就对我的文学追求有强烈的认同。在他的积极推动下，我的第一部小说集《流动的房间》于2006年初出版。就像前两版（1989年版和1999年版）的《遗弃》一样，这次出版对我个人来说仍然毫无经济效益（注意，我这时候都已经超过卡夫卡去世的年纪了）。但是小说集在出版之后迅速获得了来自读者和学者的好评，为我赢得了丰厚的社会效益。这对我的"未来"产生了重大的影响。我因为"背井离乡"而模糊不清的生活方向又一次变得清晰起来了。我知道我将继续朝着汉语写作的腹地走去，不管在前面等待着我的是怎样的艰辛。

后来，在2010年前后，也就是在为《随笔》杂志和《南方周末》写作过读书专栏和在写出了《与马可·波罗同行》以及尝试着用英语写出了第一部小说之后，我对汉语的感觉出现了不可思议的飞跃。崭新的感觉让我不再以自己颇受青睐的第一部小说集为荣，反而以它为耻。这就是我固执地开始"重写"的原因。其实在一开始，我完全没有想到这个过程会如此地漫长又如此地艰巨。它持续了整整五年。它耗费了我巨大的精力。但是，我完成了。经过彻底的"重写"，加上大量新作的补充，我上演了一台将第一部小说集"一分为四"的魔术。2006年版的《流动的房间》现在已经可以宣布报废了。它经过"重写"的所有篇目现在分散在2013年由上海文艺出版社出版的《流动的房间》新版、由华东师范大学出版社出版的"深圳人"系列小说集《出租车司机》和"战争"系列小说集《首战告捷》以及今年同样是由华东师范大学出版社出版的《十二月三十一日》系列小说集中。这四部小说集风格殊异，呈现出我短篇小说创作的多样性。

独立特行　坚守"异类"的小说创作

你可以说是中国文学界最独立特行的人物：从来没有加入过作家协会，也几乎没有参与过官方组织的文学活动。在将近三十年的时间里，你的写作一直是"在野"的写作，你的文学也一直是"独立"的文学。你在文学上的追求是个人的追求、孤独的追求，也是最纯粹的追求。你的这种独特的文学状态是出于性格还是出于信仰？

我想两者都有。我生性就比较孤僻，对任何性质的集体活动都持怀疑和抵触的态度。在大学毕业的前一年，北京高校的学生有机会参加在天安门广场举行的国庆三十五周年的庆典。我们整个年级有近八十个学生，只有我一个人没有参与班主任老师所说的那"历史性的"活动。同时，我也坚信文学是个人的事业，是孤独的事业。与同行的交往和切磋如果能够直面文学，当然非常重要。但是，所有与利益密切挂钩的大集体和小圈子都很容易将文学变成生意，都非常危险。是的，在文学上，我一直保持着独立的精神和自由的意志。这种独特的文学状态当然让我受益无穷，但是它也给我带来过许多的尴尬和困难，比如在五十岁之前，在文学成就已经获得确认之后，我却还从没有得到过国内文学奖的光顾。我无疑是中国所谓著名作家中在这方面的"翘楚"。

你的"深圳人"系列小说历时16年创作完成，后来结集为《出租车司机》出版。这个系列的开篇之作是首发于《人民文学》1997年第10期上的短篇小说《出租车司机》。你是发表了这篇作品之后才萌生出写这个系列短篇的想法，还是此前就已经有写作的计划？

"深圳人"系列小说是2005年我回国之前不久才产生的想法，与短篇小说《出租车司机》的首次发表相距将近八年的时间。我不太记得刺激我新一轮创作冲动的原因是什么，也许是因为又要回到已经分别了将近三年半的深圳？也许是因为已经在开始准备第一部小说集的出版？在准备出发的那一段时间里，我进入神奇的创作状态，在草稿纸上写下了《小贩》《女秘书》《同居者》和《物理老师》等四篇小说的初稿。"深圳人"系列小说的想法就这样出现了。后来在深圳接受当地报纸采访的时候，我首次公开了这个想法。但是，在随后的五年里，除了发表过《女秘书》《同居者》和《物理老师》等三篇作品和新写了《母亲》和《文盲》两篇的初稿之外，整个系列小说并没有更多的进展。一直到2010年在香港城市大学访问期间"重写"完《出租车司机》之后，我对完成这个系列才有了紧迫感。整个系列最后于2012年的秋天在蒙特利尔完成。

"深圳人"系列小说中的作品表现的是普通小人物的生存状态，没有大起大落的故事和惊心动魄的情节，却能够让读者看到作者对现代化进程中普通小人物命运的悲悯情怀。能不能谈谈你的艺术构思与美学追求？

个体生命的意义一直是我的文学最重要的主题，而普通小人物一直是帮助我挖掘这一主题的最佳人选。当"深圳人"系列小说的想法出现的时候，攒动在我头脑中的都是这样的小人物，比如"小贩"、比如"物理老师"、比如"女秘书"……哪怕是像"剧作家"（最开始是"小说家"）和"神童"这类有过辉煌业绩的人物也是作为已经被边缘化的小人物来处理。历史是由权力推动的。小人物没有权力，对历史也就没有影响，但是，他们却深受历史的影响。这是小人物命运的悲剧。"现代化进程"是一种历史。它当然深刻地影响着小人物的命运。而在我看来，最值得文学关注也最考验作家能力的是那些肉眼"看不见"的影响，是那些与统计局发布的或真或假的数据没有明显关系的影响。文学对人性有自己独特的探测工具和表现手段。它的绝活是通过精准的语言、精致的结构和精细的叙述将读者带进"看不见"的世界。"深圳人"系列小说有意避开了"深圳"的地标和关于"深圳"的许多成见（包括正面和负面的成见），它力图用文学（或者说语言、结构和叙述）之"精"来发现深圳之"深"。我在写作的过程中不仅不敢在任何一个细节和转折上有任何的松弛，甚至不敢怠慢任何一个标点。我是不断挑战自己和不断挑战语言的写作者。这种挑战一旦与新的认知秩序达成和解，一种新的审美趣味就会出现。"深圳人"系列小说瞄准的就是新的审美趣味。它希望通过阅读，读者能够对文学展示的美获得新的认知，能够对文学传达的情获得新的认知。

短篇小说《出租车司机》是你最先产生全国性影响的佳作。这篇作品集中了整个"深圳人"系列小说作品的美学特征。它的叙事不动声色，却充满诗意、感人心怀。你当初是如何构思这篇作品的？是什么触发了你的创作冲动？

文学创作是一种很神奇的认知活动。文学作品的成功也经常不可理喻。有时候，一篇很费工夫的作品并不会得到与它相配的成功，相反，一篇成功的作品有时候可能却"得来全不费工夫"。短篇小说《出租车司机》属于后一类。它可以说是我在深圳的街道上"捡来"的作品。那是1997年4月的一天晚上，我从家里出来，沿深南大道往西走，想构思一篇符合《人民文学》约稿要求的短篇小说。在接近东门的时候，我看见一辆出租车在路边停下来，一对中年男女下了车。这本是再平常不过的画面。但是，我却像是遭到了电击一样：刹那间，《出租车司机》的结构、情绪和细节完整地出现在我的头脑中。我迅速跑回家，将我在文学道路上经历的最不可思议的"显灵"倾泻到一张草稿纸上。

有意思的是，《出租车司机》当年秋天在《人民文学》刊出之后并没有引起任何反响。当时一位《小说选刊》的编辑注意到它对城市生活的"诗意"的呈现，想在他们的杂志上选用，但是却遭到主编的否定，因为这位主编说他看不懂这篇作品。奇迹再现于三年之后：因为一次电脑操作上的失误，小说被误传给了《天涯》杂志的编辑，并且被重新刊出。这因电脑操作失误导致的刊出为我带来了意想不到的成功：小说迅速被包括《新华文摘》和《读者》在内的几乎所有的选刊（也包括三年前否定了它的《小说选刊》）选载，迅速完成了自身的"经典化"过程。在短短的三年时间，业界的审美趣味发生了如此巨大的变化，我至今都觉得这有点不可思议。

你的"战争"系列小说集《首战告捷》获得2014年华语文学传媒大奖"年度小说家"奖提名。其中的《首战告捷》现在也可以说是中国短篇小说中的"经典"。我在读这篇作品的同时又重读了马尔克斯的《没有人给他回信的上校》。就我的阅读感受而言，《首战告捷》引起的撼动并不亚于那部世界文学中的经典。历史与人生和战争与人性的关系是文学永恒的母题。你为什么会选择这类题材？又是怎样获得小说中那种复杂的感受的？

"历史"中充满了荒谬，而"战争"更是人类历史中最极端最恶劣的生态环境。在荒谬和极端的情境中探寻个体生命的意义（或者说无意义）是我的文学的偏好。这个偏好与我们这一代人成长的环境可能有很大的关系。在我们成长的六七十年代，中国社会的很多机构（比如学校）都是按军队的建制来组织的。在学生时代，我做过班长、排长、副连长以及全校红卫兵团的副团长。军事化还表现在其他许多方面：我们聆听、阅读和写作的语言也经常充满了浓厚的"火药味"，而我们百看不厌的八个"样板戏"中有六部与"战争"有关。当然，更内在的原因还是历史的荒谬和战争的极端总能够将我带进终极的问题，迎合了我个人忧郁的气质和审美趣味。比如透过《首战告捷》中"战争"的硝烟，我看到了"父子关系"的悲剧性。我一直认为，"父子关系"是人类一切权利关系的基础。《没有人给他回信的上校》也可以说是关于"父子关系"的作品。等不到政府的回信事实上就等于是失去了"父亲"的爱。绝望的上校就如同《首战告捷》中幻灭的将军一样，是深陷于荒谬的沼泽中的"孤儿"。

"白求恩"在中国可以说是家喻户晓的名字。这个名字与你的创作也结下了不解之缘。你的作品中有一个引人注目的"白求恩板块"。你十年前发表的中篇小说《通往天堂的最后那一段路程》和两年前在台湾出版的长篇小说《白求恩的孩子们》都引起了读者和评论家热切的关注。《通往天堂的最后那一段路程》的创作动机是什么？是试图还原真实的白求恩吗？

我现在定居于蒙特利尔。这座城市是白求恩"不远万里来到中国"之前居住过的最后一座城市，也是白求恩一生中居住时间最长的城市。他在这里住过八年。台湾学者马森先生曾经称我选择在蒙特利尔定居是要追寻白求恩的踪迹。这种说法又对又不对。说它对是因为在我个人的认知体系中，"蒙特利尔"从一开始就是与"白求恩"捆绑在一起的，更准确地说，"蒙特利尔"是由"白求恩"带进我的生活的；说它不对是因为对我们这一代人来说，"白求恩"并不需要追寻，他是我们历史的一部分，我们语言的一部分，我们精神的一部分，我们生命的一部分……在七十年代末的思想解放运动之后，随着自己对西方左派知识分子了解的不断深入，"真实"的白求恩已经在我的想象之中悄悄复活。不过，"还原真实的白求恩"并不是我创作《通往天堂的最后那一段路程》的动机。我的创作动机是超越政治的；我的创作动机是想让读者看到一个更为抽象的"人"。通过怀特大夫激情又绝望的倾诉，我希望我的读者从这部作品里看到个体生命最根本的渴望与痛苦，同时也体会到我的文学强烈的理想主义情怀。

而你在长篇小说《白求恩的孩子们》中写道:"我将撰写的传记的价值应该在于发现了这两部分档案(注:即白求恩的中国档案和白求恩的加拿大档案)之间的内在联系。历史的真实其实就隐藏在那种神秘的联系之中"。你能解释一下这"神秘的联系"吗?

我在研究白求恩档案的时候发现,白求恩"不远万里来到中国"有明显的个人原因。而且在中国的那将近二十个月里(那是他"通往天堂的最后那一段路程"),他有一大部分的时间过得很不愉快。我在《专门利人的孤独》一文中对白求恩在中国的精神状况有过细致的讨论。他的"很不愉快"其实是很容易理解的。结合他的加拿大档案就更好理解了。那可以说是一个激进的西方左派知识分子对中国陌生又严酷的现实的正常心理反应。他不可能知道他出于个人原因的行动最后会产生那么深远的历史意义,让数以千万计的"白求恩的孩子们"诞生在中国历史的一个特殊阶段。历史就是偶然与必然之间的神秘联系。《白求恩的孩子们》试图通过三个中国孩子的命运来发现这种神秘的联系,来再现那一段特殊的中国历史。

《白求恩的孩子们》由三十二个互相勾连、交错穿插的故事构成。每一个故事都似乎是一次重新的开始。叙述的链条不断裂开又不断接合。这显然是在颠覆传统长篇小说的写法,或者说是在进行一次长篇小说写作的实验,是这样吗?

你怎么会想到运用这样的一种结构来构架这部长篇小说呢？

我将每一次写作都当成是一次实验，总是希望其中有一些叙述方式上的挑战和创新。整部《白求恩的孩子们》是建立在"亲爱的白求恩大夫"这种呼唤的基础上的。那是二〇〇八年深秋的一天黄昏，突然出现在我头脑里的呼唤。当时，我正从蒙特利尔大学往我的住处走。一阵强烈的冲动突然击破我的孤独，牢牢地抓住了我。我想给对我的生活影响至深的白求恩写信。我想告诉他在过去四十年里发生在他为之献身的国家里的一些事情。我对着昏暗和清冷的天空轻轻呼唤了一声："亲爱的白求恩大夫。"整部作品就这样开始了。而这种呼唤也成为小说中每一个故事的开始。这种呼唤不仅拉近了叙述者与白求恩之间的距离，也突出了小说的书信体特征：小说中的三十二个故事实际上是叙述者写给已经离世七十年的白求恩的三十二封信。有人评价说我的长篇小说是用写短篇小说的精心和细致写成的，《白求恩的孩子们》就是一个例证。

你的长篇小说《空巢》也是一个很好的例证。这部小说写的是一位八旬老人遭受电信诈骗的经历，可谓贴近中国当下的现实。读到小说的开头，我心里稍有疑虑。我想聪颖的作家不会就事论事，纠结在一个没有什么新意的电信诈骗案上。果然，"现实"只是故事的外壳或者说框架。小说的内核其实是这"现实"所从来的历史。请你谈谈这部长篇的构思。小说中的这位老人有生活原型吗?

二〇一〇年九月的一天,我母亲遭受了一次电信诈骗。如果没有她的这一段惨痛经历,我应该是不会在二〇一四年初写出一部像《空巢》这样的作品的。谎称"公安人员"的诈骗者告诉我母亲,根据他们掌握的情况,她"已经卷入了犯罪集团的活动"。面对这样的刺激,我母亲首先想到的是自己一生的清白,而不是"公安人员"的真假。在骗局被揭穿之前,她也一直在过去和现实之间穿越,并且相信她与"公安人员"的密切配合最后会让她恢复名誉,让真相大白。这个细节启发我将历史的维度引入了这部作品。我的大部分作品都具有浓厚的哲学气质,都试图探寻"事"后之"因",都不是"就事论事"。《空巢》秉承了这种气质:历史的维度最后成为小说的主要维度,成为小说的内核。现实中的骗局不过是历史荒谬性的延伸和注脚。这是这部作品吸引读者的一个重要原因。

你把《空巢》的故事框架设计在一天之内,又从主人公一天遭受电信诈骗的经历引出她一生的遭遇。这种构思可能受到乔伊斯或者茨威格小说的影响。你为什么想到要如此构架这部长篇呢?

文学史上关于"一天"的作品很多。这些作品通常也都试图用"一天"来容纳"一生"。《空巢》选择"一天"的框架是因为它正好吻合了现实中事态本身的发展。我做的更细致的处理是将一天中的二十四个小时按时辰分成十二段,然后用每三段构成小说的一章。因此,小说共有四章,并且每一章正好用来表现主人公心理发展的一个阶段。而主人公"一生"的那些素材在"一天"中这十二个相等的时段里平均分配,同时又与主人公心理发展的过程相呼应。这是一种强调均衡与和谐的结构。我相信毕达哥拉斯会欣赏这种与"数"相关的结构。

黄子平教授称《空巢》是"薛忆沩的大手笔"创作出来的"一部炉火纯青的心理小说"。它是去年中国最有影响的长篇小说之一。这也是你的长篇小说第一次产生如此广泛的影响。可以说,你用这部作品向中国的读者证明了你在长篇小说创作上的能力。我想这对你有特殊的意义。

我一共创作了四部长篇小说,但是到目前为止只有两部得以顺利出版。基于这个情况,我曾经说过可以用"4=2"这样一个等式来说明我在文学道路上遭遇的艰辛。也就是说,用数学的谬误来精确地反映生活的真实。《白求恩的孩子们》和《一个影子的告别》都是可以证明我长篇小说创作能力的作品。但是非常可惜,能够看到这两个证明的读者十分有限。
《空巢》打破了好像一直在控制着我长篇小说创作的咒语。它在《花城》杂志上的首发、在深圳《晶报》上的连载以及在华东师范大学出版社的出版都只能用"神速"来定性。

它产生的影响也超过了我的其他作品。它是一部将我的文学带向了广大普通读者的作品。

《空巢》为我的文学生涯创下了一系列的纪录,其中最让我感动的是深圳《晶报》的连载:连续四十三天,每天一个八开整版(第一天是三个整版)!这是怎样的一种规模啊。我曾经开玩笑说:"这恐怕是托尔斯泰都没有过的待遇。"

自我挑战　发动"重写"的革命

你在前面的回答中已经提到了你的"重写"。更多的作家,尤其是在成名之后,总是希望有新作不断出版,往往会把目标锁定在"下一部"新作上。是什么触动你对旧作进行"重写",发动了一场已经引起文学界关注的"重写"的革命?

在2009年前后,我突然意识到自己对汉语的感觉发生了很大或者说根本性的变化。导致这变化的原因当然很多,其中最重要的应该就是《与马可·波罗同行》的写作。那部作品的写作过程中,我始终处于之前从没有达到过的理智与情感的巅峰。那是一种极限状态。我非常清楚,只要再往前一小步,我就会掉进疯狂的深渊。我的长跑就是那时候固定在我的生活之中的。没有高强度的体能训练,我完全不可能完成那种高难度的写作。

正是在那种极限的状态中,我清晰地发现了汉语逻辑表达的潜力,汉语呈现细节的潜力以及汉语精准地指称事物和情绪的潜力……带着对语言崭新的感觉去重读自己的旧作，包括《出租车司机》那种被评论家称为"不能再做任何增减"的作品，我很容易就发现了它们里面的许多瑕疵和疏漏。我是一个完美主义者，近乎病态的完美主义者。这种发现立刻让我产生了强烈的生理和心理反应，甚至可以说产生了很深的负疚感和犯罪感，对文学，对读者，对自己。"重写"的革命就是这样开始的。

对少量作品进行"重写"可以理解，而你对2010年之前发表过的所有旧作，包括长篇小说、短篇小说，甚至随笔作品都进行了"重写"，如此彻底的革命在文学史上确乎少见。开始这样的"重写"需要多大的勇气，完成这样的"重写"又需要多大的毅力啊。很想听你进一步谈谈"重写"的情况。

前面说过，我"重写"旧作的原因是自己对汉语的感觉发生了根本性的变化。这种变化使所有那些旧作的问题在我面前暴露无遗。我对自己的文学成就因此完全感觉不对了。这种"不对"的感觉对我的身体和心理都是巨大的折磨。"重写"是我的必经之路。从严格的意义上说，它是我对自己的救治。不经过这样的自我救治，我就不可能继续前行。说实话，我一开始并没有意识到这场表面上不流血的革命会进行得如此持久又如此暴烈。整个的"重写"从2009年底开始，到今年年初基本结束，持续了五年多的时间。而整个的"重写"几乎涵盖了我在2010年(也就是46岁)之前发表的所有作品。

中篇小说《一九八九年十二月三十一日》和《一九九九年十二月三十一日》的"重写"是对整个"重写"的革命最大的考验。我之前已经有过几次尝试，都以失败告终。但是，借着《空巢》带来的巨大的"正能量"，我终于在今年年初用一个半月时间攻下《流动的房间》旧版中这两座最后也是最顽固的堡垒。《一九八九年十二月三十一日》曾经于1990年12月同时发表于《花城》杂志和台湾地区的《联合文学》杂志，是对我的文学和人生都发生过深刻影响的作品。而《一九九九年十二月三十一日》是我至今为止在国内创作完成的最后一部作品。它完成于2000年夏天，2001年1月在《收获》杂志上发表。攻下这两座堡垒标志着我"重写"的革命"虚构类"的结束。紧接着，我乘胜前进，完成了已经拖欠多年的《二〇〇九年十二月三十一日》的创作。三部"十二月三十一日"作品于今年春夏之交由《作家》《天涯》和《长江文艺》三家杂志同时推出，又成了文学界和我个人文学道路上的一个特殊事件。

完成"十二月三十一日"作品之后，我马上"重写"了随笔集《文学的祖国》中一半以上的篇目。这些作品与一些新写的文章构成《文学的祖国》的新版，是今年将由三联书店同时出版的我的三部作品之一。而《文学的祖国》原版中与文学关系不大的另外一半以及随笔集《一个年代的副本》中的部分篇目将来要重新出版的话，也肯定是需要"重写"的。也就是说，我"重写"的革命现在其实还只是"未竟"的事业。

你"重写"的不少作品，如短篇小说《出租车司机》和《首战告捷》等，都起点甚高。《出租车司机》2000年在《天涯》杂志第五期上刊出之后，曾经被包括《新华文摘》和《读者》杂志在内的几乎所有的选刊转载；《首战告捷》也曾经被残雪称赞说"达到了博尔赫斯的水平"。你的"重写"不仅是挑战自我，也是在挑战权威。你担心过"重写"的失败吗？或者说，你担心过"重写"后的作品反而不如未经"重写"的版本吗？

我从来没有过这样的担心，因为我的"重写"都针对着文本中的具体问题，都是有的放矢的。而"重写"获得的反馈更是证明了这种担心的多余。这五年来，我所有"重写"的作品都得到了更高的评价：《出租车司机》的英文和意大利文译本依据的都是它的"重写"版；《首战告捷》当年除了被残雪等少数权威看好之外，并没有获得文学界的认同。但是，它的"重写"版去年在《作家》杂志刊出之后，马上被《新华文摘》转载，也进入了多种年度最佳短篇小说的选本。还有《一段被虚构掩盖的家史》，当年也只是获得了残雪的称赞。而它的"重写"版却引起了广泛的注意，被中国小说学会列在2014年度中国短篇小说榜的第二位。最近，又被当成我的代表作译成德文，在《人民文学》的德文版上发表。还有，长篇小说《遗弃》的"重写"版2012年由上海文艺出版社出版后，在深圳读书月期间，被由知名学者和专家组成的评委会从全国当年出版的三十万种图书中选出，成为当年的"年度十大好书"。

你正好提到了具有传奇色彩的《遗弃》。你的这第一部长篇小说在首次出版之后八年的时间里"只有十七个读者",现在它却已经是在知识界广为人知的作品。对这样一部长篇小说的"重写",当然是对自己毅力的更大挑战。你在"重写版"的后记中说"重写"的理由是你发现这部作品的旧版"具备不错的总体素质,在细节上,它却已经远远落后于我现在的审美标准"。如何理解你的这句话?

《遗弃》最初出版于1989年的春天,好像是一个迫不及待的早产儿。它随后八年遭受的冷遇其实一点都不奇怪。后来,它被知识界重新发现,变成了广为人知的作品。1999年,它的第一个修订本由广东人民出版社出版。前两个版本的《遗弃》已经充分表现出了这部作品的思辨性、实验性和反叛性。这些都是《遗弃》引人注目的"基本特征"。但是,随着我对汉语感觉的变化,随着我审美标准的大幅提高,对前两个版本语言上的瑕疵和细节上的粗率,我已经无法忍受了。所以在2011年初,当有出版社想要再次出版《遗弃》的时候,我首先的反应是谢绝。那时候,出书对我其实有很大的诱惑,尤其是出版《遗弃》,因为这部作品是我文学道路上最大的"羞辱"和"阴影"。我在以前的访谈中已经说过,《遗弃》第一次正式出版的费用全部是由我自己承担的,而第二次正式出版的时候,在开印的前一天,出版社突然要求我从双方都已经签好字的合同里删去了关于版税受益的条款……这一次，主动找上门来的出版社完全清楚这部作品的价值，他们给出了不错的条件。我只要在合同上签一个字，《遗弃》就能够第一次创造经济效益。但是，我没有妥协。我肯定《遗弃》是一部可以写得更好的作品。我肯定《遗弃》是一部应该写得更好的作品。我肯定《遗弃》是一部必须写得更好的作品。"我们必须等待。"我告诉不断催促我的出版社。我们必须耐心地等待我"重写"这部作品的冲动和勇气……2011年秋天，我在蒙特利尔开始了这次壮观的"重写"。它在严冬到来之前完成，历时整整三个月。的确，长篇小说的"重写"是更大的挑战，它需要不断地"破"和不断地"立"，需要不可思议的耐心和耐力。《遗弃》的"重写"让我的精神和身体都严重透支。

知识界评价《遗弃》是中国少有的探寻个人存在意义的"哲理小说"。何怀宏教授借用《通往天堂的最后那一段路程》称它是你"寻求永恒的最初那一段旅程"。你完成《遗弃》第一版的时候年仅24岁。你是在一种什么样的境况中完成这部作品的？在很多人可能都还"不省人事"的年纪，你的作品中为什么会出现那么密集的哲理呢？

2011年初，当我向出版社询问重出《遗弃》到底有什么意义的时候，他们肯定地告诉我《遗弃》是"八十年代的经典"。这种说法自然让我想起一年前（2010年初）在香港城市大学图书馆里的一次奇遇。那一天，我在那里文艺批评的书架上见到一本介绍西方现当代文学名著和大师的中文书，是北京的一家出版社出的。我随手翻开那本书，注意到书的最后附有一份名为"中国现当代文学49种理想藏本"的书单。我好奇地翻到书单所在的页面，居然在作者按他自认的重要程度排列的理想藏本里看到了《遗弃》（而且它还在比较靠前的位置）。我当时就好像隐隐约约听到了命运的召唤。

《遗弃》是1988年在长沙酷热的夏天里用"深圳速度"完成的。整部作品可以说是一种宣泄，一个年轻的思想者和写作者对现实、历史以及生命的深层焦虑的宣泄。充满精神追求的八十年代即将结束……像许多在思想解放运动中成长起来的同龄人一样，《遗弃》的主人公开始对个人的处境和世界的前景充满了焦虑。小说的题记经常被人引用："世界遗弃了我／我试图遗弃世界。"它表明《遗弃》是一部探讨"我"与"世界"之间关系的作品。"我"与"世界"的关系是文学永恒的主题，对它的专注又是我的文学最突出的特点。从这一点看，何怀宏教授的那种说法很有道理。

《遗弃》是一部直面现实的作品，这一点很容易被人忽略。八十年代中后期笼罩着中国社会的通货膨胀、环境污染、人情淡漠、弄虚作假等等气象都进入了主人公的视野，成为他哲学思考的对象。这种灰暗的现实感在八十年代的文学作品中是很罕见的。而《遗弃》又是一部预言性的作品：主人公不仅见证了现实生活中的"混乱"，还预言更大的"混乱"就是世界的前景。在"混乱"的世界里，"一切都是事故"。

人格、人性以及空灵的人本身最后都会被荒诞的生存状况吞噬。最后,《遗弃》也是一部充满理想主义情怀的作品:主人公对体制的反抗、对战争的反感、对自然的向往和对写作的崇敬都是这种情怀的反映。他试图遗弃的只是"混乱"的世界。他的遗弃实际上是他探索和寻找生命意义的终极方式。

从这个意义上说,《遗弃》是一部向八十年代致敬的作品。它的触角非常敏感也非常丰富。我至今为止的所有作品与它之间都存在着或多或少的联系,精神和物质两方面的联系。它更是直接介入了我全部的"十二月三十一日"作品。那三部中篇小说的主要人物都是《遗弃》的读者,并且都深受它的影响。

我的全部作品都带有哲学的气质,都关心事物背后的原因。用历史唯物主义的方法来看,这一点都不奇怪:我从小就对形而上的问题充满了兴趣。在《一个年代的副本》中回忆自己成长过程的时候,我强调"语言"和"死亡"从童年时代开始就已经是我的导师。前面已经说过,我十二岁那年的夏天遭受了赫拉克利特的"棒喝",十五岁那年的春天又遭受了萨特的"电击",我在不到十六岁的时候已经开始订阅《哲学译丛》和《自然辩证法》等专业的哲学杂志……我的整个文学生命可以说是被哲学启蒙的。

《遗弃》的主人公是一位"业余哲学家",同时也是一位虔诚的写作者。《遗弃》的"重写版"加上了一个副标题:"关于生活的证词",这好像是有意让它更贴近"生活"。其实,这份证词不仅是关于"生活"的,还是关于"写作"的,因为它里面包括了主人公本人创作的多篇虚构作品。以写作者为主人公的作品在中国好像还不曾有过,它是不是有自传的因素?

我现在倾向于认为,一个作家的所有作品里都是自传性的。《遗弃》当然也不例外。不过,我更愿意将《遗弃》看成是八十年代热爱思考又深陷于精神困惑之中的整整一代青年的集体自传。像我一样,《遗弃》的主人公也是一位虔诚的写作者。他视写作为自己存在的理由和生命的意义。他将笛卡尔的名言改为了"我写作故我在"。我也曾经多次说过,我的这个虚构人物是远比我优秀的写作者。《遗弃》很快又会有一个更新的版本要出版。在审读这一版清样的过程中,令我感叹最深的还是主人公的写作才能。他的作品写得的确非常精致,又有厚重的寓意。可惜至今为止还没有任何一位评论家注意到这一点啊。

语言是文学的第一要素。意蕴的深度、表达的精确、叙述的美感最终都要依赖语言来完成。你在很多场合已经表达过你对语言的精辟见解,这里我仍然要提出这个问题:你对自己作品的语言"苛求"到什么程度?

语言是写作者赖以生存的工具。我一直相信文学作品的质量首先是由写作者掌控语言的能力来决定的。我的"重写"

建立在我对语言的感觉之上。用五年的时间"重写"了自己的全部作品足以表明我对自己的语言"苛求"到了何种程度。我曾经说过我的一生将是这种"苛求"的祭品。这不是一句大话，这也不是一句空话。这豪言壮语表达的其实是我对自己的担心或者焦虑。对语言的"苛求"会让人的大脑处于理智与疯狂的交界处。我经常不安地想，再过若干年，当身体的机能已经无法承受这超负荷的"苛求"的时候，我会有什么样的下场？但是，担心也罢，焦虑也罢，我知道我不会有任何的改变。这么多年了，我的许多编辑都成了我这种"苛求"的受害者。我经常在作品和书稿付印前的最后一刻还会提出修改的请求：改一句话，改一个字，甚至改一个标点。

你在《遗弃》"重写"版的后记中写道："已经持续了三年的重写让我发现了汉语和写作的许多奥秘。"如何理解这句话中的"奥秘"？

有很长一段时间，我对汉语的表现力一直没有什么信心。我曾经通过小说（如《两个人的车站》）中的人物表达过自己的这种困惑。但是，在"重写"的过程中，在与语言进行的一场一场格斗甚至肉搏中，我对汉语有了很深的认识。我发现了汉语很多的潜能，比如它平实的逻辑性和思辨性，比如它表达细腻和脆弱情感的能力，而这些都是许多人认为汉语相对薄弱甚至缺乏的。深深的困惑终于变成了深深的爱。这是双向的爱。在痴迷的"重写"过程中，我清楚地意识到自己也获得了汉语的爱。最近这三年来,我能够在写作上"高潮迭起"就是这种无价的真爱的证明。

写作是需要写作者以"生"相许的事业,因为语言深藏着"无限的可能",对它的学习、探究和呈现是不可穷尽的。也因为这"无限的可能",我一直强调写作者应该有一颗卑微的心灵,应该永远怀着对语言的敬畏去写作,去发现更多的奥秘。

"背井离乡" 追寻文学的祖国

出国之前,你在深圳大学任教。在很多人看来,那是对一个写作者相当有利的位置:有良好的待遇,又有相对的自由,还有令人羡慕的假期。为什么后来突然会"背井离乡",移居异域呢?

2013年在接受《南方人物周刊》采访的时候,我说我当年选择出国是"为了逃避陈词滥调"。现在想来,在众多的原因里,这的确是最重要的一条。我在前面提到过《遗弃》的预言性。其实,我自己对社会生活的走向就总是有奇怪又准确的预感。我的预感一直比较悲观。所以,我生活的轨迹总是与潮流相反:九十年代初,当大家都急于"下海"的时候,我却"上岸"重新回到了高校,去学习冷门的"语言学";而在九十年代末期,当全世界的注意力都开始转向中国,中国的社会里也充满了形形色色的"海归"的时候,我却将注意力转向了别处，选择了出海，而且多年不归……我所说的"陈词滥调"有更广泛的外延，包括了集体的意识和集体的无意识。九十年代中期，"浮躁"这个词还没有流行成为中国社会的标签，我却已经预感到它将会成为中国的现实。我喜欢从小细节去感知大趋势。不知道这应该叫"以小见大"还是叫"小题大作"。那时候，我经常会利用周末从深圳坐火车回长沙。火车是五点钟左右离开深圳，也就是股市收市之后不久。还在候车室里，周围的"异口同声"就已经引起我的注意。而到了车厢里，前前后后也都是关于刚刚结束的大涨、大跌或者不涨不跌的热议。这也许并不算什么。有一次在深圳一家大医院的注射室里，我看见一位护士在为患者扎针的时候，脸部自始至终都完全背向患者的臀部：她在专注于身后两位同事关于股市"实时"行情的报道和讨论……这些所指十分明确的"危相"绷紧了我的神经，也是我选择逃离的重要原因。我一直觉得，一个健康的社会应该是多样化的社会，应该是闪烁着个性光芒的社会，应该是有清晰而丰富的精神追求的社会，应该不是物欲横流的社会，应该不是全民炒股的社会。多样化和个性化也是文学的根基和文学存在的理由。看到整个的社会都在朝着同一个方向狂奔，看到所有的人都在为同一件事情狂热，看到所有的人都像是同一个人，我会想起二战时期的德国和"文革"时期的中国，我当然会感觉恐惧。卡尔维诺《看不见的城市》的第四十八座城市写的就是这样的一座城市。在那里，同一副扁平的面孔（这显然是既没有思想也没有情感的行尸走肉的象征）不断繁殖、不断堆积、不断扩张，最后完全占满了全部的生存空间……在九十年代的末期，面对中国社会的许多"危相"，我自己好像变成了《遗弃》的主人公，既有被世界遗弃的迷茫，也有试图遗弃世界的骚动。我经常会在深圳大学的课堂上发表"奇谈怪论"（这也许就是学生们都非常喜欢我的一个原因）。我会将炒股与"文革"联系起来：那时候我们要"早请示晚汇报"，而现在，我们一起要忙着下单，临睡前要忙着复盘；那时候我们为"祖国山河一片红"而群情激奋，现在我们为股市的全线飘红而坐立不安……我二十年前的预感今天会不断得到现实的验证。不久前，我去北京广电大厦做一个关于《空巢》的读书节目。坐在那间大概有八百平方米的开放式办公室等候的时候，办公室里的年轻人突然高声谈论起当天的股市行情，个个都显得意气风发、斗志昂扬……我马上就想起了自己当年在深圳到长沙的火车上的那种感受。这么多年过去了，中国为什么还停留在同一个"空巢"之中？这种全民的狂热什么时候才能结束？

　　正式在蒙特利尔定居下来的时候，我已经将近三十八岁：肩负着沉重的生活责任，又没有实际的生存技能……更糟糕的是，生命里还燃烧着不可理喻的野心。这可以说是压迫着我的"三座大山"。但是，我走过来了。我走过来了。现在，我当然可以用络绎不绝的成果来证明十三年前的离开对我来说是绝对正确的人生选择。可是仔细想来，那意义深远的"逃离"并不完全是我个人的选择，里面其实还深藏着命运的安排：我远离了故土，却亲近了母语。这不可能是我个人力所能及的奇迹。这是令我敬畏的宿命。看到独立的生命之树已经在文学的祖国里执着地生根，我总是充满了对宿命的感叹。

移居国外以后，你觉得自己的创作发生了变化吗？发生了怎样的变化？

为生活所迫，我在移居以后最初的那八年时间里并不敢放纵自己写作的野心。我那八年里的大部分时间都保持着全日制学生的身份，这样既可以得到政府的资助，也可以有切实的生活目标。我首先在蒙特利尔大学学习了一年的法语，然后在那里的英语系注册学习英美文学。那一段时间里，学习和写作是一对尖锐的矛盾。我只能利用假期和两度停学的时间来满足写作的欲望。

前面说过，我在2009年前后意识到自己对汉语的感觉发生了很大的变化。这种变化首先通过我当时写的那些随笔作品反映出来：它们有清晰的结构、平稳的节奏、扎实的逻辑。句子的长度伸缩比较自如，词语的重量和色彩也比较准确。所有这些体征后来也成为我"重写"的作品和我的新作的特点。有意思的是，也就是在那个时候，我英语的写作水平也出现了神奇的飞跃。我写下的每一篇论文都会得到老师的称赞。第一年关于福克纳《押沙龙！押沙龙！》的论文得到了英语系年度研究生最优论文奖。第二年关于"白求恩档案"的论文同样获得了很高的评价,在最后一刻才失去蝉联研究生最优论文奖的机会。这应该是中国作家里面少有的人生体验吧。我从大学时代起就对认知科学尤其是与语言能力相关的现象和理论很感兴趣。但是我好像还没有读到过关于人在45岁左右出现的语言感觉变化的文献。我对发生在自己身上的这种生理变异也非常好奇。

你刚提到的就是你在2007年到2009年间为《南方周末》和《随笔》杂志撰写的读书专栏作品吧。那些作品大都与作家和作品有关,从中可以看出你对文学和经典的基本态度。你觉得应该如何读文学经典?文学经典对你的创作产生了哪些方面的影响?影响你最大,或者说你最为崇拜的文学大师是哪几位?

我阅读的范围很广,从来就这样,文学作品只占其中的一部分。在十一岁左右开始的第一次海量阅读期,我开始接触到一些通俗的文学经典,如《茶花女》《约翰·克里斯朵夫》等。那时候,这些书都还是"毒草",只能通过一些特殊的渠道获得。整个中学阶段的主要兴趣都在哲学和科学方面,文学作品读得更少了。第二次海量阅读期出现在十六岁的时候,这期间阅读了大量现代派文学作品。除了法国存在主义作家之外,对我影响最大的是乔伊斯、卡夫卡和博尔赫斯。乔伊斯语言的细腻和贴切、卡夫卡对生命的洞察和表现、博尔赫斯的宿命感和叙述的缜密对我的创作都有很深的影响;

大概在九十年代的中后期，也就是到深圳大学任教之后，我开始完全改用英语阅读。这期间，我开始系统地阅读莎士比亚。也就是在这时候，我通过珍藏多年的英译本阅读了《百年孤独》。我也反复读乔伊斯的《都柏林人》和《一个青年艺术家的画像》，当然也读卡夫卡、卡尔维诺和博尔赫斯。后来在蒙特利尔大学英语系学习期间，我又完整地读过乔伊斯的《尤利西斯》、福克纳的《押沙龙！押沙龙！》、纳博科夫的《洛丽塔》、托尼·莫里森的《所罗门之歌》……我认为，经典应该"精读"，也就是反反复复地读，一字一句地读。我现在越来越意识到文学经典的重要了，也很想在有生之年能够系统地读完世界文学中的主要经典。但是时间总是不够啊。面对着厚重的经典，我感慨最深的就是生命的有限。最近，我终于通过伊迪丝·格拉斯曼女士杰出的英译本读完了《堂吉诃德》。这次阅读是巨大的享受，也是巨大的收获。它不仅让我对经典产生了更大的敬意，也让我对"翻译"这种认知和创作活动产生了强烈的兴趣。

从你在"为马尔克斯87岁生日之后的第41天而作"的随笔《献给孤独的挽歌》中对《百年孤独》的解读，尤其是关于这部作品"入口"的精彩阐述，可以看出你对文学经典阅读和钻研所下的功夫。而在《与马可·波罗同行》一书中，你对卡尔维诺《看不见的城市》里面的55座城市分篇进行了细致的解读与阐说，足见你对那部经典理解之深刻、想象之丰富、推理之严密。我现在有一种感觉，我感觉你在写作准备阶段,总是在阅读(或许应该说是重读)你所钟爱的文学大师的经典作品,而一旦进入写作状态,仿佛这些文学大师或在身后注目着你,或在前方引领着你,是这样吗?

阅读经典不是为写作做准备。我以前做老师的时候就总是鼓励学生去读那些"最没有用"的书,那些不能立刻提高你的生存技能或者马上改善你的经济状况的书。经典就属于这种"最没有用"的书。它们是纯粹为了阅读而存在的。对我来说,阅读是最本质的精神享受,也是最基本的生理需要。我是一个与生俱来的书痴。在我很小的时候,我的家人就担心我读书太多,现在我已经年过半百了,他们还会有这种担心,因为我对书的痴迷一点都没有变。这是我用自己的生命确保的"五十年不变",名副其实的"五十年不变"。书籍是我"从一而终"的伴侣。阅读是我"从一而终"的满足。

阅读到底是如何影响写作的,这是一个非常复杂,也因人而异的问题。在我看来,进入写作状态就是进入了自由的王国,或者应该说是进入了"绝对自由"的王国。这时候,写作者不可能去在意他钟爱的文学大师,他要专注于自己的创作和虚构的世界。

文学大师的"注目"和"引领"存在于现实的层面。许多的文学大师在被尊为大师之前都与现实进行过不可思议的肉搏,其中的一些甚至付出了生命的代价。这些大师的"注目"和"引领"会给一个在绝望中挣扎着的写作者带来巨大的精神支持。饱经沧桑的乔伊斯本人说过，一个人想要知道什么叫世事艰难，最简单的办法就是去从事写作。这话说得很好。文学大师所经历的艰辛和磨难总是让我感同身受，现实对文学的冷漠和羞辱总是让我义愤填膺。我最近多次强调要爱护年轻的写作者，也是同样的一种反应。在这样一个物欲横流的时代，那些依然保存着幻想和理想的年轻天才是文学微弱的希望。我们的社会应该给予那些年轻天才更多的机会、更广的天空、更大的自由。

你说过语言问题是你面对的"道德问题"。如何理解这句话？为什么要联系到"道德"呢？

我这样说首先是想强调语言对一个写作者至关重要。一个写作者应该尊重语言、爱护语言，并且不断地向语言学习（注意，不是学习语言，而是向语言学习）。语言就像是服装的面料。面料对服装的品质有决定性的影响，语言也是衡量作品质量最重要的指标；我这样说也是想强调写作者对语言肩负着责任。我一直相信发掘语言的美和增强语言的力是文学作品的重要功用。也就是说，写作者有责任通过自己的创造性劳动对语言做出贡献；还有，我这样说也是想强调语言能力是可以通过后天的训练取得的。所谓"有志者事竟成"。"志"就是一种道德力量。现在年轻一代的中国作家对语言越来越重视，也越来越有感觉。这是一种好的趋势。

将语言联系到"道德"还有另一层更重要的意思。按照佩索阿的说法,语言是写作者的祖国。对语言的崇敬和热爱当然就是写作者必须接受的最本质的"道德命令"。我在《文学的祖国》一文这样写道:"语言是文学的祖国。这祖国蔑视阶级的薄利、集团的短见以及版图的局限。这是最辽阔的祖国。这是最富饶的祖国。"文学的祖国当然也是全世界所有写作者共同的家园。

人们在移居国外以后通常会去学一门有利于将来就业的专业,而你选择的是英美文学。就像你前面提到过的,这也是你的专注,你的"五十年不变"。这种选择当然让你更多地接触到了外语的原著,这对你仍在坚持的母语写作有何影响?

弗洛伊德曾经对人生抉择中的"现实法则"和"快乐法则"做出过区分。我的选择表面上看服从的是"快乐法则",因为英美文学专业教学大纲里的所有课程都能够让我产生强烈的快感。但是实际上,这种选择最后也满足了"现实原则"。前面提到我对汉语的感觉在2009年左右发生了革命性的变化。这种变化肯定与我那些年高强度地用英语阅读和写作有很大的关系。说对汉语感觉的革命性变化直接引发了我最近这五年在创作上的"爆发"应该一点都不过分。发生在我文学道路上的这种变化其实完全符合乔姆斯基的语言学理论。在乔姆斯基看来,所有语言在深层结构上都是一致的。与此相应,我相信,文学具有高度的自主性和普世性,所有经得起推敲的文学在本质上也一定是相通的。

2010年10月17日,《深圳特区报》以《中国文学最迷人的异类》为题发表了关于你的专题报道。这也是纪念深圳特区建成"三十周年"的系列报道中的一个内容。从此,中国文学界"最迷人的异类"就成了你的一个标签。这之前半年,刘再复先生也在香港《明报》上发表过阅读你的小说后的感受,称你的小说是用"金子般的文字"写成的。现在五年过去了,你如何看待这些高度的赞誉?

博尔赫斯说"荣誉是对生活的简化"。根据这种说法,我们也不妨将"赞誉"看成是对作品的一种简化。当然,如果这种简化能够将读者带往文学、带进文本,同时又能够激发作者进一步的创作热情,就还是很有意义。从《睡星》发表之后,我就开始听到关于我的写作的种种"赞誉",后来有《遗弃》的第一版,后来有《一九八九年十二月三十一日》,后来有《出租车司机》,后来有《首战告捷》,后来有《通往天堂的最后那一段路程》……最近这五年的情况大家就比较熟悉了。"赞誉"总是让我用怀疑的目光去重新审视自己的作品。或者说,"赞誉"总是被我转化成了反省的机会。我这五年来的"重写"可以说就是在"赞誉"的鞭策之下开始和完成的。

我自己一直不能接受"异类"的标签,因为我一直觉得自己事实上是一个走在最纯粹和最正统的文学道路上的写作者。但是,那个深圳制造的标签早已经流传很广了。这五年来,每次接受采访,我都会遇到关于这个标签的问题。我估计,除非有人能够发明出另一个更噱头的标签,我"摘帽"的几率可能是零。是的,刘再复先生曾经用"狂喜"来形容他阅读我作品时的感受。他的激情和率真令我非常感动。他后来还写过一些文章,对《遗弃》也有高度的赞扬。他对《遗弃》主人公关于"饥饿感"的说法与莫言小说人物的"饥饿感"所做的比较尤其让我感觉很有意思。

我只是一个"虔诚的写作者"。任何的赞誉都不可能改变我对自己的这种看法。我的"虔诚"的背后又矗立着"卑微"和"骄傲"这两个支柱。我在移居加拿大之前做过一次很长的访谈,访谈后来以《面对卑微的生命》为题在《深圳周刊》上发表。"卑微"是我的天性,我的理工科背景、我对语言的敬畏、我长期的"在野"写作状态以及十多年的移民生活经历等因素相互作用所形成的精神特质。这种精神特质凸显的是智慧,而不是软弱和退让。当现实中各种邪恶的势力以各种堂皇的名义来羞辱文学和贬抑文学的时候,我一定会"骄傲"地出击。

我骄傲自己在很小的年纪就通过阅读找到了文学的祖国。我更骄傲自己的生命之树最后能够在文学的祖国里执着地生根。我因此也充满了感激!我感激一切让我走到今天的神奇的力。我感激所有让我走到今天的普通的人。

(后记:这是"文学三十年"里最长的访谈。访谈最初的提纲由华中师范大学文学院江少川教授提供。)

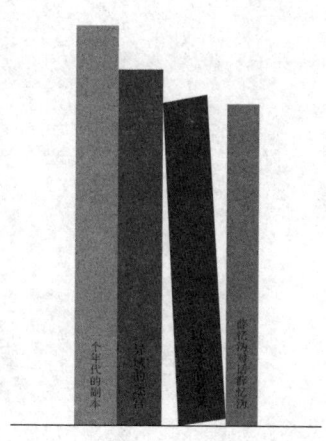

奇特的"文学三十年"

从1988年第8期《作家》杂志用头条刊发您的中篇处女作《睡星》算起，您进入中国当代文学领域的时间到现在正好是整整的三十年。媒体称您是中国文学界"最迷人的异类"，而您肯定自己独立于主流和正统的文学道路是"一条从没有人走过的路"，并且又说这"异类"的文学之路并不是您自觉的选择，而是您不得不服从的宿命。为什么？

我可以用数学上的"反证法"来回答这个问题：如果是自觉的选择，我不可能坚持到现在，也就是说不可能坚持三十年。回头看去，我个人的这"文学三十年"的确是充满了戏剧性。我大学毕业于北京航空学院（现在的北京航空航天大学），学的是计算机专业，但是我没有随波逐流。八十年代的末期我到了深圳。那时候，我连发表作品都非常困难，文学梦就像是一场噩梦，而许多人求之不得的商海上的"发展平台"对我却不仅是现成的，还好像是定制的，但是我仍然不识时务……我不相信自己有如此强悍的"自觉"。2012年以后的"爆发"也应该是一个有说服力的理由。2012年5月，上海三家国营出版社同时推出我的五部作品，加上年末出版的《白求恩的孩子们》，那一年我一共出版了六部作品。而这并不是冲刺，只是起步。从那时候到现在，我每年都出版两部以上收获许多好评的作品，其中的2015年又平了2012年的纪录，出版了包括三联书店的"薛忆沩文丛"三种在内的五部作品。很多人都说这是中国出版界和文学界以前没有出现过的"传奇"。我不相信这是凭借"自觉"就能够取得的成绩。我相信这是出于宿命。

这三十年里，您的作品经常处于文学的中心，而您本人却始终置身于文学界的边缘。用周国平的话说，您不属于文学界，"因为"您只属于文学。他这句话特别强调的因果关系很有意思。这当然也是您的"传奇"之一。您在十年前写过一篇文章，调侃自己"好文学"的"坏运气"。现在回头来看，那"好文学"的"坏运气"是否也与您与文学界的疏远有关？还有，您如何看待当前国内文学界的圈子化现象？

"不属于文学界"也许与我的DNA有些关联，但是更重要的却基于我对文学的信念。我相信文学是个体和孤独的事业，不应该受组织关系的纠缠和制约。坦率地说，我并不是与官方的文学组织没有任何联系，因为发表我作品的许多杂志都是属于各级作家协会的。但是，我们之间的关系就差不多停留在那种低端的标准上。我对中国文学界的无知所闹的笑话是可以令人喷饭的。比如七年前，与一位很有才华的年轻作家交谈,他突然提到了"鲁奖"。而我接着的问题是:"什么是鲁奖?"这一定让很多人觉得不可思议,我自己后来也觉得很不应该。但是,这应该可以说明我有多么地"不属于文学界"。是的,我也经常会听到读者、编辑或者作家抱怨文学界圈子化的现象。我印象中那并不是"当前"才有的现象。常识就足以告诉我们,小圈子一定是会要妨碍文学的大发展的,就像保护主义一定是对经济的制约一样。特别地,我想说,小圈子是最容易让年轻作家中招的陷阱,是年轻作家的灾难。我希望有才华的年轻作家对此要高度警惕。不久前在新西兰接受的一次采访中,我给年轻作家提了如下的建议:"给自己定一个可能永远也达不到的目标,比如要写出从来没有人写出过的作品,同时永远盯住美学金字塔的尖顶,千万不要落入世俗的圈套。"

刚才正好提到了"好文学",在您看来,"好文学"的标准是什么?

这是可以从很多角度来回答的问题。《罗素自传》的第一句话将贯穿他一生的三种激情归结为:对爱的渴望、对知识的追求以及对人类苦难难以承受的同情。我想是否具备这三种激情就可以是"好文学"的标准。也就是说"好文学"应该是真的、善的、美的,"好文学"也应该是自由的和智慧的,"好文学"更应该是悲天悯人的。

中国当代作家中，善于写乡村题材者众，善于写都市生活者寡；善于写历史题材者众，善于写当下生活者寡，善于写世俗题材者众，善于写内心生活者寡。而您的作品（如《深圳人》《流动的房间》等）对当下都市人的精神状况有入木三分的刻画。您是如何选择自己的人物的？您又如何看待文学的艺术性和现实性之间的关系？

我经常说是我的人物选择了我，而不是相反。其实这也许更是一种双向的选择。不管怎样，我与人物的关系同样具有浓烈的宿命色彩。这样的例子很多。比如《深圳人》第一篇作品里的那位"母亲"。她可以说只是在我眼前一晃而过的一个陌生的身影。那一天晚上，我在深南大道东侧海富花园前的草坪上散步。前方一位好像也是在散步的女士的背影引起了我的注意。她走得很慢，慢得让我感觉她好像有点伤感。我以自己的节奏继续前行。没有想到，刚从她身边走过去的时候，果然听到了她发出的一声长叹。我没有减速，也没有回头。但是，整个故事的轮廓刹那之间就清晰地浮现在我的脑海中了。我一直相信文学作品的艺术性是第一位的。高超的艺术性能够溶解复杂的现实性。我们读文学作品，不是去欣赏它的现实性，而是去欣赏它的艺术性。毫无疑问，现实一定是浑浊的，但是因为艺术的加工，优秀的文学作品一定显得清澈透明。

您的许多作品中的主人公都没有名字，只有职业或者身份。《深圳人》就是一个典型，出没于其中的是母亲、神童、出租车司机、小贩、剧作家、女秘书、物理老师、文盲、父亲这样一些没有姓名的人物。不给主人公命名的好处是可以建立一种间离感，同时也可以让个体的故事带上象征的意义，甚至变成对群体的写照，这是您想取得的效果吗？

这也是我最近两年里经常被西方记者和读者问到的问题。不给主人公命名最开始主要是克服创作心理障碍的一种手段。早在八十年代初期，在刚尝试着小说创作的时候，我就注意到有名字的人物无法让我写下去，不管这人物叫张三李四还是王五。一个权宜之计是使用绰号，《睡星》是最早的例子。另一个权宜之计是使用字母，后来收藏在《遗弃》里的那些短篇小说就是这样做的。而到写作《深圳人》的时候，这种技术的手段的确变得更有哲学的意味，比如我觉得深圳人的生存状态有点像"出租车司机"，或者一座突然繁荣起来的城市正好可以与"神童"类比。《深圳人》始于"母亲"，终于"父亲"，这也是我的一种故意的安排。而在"十二月三十一日"系列中，我将三篇作品的主人公都统一为X，尽管他们的生活细节并不完全一致。

您曾说小说的重要使命是表现历史的荒谬，即便是处理当下题材，您的作品也往往表现出冷峻的历史感。为什么会对历史有这样的偏好？而表现生命的复杂也被您视为是小说的重要使命，因此您的作品重对内心活动的捕捉，轻对外部世界的描绘。历史和生命是通过什么力量结合在您的作品里的呢?

我经常说我的主题是个体生命与客观历史的冲突。这也许是受了莎士比亚悲剧作品的影响吧。莎士比亚的悲剧总是将个人"生存还是毁灭"的筹码压在历史的天平之上。而马克思主义作为我们这一代中国作家的启蒙教育,也特别强调历史对个人的决定作用。我从《遗弃》(也就是从我创作的源头)开始就在认真探索客观历史与个体生命的纠缠。年轻的"业余哲学家"通过八十年代中期的生活细节意识到历史正在走向"混乱"的未来,他选择了"遗弃"。而在我的战争系列小说中,被卷进历史潮流的个体生命都变成了无家可归的人,就像《首战告捷》里的那位将军一样("回哪里去?"是他在小说里说的最后一句话)。在所有这些作品里,无法理喻的"偶然性"都发挥了关键的作用。我想将客观历史与个人命运结合在一起的力量就是这种无法理喻的"偶然性"。

三十年来,您的长篇小说只有五部,而且篇幅都不大。您写得更多的是短篇小说。这大概与您奉行的古典主义原则有关,因为短篇小说似乎对叙述的节制和精准有更高的要求。您将来会写"大部头"的作品吗?或者说您有写"史诗"般的作品的野心吗?

长篇小说论"部",短篇小说论"篇",不能进行数量上的比较。从字数上说，我五部长篇小说总的字数远远超过我全部短篇小说的总字数。这是一个客观的事实。另外是一个主观的问题：很多人认为我的短篇小说写得比长篇小说好。我不同意这种看法。我总是试图用不同的方式写长篇小说。长篇小说更能满足我对文体的探索欲。是的，除了《遗弃》之外，我的长篇小说的体量都"偏瘦"。这是我刻意的追求。这当然也与我信奉的节制和精准的原则有很大的关系。我将来也不大可能写"大部头"的作品。我不觉得"史诗"般的作品就一定要是"大部头"。《一九八四》可以算是"史诗"般的作品吧，它的篇幅就不大。还有《动物农庄》，它的篇幅就更小了。有时候，一行诗就足以具备"史诗"的分量了，比如波德莱尔的"革命就是用牺牲换取迷信"，比如北岛的"卑鄙是卑鄙者的通行证"。我的《上帝选中的摄影师》写了一个人的一生，却只是一篇短篇小说。首先出现在《遗弃》里《老兵》写的也是一个人的一生，篇幅却只有《上帝选中的摄影师》的三分之一。这两篇小说也许暴露了我有写"史诗"般作品的野心。

1988年的盛夏您在素有"火炉"之称的长沙创作完成了长篇小说《遗弃》。有人说您的这部"旧作"是不断的"新闻"：直到去年春天，它还有最新的版本出版。《遗弃》无疑是中国当代文学界里经历最为传奇的作品之一。而它的传奇正好贯穿了您整个的"文学三十年"。作为您的文学道路上的一个奇特现象，您的"重写"已经引起了很大的关注。《遗弃》

在这三十年里正式出版的就有四个版本吧。"重写"当然显示出您对写作的完美主义态度。但是，花大量时间精力去重写旧作，而不是去创作更多的新品，您难道不觉得是一种浪费吗？

《遗弃》的第一版出版于1989年的春天，正式出版的第四版一年前刚刚问世（在九十年代的初期，它还曾经有过一个私印的版本）。是的，这部作品的命运可以说是我奇特的"文学三十年"的一面镜子。我的"重写"的确是从《遗弃》开始的。也就是说，它开始于2011年。这个过程大概在两年前已经进入尾声，但是直到现在也并没有完全结束。在这段时间里，我已经"重写"了自己2010年以前出版的全部作品，大概有近百万字的篇幅吧。一位准备以我的"重写"为题做博士论文的南京大学学生告诉我，这样大规模的主动"重写"是中国新文化运动以来从没有过的特例。我多次说过，"重写"是我的文学道路上的"必经之路"。它的心理基础是我对写作的完美主义态度。它的起因是2008年前后我对母语感觉的突然改变或者也可以说是我的汉语水平的突然提高吧。我的"重写"既是出于对自己的负责，也是出于对读者的负责；既是出于对文学的负责，也是出于对市场的负责。为它花去大量的时间和精力绝不是浪费。更何况，在"重写"的同时，我的新作一直络绎不绝。

您经常会从一些不同的视角来叙述，如女性的视角（《母亲》)、老人的视角(《空巢》)、少年的视角(《小贩》)。这是纯粹的文学实验,还是为了取得特殊的叙述效果?

福楼拜说:"我就是包法利夫人。"小说家的"自我"是由他的全部的人物构成的。对我来说,叙述的视角经常是与小说的灵感一起出现的。就是说它既不是纯粹的文学实验,也不是刻意地追求特效。它是自然发生的,就好像是故事的DNA的一部分。

您旅居加拿大已经十六年了,异域生活经验对您的文学创作有什么影响?您仍然用母语写作,题材大部分也仍然与中国人的生活相关,时空的转换会让您有隔膜感吗?您如何确保自己对当下中国人生活和精神状态把握的精准性?

移民生活对作家的影响是多方面的,而且很多影响是难以解释的。比如导致我"重写"的那种对汉语感觉的变化就是其中之一:为什么远离了母语的环境反而对母语会有更深的发现和更准的把握?对我来说,移民生活的影响几乎全部是积极正面的。这是我的幸运。我的创作并不局限于中国人的生活,比如长篇小说《白求恩的孩子们》里就用到了不少的当地素材,还有长篇《希拉里、密和、我》里的一个女性主要人物完全不是中国人,另一个女性主要人物是中日的混血儿。我的创作其实也从来都不局限于中国人。比如在"战争"系列小说里有形形色色的传教士,在《深圳人》里有来自加拿大的"村姑",而《通往天堂的最后那一段路程》的主人公是很容易让人联想起白求恩的"怀特大夫"。尽管如此,时空的转换在特定的时候也还是会让我产生隔膜感,不仅对远方的故乡,也对眼前的异域。这特定的时候就是集体无意识甚嚣尘上的时候。比如异域的邻居都在为同一桩丑闻义愤填膺的时候,或者故乡的朋友都在为同一段赛事欣喜若狂的时候。集体无意识总是带给我流离失所的感觉。令我感觉"在家"的只有一个个个体的生活。我确保精准性的方法就是盯住个体生活的细节,或者说得更形象一点,就是在集体无意识的大海上去打捞个体生活的残骸。

移民作家的文学疆域会因远离故土而缩小,还是会因为获得异域经验而扩大?您如何战胜异域生活中的寂寞?

我想两种结果都有可能出现。这是一个因人而异的话题。2005年第一次回国的时候,我去拜会出版界的一位老前辈,他见到我的第一句话就是"魁北克的独立问题到底是怎么回事?"我深有感叹,对同行的朋友说:"你看,好奇心就是生命力。"我知道,中国绝大多数的移民作家是不具备这种好奇心的。他们不读当地的作品,不逛当地的书店,也自然不懂当地的文学……最近两年因为翻译作品受到关注,我在英语世界的一些城市有较多的文学活动。我注意到一个有趣的现象,来参加我活动的除了当地作家之外,还有居住在当地的瑞典作家、印度作家、阿富汗作家……但是,我却从来没有遇见过中国作家。如果没有好奇心，移民作家的文学疆域就会因为远离故土而萎缩。毫无疑问，好奇心也是我个人在异域生活中战胜孤独和寂寞的利器。

布罗茨基曾在一篇关于流亡的随笔中说，异域的生活教给流亡作家最重要的东西就是生命的"无意义"。而您在一次访谈里说您从小就对生命的卑微，也就是生命的无意义有深切的感悟。这种无意义的感觉是否会滑向虚无主义？无意义感与成就感或者价值感是否能够和平共处？

的确，对于大多数作家来说，走进另一种语境，走进另一个参考系，虚荣就荡然无存了。我并不觉得这是坏事，因为写作本身是需要距离，需要孤独，需要对"无意义"的体会和感悟的。对生命本质的正见会帮助人看到生活的"大图像"，会让人自省，也会让人自由。"无意义"针对的是"我"。认清了这一点会，我们会知道生命的意义不在"我"，而在"他"。也就是说，生命的意义就在于利他。牢固的成就感或者价值感只可能建立在利他主义的基础之上。艺术是利他的。写作是利他的。借用鲁迅的说法，作家是吃草挤奶的"孺子牛"。事实上，文学本身就是无意义感可以与价值感和平共处的见证。

您不仅用母语写作和"重写"，还主要用英语和法语阅读。而且您还学习过其他多种西方语言。这种对语言的热爱从何而来？您如何看待语言与文学的关系？

从影响的角度看，我对语言的热爱有两大来源：首先，新文化运动最初那三十年的中国作家大都都受过多种语言的熏陶，对他们的敬意自然会滋养对语言的热爱。另外，改革开放为我们这一代在"十年浩劫"里成长起来的中国作家送来了西方现代派文学。现代派文学是在整个西方文化朝着"语言转向"的大背景下发展起来的，其中的许多重要作家都是语言的天才，对他们的景仰也自然会强化对语言的热爱。在我看来，语言不仅是文本的外表，还是文本的血脉。它是真、善、美的有机结合，是文学的第一要素。

您的《深圳人》受到了乔伊斯《都柏林人》的启发，您又为卡尔维诺《看不见的城市》写过一部比原作篇幅还长的解读（《与马可·波罗同行》），您还写过《文学的祖国》，一部充满个性的文学评论集……您如何看待文学的传承性问题？您会在意自己的文学地位吗？

好的写作者首先一定是好的阅读者。这铁定的逻辑就是文学具有传承性的理据。不久前，一位加州大学的教授传来三篇学生作业，是他们读我的作品之后的心得。我没有想到我那些老派的作品会引起95后的学生那么深的感触。在给那位教授的回复里，我就谈及了教育在文学传承过程里的不可替代的作用。文学是一场与时间的搏斗。"好文学"一定是最后能征服时间的作品。从这个角度看,传承对文学也具有特殊的意义。关于传承的一个有趣的现象总是引起我的好奇:文学传承经常是跨文化和无国界的。比如马尔克斯强调是福克纳将他领进了马孔多,而赛珍珠承认将她推上诺贝尔领奖台的是《水浒传》等中国的古典小说。我非常清楚自己作为写作者的责任,但是我从来都不在意自己的文学地位。这也许是不够成熟的表现吧。如果我还有另一个"文学三十年"……到那时候(也就是到2048年),我也许会变得有点在意的。

(后记:这篇访谈的采访大纲由《新京报》编辑徐伟提供。)

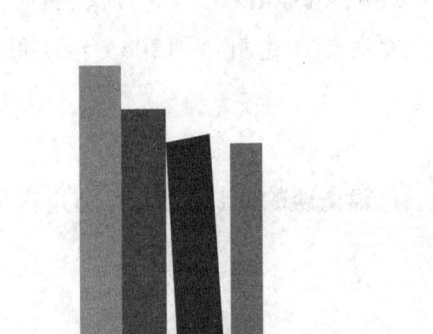

薛忆沩主要作品最新版本

长篇小说
《遗弃》（华东师范大学出版社2017年）
《一个影子的告别》（新地杂志2013年连载）
《白求恩的孩子们》（新地出版社2012年）
《空巢》（华东师范大学出版社2014年）
《希拉里、密和、我》（华东师范大学出版社2016年）

小说集
《不肯离去的海豚》（上海文艺出版社2012年）
《首战告捷》（华东师范大学出版社2013）
《十二月三十一日》（华东师范大学出版社2015年）
《深圳人》（华东师范大学出版社2017年）
《流动的房间》（人民文学出版社2018年）

随笔集
《一个年代的副本》（上海三联书店2012年）
《献给孤独的挽歌》（华东师范大学出版社2014年）
《文学的祖国》（三联书店2015年）
《与马可·波罗同行——读〈看不见的城市〉》（三联书店2015年）
《伟大的抑郁》（华东师范大学出版社2016年）
《异域的迷宫》（华东师范大学出版社2018年）

访谈集
《薛忆沩对话薛忆沩》（华东师范大学出版社2015年）
《以文学的名义》（华东师范大学出版社2018年）

图书在版编目（CIP）数据

大地的回报 / 薛忆沩著 . -- 北京：北京联合出版公司, 2019.7
 ISBN 978-7-5596-3316-3

Ⅰ . ①大… Ⅱ . ①薛… Ⅲ . ①随笔—作品集—中国—当代 Ⅳ . ① I267.1

中国版本图书馆 CIP 数据核字 (2019) 第 110008 号

DADI DE HUIBAO
大地的回报

著　　者：薛忆沩
选题策划：后浪出版公司
出版统筹：吴兴元
编辑统筹：朱　岳　马国维
责任编辑：李　红　徐　樟
特约编辑：冯科臣　陈志炜
营销推广：ONEBOOK
装帧制造：墨白空间・黄海

北京联合出版公司出版
（北京市西城区德外大街 83 号楼 9 层　100088）
北京盛通印刷股份有限公司印刷　新华书店经销
字数 232 千字　889 毫米 ×1194 毫米　1/32　12 印张
2019 年 7 月第 1 版　2019 年 7 月第 1 次印刷
ISBN 978-7-5596-3316-3
定价：49.00 元

后浪出版咨询(北京)有限责任公司 常年法律顾问：北京大成律师事务所　周天晖 copyright@hinabook.com
未经许可，不得以任何方式复制或抄袭本书部分或全部内容
版权所有，侵权必究

本书若有质量问题，请与本公司图书销售中心联系调换。电话：010-64010019